백영옥 장편소설

실연당한 사람들의 일곱시 조찬모임

arte

아침이 밤으로 보이는 사람에게
자정은 어떤 모습일까

― 에밀리 디킨슨

1부

오전 일곱 시의
유령들

오전 일곱 시부터 주름 없이 다린 슈트에 넥타이를 매고 레스토랑에서 아침을 먹는 사람들은 누구일까. 그들은 에너지가 많은 사람들일 것이다. 아침형 인간들일 것이고, 하루 네 시간의 수면만으로 알람을 맞추지 않아도 침대에서 어렵지 않게 일어날 사람 말이다. 혈색 좋은 얼굴에는 자신감과 미소가 넘치고, 이른 아침부터 서로의 눈을 맞췄다는 동지애로 악수하는 손에 힘이 들어간다. 자수성가한 CEO, 정치인, 엘리트 관료들의 은밀한 식사 시간. 호텔의 레스토랑이 새벽부터 이런 사람들을 맞이하느라 분주한 건, 이들의 조찬모임에는 비공식적인 행사가 숨어 있기 때문이다.

　조 단위 세금이 투입되는 정책을 결정하거나, 가장들의 모가지를 대량으로 자르는 일을 하면서도 밥을 남기는 사람은 없다. 굳이 성공을 말하지 않아도 누군가 자신을 알아봐주는 여유가 아침의 밥맛을 결정한다. 그들은 식욕이 발랄한 성욕과 직결된다는 걸 알고 있다. 이런 사람들이 가장 많이 나타나는 장소는 별 다섯 개짜리 특급 호텔과 비행기 일등석이다.

사강은 직업상 그런 이들을 자주 봐왔다. 그들은 비행기 안에서도 절대 잠들지 않는 부류로, 헤드폰을 끼고 영화를 보는 대신 기계식 손목시계를 찬 채 서류를 보거나《월스트리트저널》,《뉴욕타임스》를 읽는다. 통화기금이나 개발협회, 금융공사 같은 이름을 단 국제기구의 고위급 간부, 미국계 유명 투자회사에서 일하는 전무이사, ESPN 같은 채널에서 언제든 볼 수 있는 운동선수들……. 명령하는 것에 익숙한 말투나, '커피'나 '물'이라고 말하는 대신 '더블 에스프레소', '에비앙'이라고 짧게 끊어 구체적으로 말하는 성향, 오랜 시간의 비행에도 지치지 않는 체력의 소유자라는 점 외에도 그들은 넘치는 에너지와 돈을 무기로 많은 자식과 애인들을 가지고 있다는 전 지구적인 공통점을 가지고 있다.

사강은 그런 사람들을 '기내에서 똑같은 면세품을 두 개씩 사는 사람'이라고 불렀다. 중요한 건 이들이 균형의 미덕을 숙지하고 있다는 것이다. 이런 식의 공명정대함은 이들에게 아내와 애인 모두를 소유할 수 있는 권력을 줄 것이다. 사강

은 신중하게 고른 값비싼 선물이 죽어가는 인간관계에 인공
호흡기를 달아준다는 걸 알고 있었다. 성공이 인증된 수컷들
에게 발견되는 이런 균형의 DNA가 어떻게 체내에 이식되는
지에 대한 이론은 아직 들은 바 없다. 하지만 그런 보고서를
작성하게 된다면 사강은 서문을 이렇게 시작할 것이다.

"샤넬로 하죠."

화장품이나 스카프, 가방 역시 이들이 선호하는 건 샤넬
이다.

"젊었을 땐 샤넬이 촌스럽게만 보였어. 샤넬의 두꺼운 트
위드 재킷이나 진주 목걸이가 꼭 할머니 옷장에서 막 훔쳐낸
것처럼 보였거든. 근데 나이가 들면서 늘 똑같아 보이던 옷
이나 핸드백이 예뻐 보이더라. 별일이지. 그 여자 옷을 좋아
할 거라고 생각한 적이 한 번도 없었거든. 내가 샤넬의 클래
식 백을 들게 되면, 그땐 나 역시 중년이 됐다는 걸 인정하는
꼴이지."

샤넬은 많은 연인을 두었지만 단 한 번도 누군가의 법적인
아내였던 적은 없다. 엄마는 샤넬을 '스커트 길이 하나 줄인
것치곤 돈을 너무 많이 번 여자'였다고 말했다. 사강이 엄마
에게 제일 먼저 배운 것도 턱을 살짝 치켜들고 상대방의 눈을
피하지 않은 채 샤넬처럼 냉정하고 단호히 말하는 법이었다.

"아빠는 엄마를 왜 사랑하지 않아? 왜 다른 여자와 결혼하

려는 거지?"

그때 엄마의 상처 난 목에는 아빠가 선물한 샤넬의 실크 스카프가 단단히 묶여 있었다. 엄마는 세 번 자살을 시도했었다.

○

빈 거리를 버스가 거침없이 달리고 있었다. 사강은 새벽 공기가 가라앉은 창가에 기대어 대형 광고판이 서 있는 첨탑 모양의 건물을 바라보았다. 도시의 표정이 바뀌는 지점을 손가락 끝으로 가리키며 그녀는 버스에서 흘러나오는 카펜터스의 노래를 들었다. 버스는 이태원 해밀턴 호텔 정류장을 지나며 커다란 배낭을 멘 외국인을 태웠다. 푸른 눈동자에 곱슬곱슬한 머리카락.

스페인에서 산티아고 걷기 열풍이 불던 때, 사강은 여러 차례 가슴에 교회 이름이 적힌 이름표를 부착한 채 성지순례를 떠나는 단체 관광객들과 함께 바르셀로나행 비행기를 탔었다. 그녀는 지중해의 햇볕에 그을린 스페인 남자들의 혈색을, 이글대는 태양 아래서 자란 올리브를 먹고 FC 바르셀로나나 레알 마드리드의 극성팬으로 자라난 '카를로스, 라울, 호세'라 불리는 스페인 남자들의 생김새를 기억하고 있었다.

쉽게 사랑에 빠지고 금세 식어버리는 악동 기질, 숱 많은 눈썹을 씰룩이며 자신의 감정을 표현하는 특유의 몸짓이나 깊게 쪼개진 턱 사이의 굴곡에 대해서라면 말이다.

남자는 버스에 앉자마자 사강과 눈을 맞추며 웃었다. 사강은 고개를 끄덕이며 남자의 배낭을 바라봤다. 남자는 창가를 통해 전달되는 서울의 아침을 관찰하더니, 눈물이 고일 정도로 하품을 하며 등에 멘 배낭을 베개 삼아 졸기 시작했다. 버스가 좌회전하자 버스에 탄 사람들의 목과 어깨도 부드럽게 꺾였다. 낡은 양철 컵이 매달린 남자의 검정색 배낭이 오른쪽으로 기울며 흔들렸다.

오전 다섯 시 이십 분.

피곤에 겨운 졸음이 버스 기사가 틀어놓은 FM 라디오와 함께 사강의 어깨에 내려앉았다. 사강은 밤새 서리가 낀 버스의 창문을 열었다. 바람이 목덜미 사이로 차갑게 불어왔다. 사강은 새벽녘 한적한 도로 위 상점을 바라보았다. 흰 앞치마를 두른 남자들이 빵집 안으로 쉴 새 없이 밀가루 포대를 나르고 있었다. 건너편 사 차선 도로 이십사 시간 편의점 트럭은 물건이 가득 담긴 초록색 플라스틱 박스를 토해내고 있었다. 교차로에 잠시 멈춰 서 있던 버스가 다시 움직이기 시작하자 사강은 편의점 옆 작은 카페 유리창에 쓰여 있는 짧은 문장 하나를 발견했다.

갓 볶은 원두커피가 단돈 900원

문득 0의 개수를 가만히 세어보다가 사강은 멍해졌다. 그
것은 서울이 보여줄 수 있는 아름다운 시였다. 저혈압 환자
들에겐 혹독한 오슬로의 차고 무거운 공기를 막 뚫고 돌아온
그녀는 주머니 속에서 달그락거리는 1유로짜리 동전들을 만
지작거렸다. 원두커피의 가격을 알리는 문구 밑에는 연인에
게 보내는 편지의 추신처럼 다정한 말이 동봉되어 있었다.

갓 구운 에그 토스트 1,000원

김이 나는 말랑한 식빵이 그녀의 눈동자 아래에 정지해 있
었다.

갓 볶은
갓 구운

'갓'이란 부사 위로 아침에 만든 버터처럼 신선한 바람이
불어왔다. 단지 1유로나 2유로짜리 동전 하나면 가능한 풍족
한 식사였다. 오슬로에선 상상할 수 없는 가격이었다. 서울이
가진 아량이 그녀의 마음을 사로잡았다. 주머니에 넣은 손에

서 빵 부스러기가 만져졌다.

버스가 고가도로 위로 올라섰다. 사강은 뻑뻑한 창문을 조금 더 열었다. 바람이 뺨 위로 불어왔다. 가방 속에서 어젯밤 잠들기 직전 맞추어놓았던 휴대전화의 알람이 울리기 시작했다. 사강은 가방 안에 손을 집어넣은 채 익숙한 손길로 휴대전화의 알람 기능을 껐다. 소리가 잠잠해지자 그녀는 자리에서 일어났다. 사강은 내리는 문 앞에 서서 하차 버튼을 눌렀다. FM 라디오 진행자의 목소리와 오랫동안 호흡을 맞춘 듯 버스의 맥박이 라디오의 신나는 음악에 맞춰 서서히 달아오르기 시작했다.

"오늘 카펜터스 특집의 마지막 곡입니다. 불멸의 히트곡, 「Top of the world」입니다!"

라디오 진행자의 소개가 끝나기도 전에, 익숙한 전주와 함께 카렌 카펜터의 목소리가 구름 없는 하늘의 꼭짓점을 향해 날아올랐다. 사강의 눈에 닫힌 건물 사이로 하나둘 문을 여는 카페와 상점들이 보였다. 딸각, 자물쇠 열리는 소리, 오랫동안 닫힌 가게 문을 열 때 나는 미어지는 쇳소리, 키를 꽂고 자동차에 시동을 걸 때 나는 진동음들처럼 서울이 잠에서 깨어나 기지개를 켰다. 한 무리의 사람들이 지하철 입구에서 걸어 나왔다. 심장이 불규칙적으로 두근거렸다.

어떤 도시에서도 느낄 수 없었던 서울의 심박수였다.

○

　오전 여섯 시.

　사강은 독립영화제의 수상작들을 상영하는 시내의 작은 시네마테크 앞에 서 있었다. 같은 건물에 있는 레스토랑에 들어가기 전, 그녀는 뜨거운 커피 한 잔을 들고 작은 간판을 올려다봤다. 세로가 가로보다 훨씬 긴 간판이었다.

　　실연당한 사람들을
　　위한
　　일곱 시
　　조찬모임

　사강은 간판의 작은 글씨를 바라보았다. 밤에는 백열등 밑에서 시를 쓰고, 낮에는 형광등 아래에서 진료를 하는 의사가 운영하는 신경정신과 병원의 간판처럼 보였다. 누구든 이곳의 간판을 무심히 지나치며 본다면 '마음이 아픈 사람들을 위한 일곱 시 아침 병원'으로 오독할 만했다. 도심의 간판들 사이에서 '실연당한 사람들을 위한 일곱 시 조찬모임'이라고 쓴 연두색 글자들은 너무 작아서 다른 글씨들에 압사당할 지경이었다.

오전 여섯 시 십 분.

사람들은 보이지 않았다. 그녀는 어깨를 움츠리며 테이크 아웃 커피의 플라스틱 뚜껑을 열었다. 뜨거운 김이 얼굴 위에 와 닿았다. 불과 몇 시간 전까지만 해도 그녀는 자신이 이곳에 올 것이라곤 상상하지 못했다.

아마도,

이곳에 도착하게 될 다른 사람들 또한 그러하리라.

○ ● ○

오전 여섯 시 십 분.

이지훈이 차에서 내리지 못하고 건물로 들어서길 망설인 이유는, 너무 이른 시간이었기 때문은 아니었다. 시내 쪽으로 운전을 하는 동안 그는 몇 번의 진입로에서 유턴을 해야 하는 게 아닌가 망설였다. 그러나 정작 목적지에 도착하자 복잡한 생각들이 사라졌다. 그날따라 맑은 하늘과 유달리 화사했던 아침 햇살 때문만은 아니었다. '어차피'란 말이 그가 선호하는 말은 아니었다. 그러나 '어차피' 이곳까지 온 것이 분명했다.

실연당한 사람들을

위한

일곱 시

조찬모임

지훈은 자동차 안에서 간판을 목격했다. 작고, 무심한 식당 간판. 인터넷에 적혀 있는 대로였다. 이 레스토랑은 서울에선 먹기 힘든 진주 '꽃밥'을 파는 곳이었다. 꽃밥은 진주 사람들이 부르는 비빔밥의 또 다른 이름이었는데 다양한 빛깔의 계절 나물들과 달걀노른자를 올려놓아 밥이 아니라 꽃밭처럼 보인다고 해서 생긴 이름이라고 했다.

봄날에 먹는 꽃밥은 어떤 맛일까. 4월의 꽃밭 하나를 통째로 집어삼키는 맛일까? 배가 고프지 않다는 게 유감스러웠다.

지훈이 차에서 내리지 못하는 이유는 한 가지였다. 그는 아까부터 시네마테크 입구에 서 있던 여자를 바라보고 있었다. 여자는 시네마테크 옆에 조성된 작은 정원 앞에 서 있었다.

어깨를 덮은 긴 생머리. 동그란 이마는 부드럽게 흘러내린 머리카락으로 반쯤 가려져 있었다. 접히는 부분에 자연스레 주름이 생기는 검정색 양가죽 재킷을 입은 여자는 말년의 피카소가 즐겨 입던 스트라이프 티셔츠를 입고 있었다. 그녀는 검정색 가죽 부츠를 신고 있었는데, 쭉 뻗은 가죽의 질감은 부츠 안의 종아리가 곧고 날씬하리란 상상을 하기에 충분했

19

다. 서 있는 것이 익숙한 사람처럼 곧은 어깨와 반듯하게 펴진 허리는 절도 있어 보였다. 여자의 목에는 작은 도트가 박힌 검정색 파시미나 머플러가 걸려 있었다.

그녀가 입은 옷은 누군가의 몇 달 치 월급일 수도 있는 고급스러운 것들이었다. 그러나 강렬한 첫인상과 달리 여자는 점점 희미해 보였다. 존재가 희미해지는 건 실연당한 사람들이 갖는 공통점일까.

그녀가 한 손으로 긴 머리를 잡았다 놓기를 반복할 때마다 길고 아름다운 목선이 드러났다. 주말 명동 한복판에서 봤더라도 단번에 눈에 띌 여자였다. 다가서기 쉽지 않을 거라는 열패감을 안겨주는 기묘한 느낌이 있었다. 여자가 메고 있는 가방은 오랫동안 사용한 것인지 가죽이 구겨지듯 까지고 늘어져 있었다. 몸에 비해 지나치게 큰 가방이었다. 그녀는 가방을 한 손으로 움켜잡듯 쥐고 있었다.

그녀는 레스토랑의 간판을 올려다봤다. 그리고 한 손에 쥐고 있던 테이크아웃 커피의 플라스틱 뚜껑을 다시 열더니 바닥에 쪼그려 앉았고, 시네마테크로 들어가는 입구에 만들어진 작은 정원을 바라봤다. 여자는 커피를 밤새 얼어붙은 차가운 땅 위에 주의 깊게 붓고 있었다.

여자가 빈 테이크아웃 컵을 쓰레기통에 버렸다. 앞뒤로 흔들리는 쓰레기통을 배경으로 여자는 건물 안으로 사라졌다.

주의 깊게 관찰하던 사람이 시야에서 사라지자 애써 외면했던 불길함이 몰려왔다. 그는 차의 시동을 껐다. 지훈 역시 저 이상한 이름의 레스토랑 안에 들어가야 할지를 결정해야만 했다. 지훈은 시계를 봤다.

일곱 시 칠 분.

'실연당한 사람들을 위한 일곱 시 조찬모임'이 시작되는 시간은 일곱 시였다. 이곳에 오는 누구라도 잠시 머뭇대며 믿을 수 없이 작은 저 간판을 올려다볼 것이다. 누구나 지나칠 법한 저런 작은 글자를 쫓아오는 사람이라면 그들의 삶 역시 평범하지 않을 것이다. 상처받은 사람들의 눈에는 다른 사람들의 눈에 보이지 않는 것들이 보인다. 각도가 조금 기울어진 낡은 나무 벤치, 어디에서 죽었는지 모를 길가의 새, 알약을 삼키고 있는 사람들, 정량보다 조금 많은 수면제를 파는 약국의 위치나 이름 같은 것들……. 그는 운전대를 놓고 생각에 빠졌다. 하지만 지금 그의 혼란은 이곳에 들어가길 망설이는 것과는 조금 다른 성질의 것이었다.

가령 검정색 가죽 부츠를 신은 저 여자는,
분명
어디선가
본 얼굴이었다.

보통 사람들에게 오전 일곱 시는 어떤 시간일까. 알람 소리에 깨어 비몽사몽인 시간, 아침을 먹을지 조금 더 잔 후 택시를 타고 회사에 갈 수 있을지를 가늠하는 시간, 흐트러진 이불과 베개 사이에 기대 첫 담배 연기를 폐 속 깊숙이 흡입하는 시간, 밤사이 흘려놓은 사랑의 흔적을 지우기 위해 분주해지는 시간들…….

일곱 시 구 분.

사강은 시계를 보았다. '실연당한 사람들을 위한 일곱 시 조찬모임'에 모인 사람들 중 눈을 맞추거나 악수를 청하는 사람은 없었다. 아는 얼굴이 없다는 걸 확인한 후에야 생기는 안도감이 이곳을 조금씩 채우고 있었다. 몇몇 사람들은 옆자리에 앉은 낯선 얼굴을 향해 어색하게 웃기도 했다. 조용히 담소를 나누는 대담한 사람도 있었다. 하지만 들어온 지 얼마 되지 않아 이곳을 떠나는 사람이 더 많았다.

레스토랑 안에는 미역국을 끓이는 냄새와 뚝배기에서 끓고 있는 달걀찜 냄새가 흥건했다. 모두 불 위에서 온기를 내뿜는 가정 음식이었다. 유리 벽으로 마감된 오픈 키친 안에서 정성스레 음식을 만들고 있는 여자를 보다가 사강은 고개를 돌렸다. 결국 불륜의 한계는 함께 부엌을 공유하고 음식을 만들어 먹지 못한다는 것이 아닐까. 누군가를 위해 정성을 다해 음식을 만들었던 기억이 없다면, 그것이 관계의 파국으로 이어지는 치명적인 근거로 작용하진 않을까. 그녀는 '실연당한 사람들을 위한 레시피'라고 적힌 메뉴판의 메뉴를 읽었다.

- 따뜻한 식전주
- 햇볕에 말린 홍합과 신선한 들기름에 볶은 한우를 넣어 끓인 미역국
- 내일의 달걀찜
- 아침 허브와 레몬을 곁들인 연어구이
- 봄날의 더덕구이
- 미니 꽃밥
- 완두콩과 밤을 넣은 돌솥밥
- 달콤한 디저트

　메뉴판은 오븐에서 막 구워져 나온 삼십 분짜리 구연동화 같았다. '꽃밥'은 '꽃밭'처럼 들렸고, '봄날의 더덕구이'에선 3월에 캐낸 더덕에서 올라오는 흙냄새가 가득했다. 모두 뜨거운 불과 많은 시간이 필요한 음식이었다. 비행기 일등석을 타는 사람들도 기내에서 먹을 수 없는 음식들이었으니까. 메

뉴판에는 망가진 식욕을 한 올 한 올 기우기 위해 노력한 흔적들이 엿보였다.

정수가 말했었다. 계절 음식을 먹는 건 그 계절의 뼈를 통째로 씹어 먹는 거라고. 주방에서 이 음식을 만든 사람 역시 그렇게 생각했을 것이다.

이곳에 모인 사람들은 음식 먹는 것에는 관심이 없어 보였다. 사강은 실연이 폭식이 아닌 절식으로 연결되는 사람들의 퍼레이드를 목격하고 있었다. 금식 기도 중인 신부거나, 교회가 부흥하길 바라는 개척 교회의 목사거나, 고기는 먹지 않겠다고 결심한 예비 수도승들처럼.

이들은 금식 기도원의 식당에 앉아 있는 환자들 같았다. 낮에 자거나, 밤에 자거나, 못 자거나, 너무 많이 자서 부은 얼굴들이 눈 밑에 번진 다크서클과 입가에 팬 주름들로 자신들의 슬픈 이야기를 찬송하고 있었다.

사강은 자신의 맞은편에 앉아 있는 사람들을 바라보았다. 파란색 LA 다저스 야구 모자에 선글라스를 쓴 채 앉아 있는 남자가 보였다. 그는 망가진 심장을 보호하기라도 하듯 내내 팔짱을 끼고 사람들을 관찰했다. 사강은 남자가 사람들의 움직임에 예민하게 반응하고 있다는 걸 눈치챘다. 실내의 밝은 조명이 아니었다면 사강은 그의 눈동자를 바라볼 수 없었을 것이다. 남자는 밤새 울어 퉁퉁 부은 눈을 숨길 수 없어 어쩔 수 없이 선글라스를 착용했을 것이다.

옆에 앉은 여자의 눈은 충혈되어 있었다. 통증 때문인지 그녀는 고개를 젖히고 계속 귓불 뒤쪽의 경혈을 눌렀다. 움푹 팬 목 뒤쪽을 누를 때마다 그녀는 낮고 작게 신음 소리를 냈다. 사강의 귀에 그것은 꼭 울음소리처럼 들렸다. 헝클어진 머리카락과 다크서클 때문에 난투극 끝에 탈출한 사람처럼 보이는 여자도 있었다. 간신히 샤워까진 했는데 머리카락을 말릴 기운은 없었다는 듯 마르지 않은 머리카락이 유난히 곱슬곱슬한 맞은편 여자의 라코스테 셔츠는 어깨 부분이 아직 젖어 있었다. 사강은 잠시 눈을 감고 손가락 몇 개를 눈 위에 갖다 댔다. 빛이 눈 사이로 스며들지 않도록. 그녀는 움직이지 않은 채 가만히 앉아 있었다.

오슬로나 스톡홀름처럼 한여름 백야를 가진 도시에선 어둠이 급작스레 찾아들지 않는다. 어둠은 서서히 밀려오고, 도심에 세워진 가로등과 함께 빠져나간다. 이런 도시에 있으면 어둠과 빛에 대한 감각은 달라진다. 태양이 너무 오래 떠 있는 도시에선 밤의 어둠이, 완벽한 검은색이 그리워진다. 하지만 마음속에서 태양을 밀어낸 사람이라면 어둠을 향해 날아가는 박쥐처럼 깊은 동굴 속을 배회한다.

이들에게 사라진 건 태양이 직선으로 뻗어 있는 오전의 활기였다. 아침이 되었지만 이들의 눈은 밤처럼 닫혀 있었다. 자물쇠로 채워진 눈동자는 생기를 잃은 지 오래였다. 사강은 이들의 얼굴에서 보통 사람들 같으면 수면만으로 충분히 지워졌을 악몽의 그림자를 보았다.

실연이 주는 고통은 추상적이지 않다. 그것은 칼에 베었거나, 화상을 당했을 때의 선연한 느낌과 맞닿아 있다. 실연은 슬픔이나 절망, 공포 같은 인간의 추상적인 감정들과 다르게 구체적인 통증을 수반함으로써 누군가로부터의 거절이 인간에게 얼마나 치명적인 상처를 남길 수 있는지를 증명한다.

어느 날, 사강의 무릎 위에 이렇듯 뜨거운 물이 가득 든 주전자가 엎어졌다. 이곳에 있는 사람들 역시 몸 이곳저곳이 장마의 벽지같이 벗겨져 너덜너덜해져 있었다. 그렇지 않다면 생각 없이 손톱을 뜯거나, 의자에 앉아 눈물을 흘리거나, 참가비를 십만 원이나 내고 이곳에 오지 않았을 것이다.

사강은 이 얼굴들 모두를 잊지 않으려고 애썼다. 흩어져 앉아 시선을 피하고 있던 사람들과 보이지 않는 얼굴들까지도. 사강은 이들을 '오전 일곱 시의 유령들'이라고 이름 붙였다.

2부

실연당한
사람들을 위한
일곱 시
조찬모임

"안녕하세요."

사람들이 드문드문 앉아 있던 레스토랑 건너편에서 한 여자가 사강 쪽으로 걸어왔다.

"반가워요. 전 정미도예요."

여자가 활짝 웃자 작은 덧니가 드러났다. 스무 살은 넘었을까. 전체적으로 어려 보이는 얼굴과 달리 여자는 어깨가 강조된 검정색 파워 숄더 재킷을 입고 있었다. 구겨지기 쉬운 얇은 리넨 소재의 블라우스도 추위가 가시지 않은 이런 초봄엔 어울리지 않았다. 발목과 복숭아뼈가 드러난 밑단이 짧은 팬츠 역시 마찬가지였다.

"안녕하세요. 윤사강입니다."

사강의 경우, 자신의 이름은 대부분 제복의 왼쪽 가슴에 매달린 명찰이란 형식으로 전달되었다. 그러나 스스로 이름을 얘기하며 밝게 인사하는 사람에게 '네'라고 짧게 대답할 순 없었다.

"무슨 일 하세요? 우리 서로 직업 맞히기 할래요?"

미도는 우울한 '오전 일곱 시의 유령들' 중에서 누구보다 눈에 띄었다. 그녀는 유일하게 사람들에게 인사를 했고, 어디에서나 들릴 법한 목소리로 자신의 이름을 말했다. 그녀의 상기된 얼굴과 왼쪽 뺨에 팬 보조개는 가벼운 흥분 때문인지 빛나 보였다. 그러나 레스토랑을 돌아다니며 사람들에게 악수를 청하고, 그들과 무엇이든 얘기하려고 애쓰는 모습에선 실연 후 생길 수 있는 조울증의 기미가 느껴졌다. 그렇다면 지금 그녀는 조증 상태인 것이다. 그것이 아니라면 억지로라도 미소와 활기로 무장해야 하는 직업을 가지고 있던가.

"백화점에서 일하지 않으세요? 자동차 판매 영업을 한다거나. 제약 회사 영업 직원이거나 보험일 수도."

사강이 미도를 바라보며 말했다.

"어머! 저 학교 다닐 때 백화점 화장품 코너에서 알바한 적 있어요. 취직하려고 속성 메이크업도 배우고 그랬었는데. 그쪽은…… 비서 아니세요?"

사강은 축구를 좋아하는 소년같이 짧게 자른 미도의 머리를 바라보았다. 저런 스타일의 머리가 잘 어울리는 여자를 만나는 게 참 오랜만이었다. 귀 전체가 드러나는 짧은 머리 덕분에 그녀가 한 여러 개의 피어싱과 별 모양의 금속 귀걸이가 더 크고 화려해 보였다. 그러나 사강의 눈에 들어온 건 너무 말라서 얇은 빗자루만 한 그림자도 생기지 않을 것 같은 그녀의 몸이었다.

"추우세요?"

사강이 미도에게 물었다.

"원하면 제 재킷을 벗어드릴 수도 있어요. 전 좀 덥거든요."

"안 추워요. 괜찮아요."

"이 재킷, 안감이 두툼해서 꽤 따뜻해요."

"저, 정말 안 추워요!"

미도가 고개를 저었다.

아니라고 말하고 있지만 미도는 추워 보였다. 떨고 있진 않았지만 입술이 파랗게 질린 걸 보면 곧 추위를 느낄 것이다. 사강은 오 분이나 십 분 후, '춥다'라고 말하는 사람들의 신체적 징후를 잘 알고 있었다. 그녀가 상황을 예견하고 미리 질문을 던진 건 타고난 예민함 때문이라기보단 반복된 훈련의 결과였다. 사강은 기내에서 일정한 습도와 온도를 유지하기 위해 틀어놓은 에어컨 때문에 마른기침을 하고 오한에 시달리는 사람들을 자주 봐왔다. 질문은 그녀의 직업병이었다.

"아…… 이제야 알겠어요. 제 옷 때문에 그러는 거죠?"

미도가 사강을 바라보았다.

"이 옷, 하나도 춥지 않아요. 보기보단 통뼈예요. 사람들이 이렇게 많이 모였다는 게 놀랍지 않아요? 전 저만 나오면 어쩌나 되게 걱정했었거든요. 근데 여기 와보니 너무 안심이 돼요. 대성황이잖아요."

사람들이 많다고 할 수도 있었지만 이곳은 대체로 조용했다. 게다가 빈 의자를 마주 대하고 있는 사람들이 곳곳에 보이는 상황에서 '대성황'이란 단어를 떠올린다는 건 어울리지 않았다.

"사실 실연당한 사람들이 이렇게나 많다고 생각하면 전 엄청 위로가 돼요. 적어도 나만 슬퍼할 일은 아닌 거잖아요? 아픈 사람들은 아픈 사람들끼리 모여 있으면 위로받고, 실패한 사람들은 실패한 사람들끼리 모여 있으면 안심이 되는 것처럼요. '끼리끼리', '동병상련'이란 말이 괜히 있는 건 아닌 것 같아요. 뭐, 여기 있는 사람들이야 나중에 다시 모두 커플이 되겠지만요. 이곳에 모인 사람들, 잘생기고 예뻐요. 그렇지 않아요?"

미도는 잠시도 쉬지 않고 말했다.

"저 남자, 어떤 것 같아요?"

남자는 레스토랑에 있던 신문을 들고 있었다. 사강 역시 그를 의식하고 있었다. 눈이 마주칠 때마다 어김없이 그가 자신을 바라보고 있었기 때문이다. 사강은 남자들의 그런 노골적인 시선에 단련되어 있었다. 하지만 이곳은 명찰도 제복도 없는 사적인 공간이었고, 그녀는 평소보다 조금 더 예민해져 있었다.

쌍꺼풀이 없는 남자의 눈매는 차가웠다. 하지만 테 없는 동그란 안경은 남자의 차가운 느낌을 적절히 교정해주었다. 그의 얼굴에는 성격을 유추해볼 수 있는 옅은 주름들이 보였다. 자주 웃었던 흔적으로 보이는 양쪽 입가의 옅은 세로 주름과 눈 옆에 자연스레 생긴 가로 주름들. 그러나 세 번째 그와 눈이 마주치는 순간 사강은 고개를 돌렸다.

하얀색 치노 팬츠와 검정색 캐시미어 터틀넥은 남자와 꽤 잘 어울렸다. 흰색 바지를 잘 입지 않는 보수적인 한국 남자들에게선 쉽게 볼 수 없는 스타일이었다. 패션 관련 일을 하는 사람일지도 모른다. 하지만 사강은 이곳에 모인 사람들에 대한 자신의 인상을 애써 무시했다. 다시 만날 일이 없는 사람들이었다. 정확히 말해, 두 번 다시 만나고 싶지 않은 사람들이었다.

"이곳에 오게 되리라곤 생각지도 못했어요. 창피했거든요. 하지만 역시 여기 온 건 잘한 것 같아요. 다시 시작할 수 있겠죠? 전 그렇게 믿고 싶어요."

사강은 미도의 말에 동의하지 않았다. 이곳에 있는 사람들이 모두 과거와 작별하고 커플이 될 수는 없다. 어떤 사람은 한 번의 사랑만으로 이후 모든 사랑의 가능성을 잃어버리기도 한다. 사랑 때문에 새벽녘 손목을 긋거나, 선물받은 넥타이로 목을 매었다 응급실에 실려 가는 사람들은 아직 존재한다.

"미도 씨 말처럼 이곳에 있는 사람들이 다시 연애를 시작하는 게 쉬운 일은 아닐 거예요."

미도는 동의할 수 없다는 얼굴이었다.

"사람은 어느 순간에나 사랑에 빠지고 연애에 실패하고 그러는 거 아닌가? 긴 전쟁 중에도 아이가 태어나잖아요. 사람들은 헤어질 걸 알면서도 연애하고 결혼하고 그러니까."

"헤어질 걸 알고도 사랑한다?"

"우린 죽을 걸 알고도 살아가잖아요."

"사람들이 정말 그런 걸 알고 살아간다고 생각해요?"

"그럼요. 사람은 누구나 죽으니까요. 저도 죽을 거고, 사강씨도 죽을 거고. 누구나 다 죽잖아요?"

사강은 미도를 바라봤다. 그녀는 빛이 보이지 않는 터널을 걷고 있는 듯한 악몽을 자주 꾸었다. 입구의 문은 열려 있지만 처음부터 출구는 존재하지 않는 터널이었다.

"미도 씨 말이 사실이라면 누구도 '하루하루 살아간다'는 말은 쓰지 않을 거예요. 차라리 '하루하루 죽어간다'고 말하는 게 더 정확한 표현이겠죠. 태어나는 바로 그 순간부터 우리는 하루 치의 삶을 덜어내며 죽음을 향해 달려가고 있으니까요."

"그렇긴 하지만 그래도…….'"

"실패한 친구에게 노력하면 꿈은 꼭 이루어진다고 말하는 사람, 전 믿지 않아요. 실패는 성공의 어머니다, 같은 말이 대체 그 사람에게 무슨 위로가 되겠어요? 시간이 지나면 별것 아니었다고 털고 일어날 수도 있겠죠. 하지만 당장 넘어져 무릎이 깨진 사람 앞에서 '힘내라. 당신의 잠재력을 믿어라! 앞으로 좋은 일만 일어날 거다'라고 말하는 건 바보 같은 일이에요. 일어나지도 못하는 사람에게 희망찬 미래를 얘기하면서 위로하는 게 무슨 소용이죠?"

사강의 목소리는 어조 없이 담담했다.

"자기가 알고 있는 가장 맛있는 쿠키를 권해주거나, 따뜻한 차 한 잔을 끓여주는 편이 더 낫다고 생각해요."

"그럼 실연당한 사람들을 위한 영화제가 나쁘진 않은 거네요. 그렇죠?"

"제 생각에는."

"누가 이런 엉뚱한 생각을 한 걸까요?"

"그쪽, 실연당한 건가요?"

사강이 미도를 바라봤다.

"제가 실연당한 사람처럼 보이지 않나봐요?"

미도는 굳이 자신의 곤혹스러운 표정을 숨기려 들지 않았다. 사강은 고개를 저었다. 감정이 얼굴에 고스란히 드러나는 사람을 상대로 뭔가 따져 묻고 싶은 생각은 곧 사라져버렸다.

"남자친구랑 헤어진 지 팔십칠 일째예요. 팔십칠 일하고 열세 시간 지났네요."

"미안해요. 힘들겠어요."

"아뇨! 안 힘들어요, 저. 안 힘들 거예요. 헤어지고도 잊지 못하는 사랑, 전 그런 거 수지 타산 안 맞아서 못 하거든요. 그 사람이 날 사랑하는 만큼만 사랑하자. 이게 제 신조예요. 받은 만큼 주고 준 만큼 받자. 싫으면 싫고, 좋으면 좋은 거지. 복잡하게 이런저런 이유 대면서 헤어지자고 하는 사람 정말 질색이거든요. 죽어도 자긴 나쁜 역할은 맡지 않겠다는 못된 심보잖아요? 사람마다 힘든 걸 극복하는 방법은 다른 거니까 괜찮아지겠죠. 사실 홧김에 사표 낸 지는 일주일 됐어요."

미도의 목덜미가 조금 발개져 있었다.

사강은 육 년 동안 같은 직장을 다녔다. 매달 25일이면 월급을 받고, 감정적 소모를 위안하는 방법으로 월급의 대부분을 써버린 것 역시 육 년째였다. 이 사람들은 어떨까. 사강은 아침 식사가 나오길 기다리며 앉아 있는 사람들을 바라봤다. 그들은 '외롭다'와 '괴롭다' 사이를 형상화한 조각품들 같았다. 그 조각품에 이름을 붙이면 아마도 '외로워서 괴롭고 괴로워서 외롭다'가 되지 않을까.

"세상에 얼마나 나쁜 자식들이 많은지 알고 나면 연애라는 게 불가능해지는 것 같아요. 어른들이 왜 중매를 권하는지도 알겠고. 적어도 중매에는 합리성이란 미덕이 있으니까."

이상할 만큼 친화력이 있는 여자였다. 사강은 어느새 이 낯선 여자와 의미 없는 것들, 가령 기르다가 부러뜨린 손톱, 택시에서 분실한 휴대전화와 한쪽만 잃어버려 착용 불가능한 귀걸이의 개수 같은 것들을 얘기하고 있었다.

"영화제 프로그램 봤어요? 영화가 네 편이던데. 전부 다 볼 거예요?"

"모르겠어요."

"전 네 개 전부 다 볼 거예요. 프로그램이 정말 맘에 들어요. 〈화양연화〉랑 〈봄날은 간다〉, 〈러브레터〉하고…… 나머진 뭐였죠?"

"〈500일의 썸머〉."

"전 그 영화는 못 봤는데. 실연당한 사람들 얘기인가 보죠?"

"오백 일 동안 한 여자와 연애하던 남자가 옛날 영화를 상영하는 극장에서 〈졸업〉을 본 후, 좋아하는 팬케이크 가게에서 애인에게 차인 얘기예요."

"봤어요, 영화?"

"저도 줄거리만 읽었어요."

"여기 온 사람들, 전부 애인한테 차인 사람들 아닐까? 설마, 양심이 있다면 애인을 찬 인간이 여기까지 기어 오진 않았겠죠?"

미도는 빈정이 상한 듯 얼굴을 일그러뜨리더니, 한풀 꺾인 목소리로 사강을 향해 말했다.

"전 일 년 정도 사귀다 차였어요."

미도가 '그쪽은 얼마나 사귀었어요?'라고 묻지 않는 건 다행이었다. 그러나 미도는 곧장 사강을 보며 이렇게 물었다.

"그쪽도 차인 거죠?"

침묵이 흐르는 사이 비발디의 「겨울」이 흘러나왔다.

먼저 헤어지자고 말한 건 사강이었다. 하지만 결국 '그 말'을 할 수밖에 없는 상황을 만든 건 정수였다. 헤어지자고 말하는 쪽보다, 헤어지자고 말할 수밖에 없는 상황을 만든 쪽이 늘 강자다. 이별하는 자리에서 울음을 터뜨린 것도, 밥을 먹지 못하는 것도, 잠을 자지 못하는 것도 이별을 선언한 사강이었다. 정수는 평소처럼 일했다. 그는 빠른 걸음으로 공항을 가로질러 걸어갔다. 관제탑에서 「군대행진곡」이라도 틀어주면 그가 한때 전투기를 몰던 공군 조종사였다는 걸 알아낼 수 있을 정도로 절도 있는 걸음걸이였다.

그는 정말 아무렇지도 않았던 걸까. 몸 전체가 커다란 링도넛처럼 느껴졌다. 누군가 부주의하게 눈물 한 방울만 튀겨도 잔뜩 설탕을 바른 도넛같이 온몸이 녹아버릴 것 같았다.

"늘 가고 싶었지만 부산영화제나 전주영화제는 멀어서 갈 엄두가 나지 않았거든요. 트위터 안 했으면 여기 절대 오지 않았겠죠? 누가 이런 걸 만들었을까, 전 그게 제일 궁금해요."

미도가 반복해서 말한 영화제는 '실연당한 사람들을 위한 치유의 영화제'였다.

"모임 주최자도 실연당한 사람이겠죠?"

사강은 자신이 처음 '실연당한 사람들을 위한 일곱 시 조찬모임'을 클릭했던 일주일 전을 떠올렸다.

○

실연당했습니다.

스위치를 꺼버린 것처럼 너무 조용해요.

혼자 있으면 손목을 그을 것 같은 칼날 같은 햇빛.

실연당한 사람들을 위한 영화제를 주최합니다.

실연 때문에 혼자 있기 싫은 분들은 저랑 아침 먹어주실래요?
실연당한 사람들을 위한 일곱 시 조찬모임으로 바로가기

글이 뜬 건, 새벽 세 시 사십삼 분이었다. 트위터에 접속하
는 순간, 사강은 국제공항의 커다란 전광판 앞에 서서 눈을
감고 세계를 날아다니는 수많은 비행기들을 떠올렸다. 실시
간으로 수천, 수만 개의 글이 올라가는 트위터는 인천공항
터미널 삼층에 서 있는 전광판 같았다. 난수표처럼 복잡한
문자의 행렬들, KE925, AA290, OZ579, NH6954, TK8092,
CO4414, AE630, UA737……. 언뜻 의미를 알 수 없는 약호
들은 마드리드와 헬싱키, 방콕과 울란바토르, 도쿄의 이륙과
착륙을 알리는 비행기들의 집합으로 맹렬히 고속도로를 달
리는 심야 고속버스의 고장 난 점멸등처럼 자신의 존재를 드
러냈다 사라지길 반복했다. 전광판에 그려지는 비행기의 도
착과 출발과 출발의 지연을 알리는 기표들……. 국제공항의
전광판은 실시간으로 140자의 글자들이 끊임없이 밀려오고
빠져나가는 트위터와 비슷해 보였다.
　아침 일곱 시부터 누군가와 함께 밥을 먹자는 건 이상한
제안이었다. 아침을 먹고 연달아 영화 네 편을 함께 보자는
아이디어는 조금 더 이상했다. 가장 이상한 건 마지막 제안
이었다. 그러나 의미 없이 밀려오는 수백 개의 멘션 중, 이 문

장만은 유독 사강의 마음을 사로잡았다.

　　스위치를 꺼버린 것처럼 너무 조용해요.
　　혼자 있으면 손목을 그을 것 같은 칼날 같은 햇빛.

　정수와 헤어진 후, 그녀의 주변은 정말 스위치를 꺼버린
것처럼 조용했다.
　너무나.

　사강은 손목을 그을 것 같은 칼날 같은 햇빛이란 말에 조
용히 밑줄을 그었다. 그것이, 더구나, 농담일 리 없었다. 그런
햇빛을 알고 있는 사람이라면…….

　사강은 트위터의 프로필을 살펴봤다. 트위터의 이력란에
는 아무것도 적혀 있지 않았다. 그 혹은 그녀가 누구이든 간
에, 이 트윗의 화자는 실연의 기억을 잊지 못한 사람일 것이
다. 극복되지 못한 실연으로 낮과 밤이 뒤바뀌고, 오전과 오
후가 뒤섞이고, 폭식과 절식 사이를 헤매다 문득 정신을 차
리고 나면 달력의 한 계절이 통째로 찢어져 사라진 후임을
아는 사람일 것이다.
　봄인 줄 알았는데 가을이라는 걸 알아챘을 때, 이제 막 개

나리가 진 줄 알았는데 물에 젖은 낙엽이 신발 바닥에 붙어 떨어지지 않는 걸 목격했을 때, 그때의 마음을, 머리와 빗장뼈가 동시에 울릴 때 나는 그 진동을 어떻게 설명할 수 있을까. 울리지 않는 휴대전화를 진동으로, 무음으로, 다시 벨 소리의 볼륨을 끝까지 올리던 반복의 반복들. 불현듯 잘못 누른 통화 버튼 때문에 신호음이 울릴 때, 복음 같은 그 소리에 주저앉아 독백하던 날들. 사강은 그런 아침을 자신이 어떻게 견뎠는지 어렵지 않게 기억했다.

윤사강에겐 한때 소년도 남자도 존재하지 않았다. 남성 혐오와는 다른, 이해할 수 없는 감정이었다. 잠시 남자와 데이트를 한 적도 있었다. 그러나 그녀는 이론서를 든 인류학자처럼 철저히 관찰자일 뿐이었다. 정수가 나타나고 나서야 비로소 그녀의 세계에 남자라는 신인류가 편입됐다. 그것은 봄의 폭설과 늦가을의 더위 같은 이상기후를 피한 연애였다.

사강의 이별은 일 년 넘게 이어져오고 있었다. 그녀의 눈은 자주 뜨거워졌다. 가혹한 봄날이었다. 손수건을 사용해야겠다고 생각했지만 유일하게 가지고 있는 손수건마저 정수가 준 크리스마스 선물이었다. 그와 연결되지 않은 물건을 찾는 게 불가능해질 즈음, 사강은 실연이 어긋난 뼈를 다시 맞추듯 죽을힘을 다해 자신이 기억하는 모든 사물을 그와의 기억 쪽으로 되돌리는 일이란 걸 깨달았다. 이제 세상의 모든 사물은 그녀에게 속삭이고 있었다.

그와 함께 걷던 길에 이런 나무가 서 있었어.
그와 함께 먹던 음식에 이런 토끼 귀 모양의 은빛 스푼이 놓여 있었지.
그와 함께 보던 영화에 에디트 피아프의 「Non, Je Ne Regrette Rien」이 흘러나왔어.
난 후회하지 않아, 난 후회하지 않아, 난 후회하지……

사강은 스스로를 죽이기 위해 칼날을 손목 위에 긋기 전의 절박함처럼 사랑이 죽어가는 과정을 떠올리고 있었다. 에디트 피아프의 노래를 반복해서 듣던 날 밤, 사강은 어둠 속에서 자신의 트위터에 뜬 문장을 읽고 있었다.

실연당한 사람들을 위한 영화제를 주최합니다.
실연 때문에 혼자 있기 싫은 분들은 저랑 아침 먹어주실래요?
실연당한 사람들을 위한 일곱 시 조찬모임으로 바로가기

그녀는 잠들지 못한 채 '실연당한 사람들을 위한 일곱 시 조찬모임으로 바로가기'를 클릭했다.

실연당한 사람들을 위한 일곱 시 조찬모임
실연당한 사람들을 위한 치유의 영화제
실연당한 사람들을 위한 기념품 가게

사강은 손가락으로 실연이나 치유 같은 단어들을 쓸어내렸다. 각각의 제목을 손가락으로 클릭하면 그것이 의미하는 바가 설명되어 있는 몇 개의 카테고리가 나왔다. 그녀는 충동적으로 '치유'라는 단어를 클릭했다. 영화제라는 말이 언뜻 이해가 되지 않았기 때문이었다.

〈500일의 썸머〉
〈러브레터〉
〈화양연화〉
〈봄날은 간다〉

사강은 세로로 정렬된 영화 제목을 하나씩 클릭했다. 영화의 간단한 줄거리와 촬영 스태프에 관한 정보들이 떴다. 모두 실연당한 사람들이 주인공인 영화였다. 사강은 따뜻한 물 한 잔을 마시며 '실연당한 사람들을 위한 일곱 시 조찬모임'에서 '실연'이란 단어를 클릭했다. 그녀는 탈칵, 소리와 함께 화면이 넘어가는 걸 지켜보았다.

실연은 오래

화면에 문장이 떠오르며 단어들을 천천히 왼쪽으로 밀어
내고 있었다.

실연은 오래된 미래다.

실연은 오래된 미래다.
사강은 이 문장을 몇 번이고 되뇌다가 눈을 감았다.

실연은
오래된
미래다.

눈물이 동공 위로 차올랐다. 눈을 뜨면 곧 낙하할 뜨거운
웅덩이를 사강은 몸으로 느끼고 있었다.

이별은 앞으로 오는 것이다. 그러나 실연은 언제나 뒤로
온다. 실연은 세상에 존재하는 다양한 감각을 집어삼키는 블
랙홀이고, 끊임없이 자신 쪽으로 뜨거운 모래를 끌어들여 폐
허로 만드는 사막의 사구다.

실연 후, 사강의 현재는 끊임없이 과거 쪽으로만 회귀했다. 강력한 자석처럼 과거가 그 모든 시간과 가능성을 빨아들였다. 기쁨과 슬픔, 회한과 외로움, 쓸쓸함, 고독은 실연이라는 화산재에 뒤덮였다. 미래 역시 과거와 한 치도 달라지지 않을 것이다. 한 치도 나아가지 않은 너무나 익숙한 미래. 실연은 그렇게 사강에게 오래된 미래가 되었다.

사강은 트위터를 보며 '미래'라는 단어를 클릭했다. '저랑 함께 아침 드실래요?'라는 문장이 나타났다. 실연이 미래를 낳고, 미래가 아침 식사를 낳고, 아침 식사가 치유를, 치유라는 단어가 다시 기념품이라는 단어를 밀어 올리며 상처라는 명사로까지 옮아가고 있었다.

실연을 어루만지는 단어들이 겨우 아가미만 내밀고 흘러와 외로움이라는 이름의 호수에 도달해 있었다. 이곳에 모인 사람들의 표정이 그것을 간증했다. 이별을 아름다운 추억으로 마무리 짓지 못한 회한이 이곳에 가득 차 있었다. 그런 이유로 이곳은 죽음을 앞둔 노인들의 새벽 기도회를 연상시켰다. 사강은 가방 속의 물건들 역시 성경책만큼 무겁다는 걸 깨달았다.

"다들 얼굴이 너무 무거워서 꼭 최후의 만찬 느낌이 들지 않아요?"

"예수님 제자는 열두 명이에요."

"그런가? 제가 눈치 못 채게 한번 세어볼게요."

미처 말리기도 전에 미도는 사람들을 나지막이 세어보며 손가락을 꼽고 있었다. 미도는 마침내 비밀을 알아냈다는 듯 만족스러운 얼굴로 사강에게 "스무 명이네요"라고 속삭였다. 사람들은 모두 스물한 명이었다. 미도는 자신을 빼놓은 것이다.

○

트위터로 영화제를 알렸던 사람의 마지막 제안은 미처 정리하지 못한 '실연의 기념품'을 처리할 공간을 대신 마련해준다는 것이었다. 그는 그것을 '실연의 기념품 가게'라고 불렀다. 사강은 레스토랑 입구에 놓여 있는 커다란 상자를 바라봤다. 저 상자에 사람들이 가져온 실연의 흔적들이 버려질 것이었다.

한낮의 눈부신 태양 속에도 그림자는 숨겨져 있다. 한 시절의 연애가 끝나면 그것은 어쩔 수 없는 흔적을 남긴다. 서로를 아끼고 기념했던 반지와 이니셜이 박힌 목걸이, 길거리 가판대에서 사들인 싸구려 액세서리들, 가방, 책……. 그는 좋아하지만 그녀는 좋아하지 않았던 뮤지션의 공연 티켓과 그가 아니었다면 절대로 입지 않았을 옷들……. 그렇게 연애가 끝나 사랑이 죽고 나면 범죄 현장의 유류품처럼 많은 증거물이 남는다. 실연 후 남게 되는 이런 물건들의 공통점은 버리기도 힘들고, 가지고 있기는 더 힘들다는 것이다.

실연당한 사람들이 있고, 그들이 누군가에게서 받은 상처의 기념품들이 있고, 그 모든 것들이 모여 있는 기념품 가게가 있다고 치자. 처리하기 힘든 이런 기념품을 다른 사람에게 주는 교환의 방식은 실용주의자들의 발상이다. 하지만 '실연의 기념품 가게'는 일주년 기념 반지를 종로 뒷골목의 금은방에 아무도 모르게 팔아치우는 것보다 품위 있었다.

집단적인 상처의 교환이 이루어지는 초현실적인 곳에서는 불가능한 것이 가능해진다. 그렇게 누군가의 상처가 자신에게 돌아오고, 자신의 상처가 다른 사람에게 되돌아가며 뾰족했던 상처의 모서리는 무뎌지는 것이다. 치유는 이곳의 캐치프레이즈였을 것이다. 영화제의 이름조차 '실연당한 사람들을 위한 치유의 영화제'가 아닌가.

그러나 사강은 웃고 싶어서 보는 예능 프로그램에서조차 치유를 이유로 고해성사 하며 우는 연예인들을 보는 게 불편했다. 가장 잘나가는 아이돌 가수도, 한물간 액션 배우도, 성형수술 부작용으로 전성기 때와 완전히 얼굴이 달라진 배우도 눈시울을 붉히며 자신의 비극적인 가족사와 유명세를 치르며 겪었던 고통을 얘기했다. 눈물로 가득한 텔레비전 화면을 바라보면 사강은 피로감을 느꼈다. 저렇게 눈시울을 붉히는 대가로 얼마를 받을까. 우는 사람보다 그것을 보는 사람 쪽이 훨씬 더 힘들게 살고 있는 건 아닐까.

사강은 가방 속에 들어 있는 물건을 만졌다. 그녀는 자신이 왜 이곳에 있는지 상기하려고 애썼다. 혼자 맞는 아침이 두려워서도, 영화를 보기 위해서도 아니었다. 더구나 사람들이 말하는 위로나 치유의 문제는 아니었다. 치유도, 용서도 자신의 몫일 뿐이다. 그러기 위해서 사강은 제일 먼저 가방 속의 이 물건들을 처리해야만 했다.

○

누군가 창문을 열어놓았는지 사강의 목덜미로 스산한 바람이 불어왔다. 그녀는 눈을 감았다. 맞은편에 놓인 스물한 개의 빈 의자가 의미하는 건 너무 자명해서, 이곳에 있는 누구나 그것이 무엇을 의미하는지 깨닫는 건 어렵지 않았다.

빈 의자는 실연을 극적으로 말하고 있었다. 맞은편에 일렬로 늘어서 있는 빈 의자는 '이제부터 넌 혼자 밥 먹는 연습을 해야만 해!'라고 속삭이고 있었다. '혼자 먹는 밥도 괜찮아!'라고 주장했다.

사람들의 얼굴이 일그러지기 시작했다. 그들은 몇 달 동안 소화 장애에 시달렸고, 수면제로는 해결되지 않는 불면증 때문에 심각한 수면 부족 상태였다. 세로가 긴 나무 테이블 위에는 진열장에서 막 꺼낸 듯 보이는 흰 도자기 그릇과 손수건 스물한 개가 놓여 있었다. 그것이 아침 식사를 위한 것인지, 이런 상황을 대비한 것인지는 알 수 없었다. 다만 손수건 위에 행운을 의미하는 네 잎 클로버가 수놓아져 있다는 것으로 대강의 의미를 짐작해볼 수 있었다.

사강은 하얀 도자기 접시 위의 손수건을 집어 들었다. 손수건은 방금 전 다림질을 끝낸 것처럼 아직 온기를 머금고 있었다. 사강은 뺨 위에 손수건을 댄 채, 이 모임이 자신이 생각한 것과 전혀 다르다는 뜻밖의 사실을 깨달았다. 이것이 동병상련의 느낌을 공유하는 위로와 격려일 리 없었다.

그럴 리가……
없었다,
절대로.

따뜻한 음식으로 구성된 세심한 식단에도 불구하고 이것은 상처를 위무하기 위한 모임이 아니었다. 차라리 실연을 선언하는 모임이었고, 그것을 인정해야 한다고 주장하는 기이한 형태를 띠고 있었다.

"정말 즐거웠어요. 우연히 마주치면 인사해요. 제 자리는 저쪽이에요."

미도가 사강에게 인사하며 뒤돌아섰다. 사강은 미도가 걸어가는 쪽을 바라봤다. 그녀는 한 남자 쪽으로 가볍게 몸을 틀더니 세 시 방향으로 걸었다. 자신이 가야 할 방향을 정확히 알고 움직이는 것 같았다. 곧 주최 측으로 보이는 사람이 미도를 남자 옆에 안내했다. 사강은 미도 옆에 앉아 있는 남자를 바라보았다.

○

안경을 쓴 남자와 사강은 세 번, 눈이 마주쳤다. 그는 열세 시간의 비행 동안 단 한 순간도 잠자지 않고 서류를 들여다보며 노트북 자판을 두들기는 비즈니스석 승객 같았다. 끝도 없이 커피를 마시는 게 그런 승객들의 특징인데, 마실 때마다 기내에서 주는 커피가 세상에서 가장 맛없다는 얼굴인 것도 비슷했다. 남자는 피곤해 보였다. 하지만 그것은 실연의 흔적이라기보단 전날 야근을 하거나 숙취로 고단한 얼굴처럼 보였다. 남자가 쓰고 있는 동그란 안경은 얼룩 없이 반짝였다. 유일하게 실연의 흔적이 남아 있다면 면도하지 않은 거뭇한 남자의 턱뿐이었다.

어째서 실연당한 사람들이 우글대는 이런 곳에 와서까지 경제 신문을 보고 있는 걸까. 혹시 이런 이상한 풍경이 기사가 될지도 모른다고 착각하는 신문기자라도 되는 걸까. 신문을 보고 있던 남자가 스마트폰을 꺼내더니 뭔가 메모하기 시작했다. 사강은 남자에게 이해할 수 없는 적개심을 느꼈다.

'당신을 이해하기 위해 노력하는 게 너무 힘들어요.'

정수의 얼굴을 보면 늘 말하고 싶었다. 사강은 정수와 노력하지 않아도 이해되는 관계이길 원했다. 전화 걸지 않은 이유를, 전화 받지 못한 이유를 이해하기 위해 노력하고 싶지 않았다. 자신이 왜 전화했는지, 그때 어째서 울음을 터뜨려려 했는지 이해받기 위해 노력하고 싶지 않았다. 죽도록 노력해야만 겨우 유지되는 것이 사랑일 수 있을까. 정수에게 샤넬의 스카프를 생일 선물로 받던 날, 사강은 그것을 목이 아닌 오래된 가방 끈 위에 묶었다. 목에 매고 있으면 어느 날 이사도라 덩컨의 스카프처럼 그것이 자기 목을 조를 것 같았다.

사강은 텅 빈 맞은편 자리를 응시했다. 회칠한 하얀색 벽 위에는 커다란 거울들이 걸려 있었다. 거울은 사강이 볼 수 없는 창 너머 반대편 거리를 그림처럼 비추고 있었다. 가을이면 노랗게 물드는 커다란 은행나무가 서 있고, 정류장의 빨간색 지붕이 삼분의 일쯤 잘려 그녀의 동공 위에 비스듬히 걸려 있었다. 거울 안으로 네이비 색 슈트를 입은 건장한 남자가 빠르게 걸어왔다. 그리고 사강의 눈빛이 거울에 채 머무르기 전에, 남자는 거울 밖으로 재빨리 빠져나갔다. 사강은 계속 빈 의자 너머, 거울에 담긴 거리 풍경을 바라보았다. 남자가 지나가고, 여자가 지나가고, 다시 남자가, 한 명의 남자와 두 명의 여자가 지나갔다. 손을 꼭 잡은 연인이 느릿하게 거울 속 길 위를 걷고 있었다. 남자의 어깨에 살짝 기댄 여자의 뺨이 햇빛 속에 반짝거렸다.

사강은 행복했던 그 시절의 모습으로 그곳에 앉아 있길 원했다. 그녀는 상냥한 얼굴로 '안녕하세요. 처음 뵙겠습니다. 윤사강입니다'라고 말할 수 있길 바랐다. 맞은편 빈 의자에 살아 있던 과거의 정수와 죽어버린 미래의 정수가 있었다. 사강은 어깨를 펴고 허리를 꼿꼿이 세웠다. 그녀는 아무도 바라보지 않는 빈 의자를 향해 미소 지었다. 전체적인 레스토랑의 인테리어와 어울리지 않는 지나치게 장식적인 빅토리아풍의 벨벳 의자. 누구도 쉽게 기억해낼 수 없는 오래된 시대를 재현한 모조품 위에 지나간 한 세월이 앉아 있었다.

그것은 부재하는 연인과 함께하는 공식적인 마지막 식사였다. 사강은 미역국을 수저에 가득 담았다가 내려놓았다. 그것을 입술에 대자 정수와 함께했던 기억이 눈앞을 스쳐 지나갔다. 이제 그녀는 스스로 이 고통스러운 재판의 피고이자 배심원이 되어 있었다. 이곳에 있는 모든 사람들이 이곳에서 서로의 증인이 되어줄 것이었다. 이제부터 사람들은 맞은편의 빈 의자가 말하는 바를 묵상할 것이다. 따뜻한 국을 먹고, 밥알을 씹으며. 그것은 불행한 하나가 되는 것이 아니라 행복한 둘로 분리되는 것을 조용히 사유하는 과정이 될 것이다.

사강 옆에 앉아 있던 여자가 국을 뜨다가 눈물을 흘렸다. 그녀는 흐르는 눈물을 닦지 못한 채 자꾸 코를 만지작거렸다. 그때마다 그녀의 코는 만취한 남자의 그것처럼 빨갛게 부풀어 올랐다. 눈물만큼 전염성이 강한 건 없다. 누군가 울음을 참고 있었고, 침묵이 그것을 강하게 억누르고 있었다.

두 번째 메뉴가 나왔다. 그때, 미도 옆에 앉아 있던 남자가 자리에서 일어섰다. 의자가 끌리는 날카로운 소음 때문에 앉아 있던 사람들이 놀란 얼굴로 남자를 바라보았다. 자리에서 일어난 남자는 사람들의 시선을 의식했는지 고개를 돌리더니 곧장 문 쪽으로 빠르게 걸어갔다. 남자는 문을 박차고 밖으로 나갔다. 미도가 의자에서 일어나 남자를 쫓아가기 시작했다.

"이지훈 씨! 잠깐만! 잠깐만요!"

미도의 얼굴은 기이할 정도로 일그러져 있었다. 몇몇 사람들이 웅성였다. 미도는 곧장 일어나 달리듯 문을 열고 밖으로 나가버렸다. 앞뒤로 흔들리는 문을 바라보다가 한 여자가 큰 목소리로 울기 시작했다. 사강은 그녀에게 들고 있던 손수건을 건네주었다.

○

"식사가 끝나면 입구에 놓인 커다란 상자 안에 물건을 넣어주세요."

검은색 옷을 입고 있던 남자가 말했다.

"상자 속의 물건들을 취합해서 벼룩시장 형태로 다시 전시할 예정입니다. 물건은 이미 예고한 대로 돈이 아니라 물건으로 교환 가능합니다. 마음에 드는 물건은 각자 하나씩 가져가실 수 있고, 책이나 시디처럼 패키지로 묶여 있는 것들은 모두 가져가시면 됩니다. 행사가 끝나면 예정대로 영화제를 시작하겠습니다."

상자는 사람들이 안을 들여다볼 수 없도록 검은색 벨벳 천으로 덮여 있었다. 애인이 준 선물을 떠나보내는 사람들의 행렬이 이어졌다. 백화점 쇼핑백을 들고 아까부터 사강의 옆에 서 있던 여자가 다가와 희미하게 웃었다. 사강은 가방 속 물건을 움켜쥐었다가 이윽고 그것을 꺼냈다. 벼랑 끝에 서 있는 사람들처럼 가방 속 물건들이 상자 안으로 떨어졌다.

사강은 극장 입구에 서서 극장 안으로 이어진 문을 바라보왔다. 문을 열자 극장 안에 깔린 빨간 카펫이 보였다. 어두운 계단을 비추는 가는 불빛을 따라 걸어 올라가자 예고대로 극장 안 좌석 위에 하얀색 상자들이 보였다. 상자는 모두 열려 있었고, 안에는 물건이 들어 있었다. 오십 석이 넘는 좌석에 사람 대신 기념품들이 놓여 있었다. 스물한 명의 사람들이 모두 오십 개가 넘는 물건을 내놓은 셈이었다.

사강의 눈에 몇 권의 책이 보였다. 그녀는 팔걸이가 달린 좌석 사이를 빠르게 걸어갔다. 큐빅이 박혀 반짝거리는 작은 귀걸이, 무지갯빛을 내는 유리구슬 목걸이, 이니셜이 새겨진 반지가 보였다. 사강은 귀걸이 한쪽을 들어 올렸다. 실연의 흔적이 남긴 것들이 어째서 이토록 반짝이는 걸까. 이미 죽어버린 후에도 이 빛들은 왜 시들지 않고 살아 있는 걸까.

그녀는 천천히 고개를 돌렸다. 다락방에 오랫동안 처박혀 있었던 것처럼 보이는 낡은 카메라, 얼핏 제목을 확인할 수 없는 오래된 외국 책, 「Black or White」가 들어 있는 마이클 잭슨의 베스트 앨범, 직접 수를 놓은 듯한 플란넬 손수건, 포도 덩굴이 양각으로 새겨진 오르골이 보였다.

사강이 잡은 것은 오래된 카메라였다. 이곳에서 유일하게 반짝이지 않는 물건이었다. 그녀는 출구 쪽으로 빠르게 걸었다. 이곳에 온 순간부터 사강은 가장 먼저 입장하고 가장 먼저 퇴장하는 관객이 되기로 결정했다. 이곳에서 상영되는 영

화라면, 줄거리를 떠올리는 것만으로도 이미 지긋지긋해지
는 기분이었다. 그러나 입구로 이어지는 극장의 엘리베이터
문이 열리자 전혀 예상치 못했던 사람이 서 있었다. 식사를
마치기도 전에 자리를 박차고 일어났던 남자였다. 남자는 짧
지만 명료한 목례를 한 뒤, 사강을 위해 열림 버튼을 다시 한
번 눌러주었다.

그녀는 감정을 숨기기 위해 고개를 숙인 채 재빨리 엘리베
이터 안으로 들어갔다. 사강은 닫힘 버튼을 연달아 눌렀다. 사
방이 나무로 장식된 엘리베이터 문이 믿기지 않을 만큼 천천
히 닫혔다. 남자는 여전히 그녀를 바라보고 있었다. 엘리베이
터 문이 닫히는 동안 사강은 남자가 어서 사라지길 기다렸다.

○

미도에게 영화제에서 상영되는 영화를 보지 않았다고 말
한 건 거짓말이었다. 사강은 〈500일의 썸머〉를 세 번 봤다.
"다들 몰라서 그렇지, 사실 혼자라는 건 너무 평가 절하된 거
야!"라는 주인공의 대사는 자신의 다이어리에 파란색 플러
스펜으로 적었다.

영화는 근사한 목소리를 가져 늘 신도를 몰고 다닐 듯한
목사님풍의 목소리를 가진 중년 남자의 묵직한 내레이션과

함께 시작된다. 실연당한 사람들이 모인 극장 안에는 이제 곧 영화의 시작을 알리는 커다란 글씨의 자막이 뜰 것이다.

이 영화는 허구이므로,
생존 혹은 사망한 사람과 어떤 유사점이 있어도 완전히 우연입니다.
특히 너, 제니 벡맨!
나쁜 년!

정수가 사강을 바라보며 마지막으로 했던 말도 바로 그것이었다.
"나쁜 년!"

사강의 일탈은 어느 날 아침 이렇게 시작되었다. L항공 비행 승무원인 윤사강은 이날 오전 아홉 시 암스테르담 스히폴 공항으로 떠나는 비행기에 오르지 않았다. 그녀의 보스는 그녀에게 시말서를 쓰게 할 것이고, 회사 차원의 경고와 벌점이 주어질 것이다. 그녀가 L항공을 대표하는 '올해의 스튜어디스 상'을 두 번이나 수상했다는 이유 때문에 그날의 일탈은 희귀한 사건으로 남을 것이었다.

3부

시속 150킬로미터

12월 13일.

이지훈은 경부고속도로를 달리고 있었다. C전자의 천안 연수원으로 가는 길이었다. 막 경부고속도로 톨게이트를 빠져나온 지훈은 점점 자동차의 속도를 높였다. 열어놓은 창문에선 차가운 바람이 불었다. 그는 바람 때문에 헝클어진 머리를 그대로 둔 채 창밖을 바라보았다. 뭔가 비현실적인 기분이었다. 시베리아 북서풍이 부는 12월에 흰색 면봉 같은 몽우리가 올라오기 시작한 목련과 활짝 핀 개나리를 보았기 때문이다.

지훈의 검은색 중고 소렌토 왼쪽 뒷좌석에는 강의 때 갈아입을 양복 두 벌이 나란히 걸려 있었다. 모두 현정이 백화점 세일 기간에 산 것이었다. 차 트렁크에는 오랫동안 신어 뒤꿈치가 닳은 뉴발란스 운동화가 있었다. 턱 아래까지 올라오는 이세이 미야키의 검정색 터틀넥 풀오버, 리바이스 501, 뉴발란스의 그레이 992. 어딘가 익숙한 이 조합은 1998년 이후 한 번도 변한 적이 없는 스티브 잡스의 콘퍼런스 옷차림이었다. 지훈은 그것이 새 제품을 출시할 때마다 전의를 불사르기 위해 잡스가 입는 전투복이라고 생각했다.

그의 왼쪽 시력은 1.5에 가까웠지만 그는 가끔 도수 없는 안경을 썼다. 스티브 잡스 흉내 내기. 모든 건 스티브 잡스의 프레젠테이션 동영상을 보다가 발동한 특유의 장난기로 시작된 일이었다. 종종 자신의 의도가 성공했기 때문에 그는 점점 이 일에 흥미를 느꼈다.

반짝이는 정장 구두를 벗어 던지자 다소 차갑게 생긴 그는 재미있는 일을 도모하는 엉뚱한 천재 타입의 남자처럼 보였다. 동그란 안경을 쓴 것도 효과적이었다. 그렇게 지훈은 Y마트 판매 사원들을 상대로 하는 감정 노동 교육에선 캔 커피와 초콜릿 쿠키 상자를 가득 넣은 커다란 마트용 쇼핑 카트를 끌고 나왔고, 점심 후 피곤해하는 사람들에게 그것들을 나누어주며 근무 환경에 대해 대화했다. 아이패드와 스마트폰, 바퀴가 달린 여행용 플라이트백, 등산용 배낭과 가방 등은 그의 강의 소품이 되었다.

이지훈은 기업 강연계의 슈퍼스타가 될 만한 잠재력을 가지고 있었다. 그의 출생 환경과도 무관치 않은 일이었다. 그는 강의할 장소의 화장실에서 얻는 정보가 얼마나 유용한지, 쉬는 시간 휴게실에서 듣는 수다가 그 회사의 실질적인 하수구 역할을 한다는 것도 잘 알고 있었다. 지훈은 어릴 때부터 형을 이해시키기 위해 자신이 알고 있는 가장 쉬운 단어로 말하는 법을 배워야 했다. 형의 자폐증이 발견된 건 네 살 때였다. 그의 나이 불과 세 살 때였다. 형은 보통의 사람들이 정상이라고 말할 수 있는 범위를 넘어선 상태였다. 형이 말 대신 소리를 지르거나 비명을 지를 때, 그 역시 고함을 치거나 손바닥이 발개질 정도로 박수를 쳤다. 그는 형이 아침마다 먹는 하얀색 알약을 똑같은 개수만큼 함께 먹고 싶어 했다. 두 명의 '덤 앤 더머' 앞에서 육십이 훌쩍 넘은 백발의 노인이 할 수 있는 건, 엄혹한 얼굴로 매를 드는 것뿐이었다. 교통사고로 부모를 동시에 잃은 아이 둘을 감당하기엔 매 순간이 전쟁이었다.

그는 딱딱한 강의에 적절히 유머를 섞었고, 쉬운 비유와 예를 들어 사람들의 흥미를 끌어들였다. 그는 언제나 사람들이 '모를 것'이라는 전제로 강의를 시작했다. 그의 친절함은 아픈 형이 만든 유산이었다. 그렇기 때문에 사원들을 대상으로 한 교육에선 늘 젊은 남자가 여자들에게 받을 수 있는 최

상의 질문을 받았다.

"애인 있으세요?"

지훈이 다니는 회사의 남녀 성비는 칠 대 삼 정도로 남자
가 많았다. 사내 연애가 전적으로 여자들의 의지에 의해 좌
우된다는 건 누구나 알고 있었다.

"2020년이 되면 여자가 없어서 결혼 못 하는 남자가 지금
보다 훨씬 더 많아질걸? 성비 불균형이 별로 해소되지 않잖
아? 철저한 부익부 빈익빈이야. 우리 회사만 해도 절대적으
로 그렇고. 단일민족설은 이제 끝났어."

마흔넷에 미혼인 최 부장은 맬서스의 인구론을 엉뚱하게
비꼬아 새로운 이론을 제시하기도 했다. '대한민국에서 남자
는 기하급수적으로 늘어나는 데 비해 여자는 산술급수적으
로 늘어난다'는 것이다. 그의 이론이 맞든 틀리든 남아 선호
사상이 극에 달하던 시대에 태어난 최 부장이 갓 딸을 선호
하기 시작한 시대에 태어난 여자와 결혼하길 원하는 것만큼
은 틀림없어 보였다. 그는 룸살롱에 가는 대신 계절마다 머
리를 염색하고 아이돌의 브로마이드를 모으는 별난 중년이
었다.

그가 '싱싱한 난자'나 '젖' 같은 단어를 들먹일 때마다 지훈
은 마트의 야채 코너나 정육 코너에 진열된 젓갈들을 떠올

렸다. 창립 기념일에 회사가 직원들에게 최고급 젓갈 세트를 선물한 건 순전히 우연이었지만, 지훈은 꽤 당혹스러웠다. 결국 그는 부엌에서 커다란 명란젓을 가지고 할 수 있는 요리를 고민하다가 현정에게 전화를 걸었다.

"설마 생선 알도 못 먹는 거야? 난 명란젓 진짜 좋아하는데. 명란젓은 좋은 참기름 뿌려 먹는 게 최고야!"

지훈은 젓갈 세트를 몽땅 들고 현정의 집으로 갔다. 그녀는 먼저 압력 밥솥에 밥을 지었다. 그리고 금방 한 뜨거운 밥 위에 가위로 자른 명란젓을 올려놓고, 그 위에 참기름을 뿌려 천천히 밥과 섞기 시작했다. 곧 부풀어 있던 밥 알갱이가 오돌도돌한 명란과 섞여 보기 좋은 핑크빛으로 변했다. 현정은 몇 번이나 "네 인생이 식도락과 거리가 먼 건 진짜 비극이야!"라고 말하면서 지훈을 놀렸다.

현정은 지훈을 위한 음식도 만들었다. 명란을 익혀서 얇게 저민 브로콜리를 올린 오므라이스였다. 저녁을 먹은 후, 지훈이 설거지를 했다. 현정이 함께 볼 DVD를 고르는 동안 지훈은 에스프레소를 내리고 냉장고에서 바닐라 아이스크림을 꺼냈다.

지훈과 현정은 〈위기의 주부들〉의 6시즌 7화를 보다가 비슷한 시간에 잠들었다. 다음 날 아침 현정은 침대에 비스듬히 누워, 지훈은 구부러진 소파의 모서리에 머리를 대고 자다가 깨어났다. 지훈은 현정의 입가에 하얗게 말라붙은 침 자국을 바라보았고, 현정은 왼쪽으로 칼잠을 자느라 쿠션의 격자무늬 자국이 잔뜩 찍힌 지훈의 왼쪽 뺨을 바라보았다. 〈위기의 주부들〉 다섯 시즌을 함께 본 연인들만이 보여줄 수 있는 이른 아침의 풍경이었다.

〈위기의 주부들〉 시즌 2를 볼 때 이들은 서로 조심해야 할 것이 있다는 걸 알게 되었다. 시즌 3이나 시즌 4의 절반이 지나갔을 때쯤, 그것이 현정에겐 엄마 이야기이고, 지훈에겐 형과 관련된 일이라는 사실이 거의 확실해졌다. 사소하지만 각자 싫어하거나 먹지 못하는 음식의 목록이 길어졌다. 현정은 오이를 먹지 못했고, 지훈은 생선을 먹지 못했다. 생선회를 가장 좋아했던 현정은 우유를 마시지 못했지만, 지훈은 눈에 보이는 족족 우유를 마셔 하루 권장량 이상의 칼슘을 우유로 섭취하고 있었다. 싸움을 피하는 법을 영리하게 터득해나갔으므로 이들의 연애 전선에 끼는 먹구름은 소나기를 퍼붓지 않고 근처에 머물다 조용히 지나갔다.

다음 날 저녁, 지훈과 현정은 친구들을 불러 포커를 쳤다. 친구들이 남기고 간 빈 맥주 캔과 먹다 남은 닭 뼈다귀들 속에서도 이들은 〈위기의 주부들〉 시리즈의 나머지 부분을 함께 봤다. 베드신과 키스신이 난무하는 드라마를 보면서도 섹스는 이미 그들의 주요 레퍼토리가 아니었다.

이른 아침 지훈은 잠들어 있던 현정을 껴안았다. 현정은 막 샤워한 차가운 그의 몸 때문에 간지러운 듯 몸을 움츠렸지만 팬티를 내릴 때조차 거의 움직이지 않았다. 눈을 감고 있는 현정의 목덜미에 얼굴을 묻고 지훈은 엉덩이를 조였다 풀기를 반복했다. 육 분이면 끝나는 정확하고 고요한 사정이었다. 현정은 아침 섹스를 좋아했다. 그녀는 익숙한 듯 그의 목덜미를 꽉 끌어안고 달큰한 침을 발라 키스했다. 습관처럼 그의 머리카락 속으로 손가락을 집어넣었다. 섹스가 끝나면 현정은 문장의 마침표를 찍듯 늘 "졸려"라고 말했다. 지훈은 콘돔을 크리넥스에 싸서 버리고 현정을 위해 원두를 갈아 진하게 커피를 내려두었다.

지훈은 시계를 봤다. 그는 당장 침대로 달려가 현정을 끌어안고 싶었다. 자동차 속도가 올라갈수록 고통스러울 정도로 성기가 단단해졌다. 지금 이 속도로 고속도로를 계속 달리면 아직 퇴근 전인 현정을 만날 수도 있을 것이다. 차 안에서 급하게 면도한 턱이 날카로운 바람에 따끔거렸다.

○

지훈이 입사한 A컨설팅 회사는 다국적기업으로 다양한 팀을 운영하고 있었다. 그중에는 '상상 활력 팀'이란 괴상한 이름의 부서도 있었는데, 지훈이 원한 건 바로 창의적인 일과 관련된 그 부서에 들어가는 것이었다. 자신에게 '기업 교육'이라는 뜻밖의 업무가 맡겨졌을 때, 지훈은 당황스러웠다. 수영이라면 개헤엄밖에 칠 줄 모르는데, 엄청난 행정 착오로 특별 해양 구조대의 일원으로 차출돼 끌려가는 기분이었다.

그는 결국 회사의 선택을 증명하는 쪽으로, 그 자리에 어울리는 사람이 되기로 결심했다. 저녁을 김밥이나 피자 같은 배달 음식으로 때우는 일도 잦아졌다. 다양한 분야에서 활약 중인 유명 강사들의 동영상 파일을 보며 특유의 몸짓이나 강의 스타일을 기록하기도 했다. 컨설팅 교육 팀에서 받은 해외 자료들을 읽어보느라 밤을 새우기 일쑤였다. 야근이 계속됐지만 이런 생활이 생각만큼 나쁘지는 않았다.

"당신이 담당하고 있는 기업 교육이 얼마나 심층적인 건지 모르지? 그냥 자료 찾아 리포트 나눠주고, 강연하고 그런 걸로 끝나는 게 아니야. 교육이야말로 컨설팅의 기본이야."

일에 조금씩 익숙해지던 날, 최 부장이 술자리에서 지훈에게 말했다.

"아직도 다른 사람을 설득시키는 게 저랑 잘 맞는지는 모르겠어요."

"내 말은, 그러니까 모르는 걸 직접 판단하려고 하지 말라는 거야. 초등학생이랑 대학생이 같은 문제를 두고 같은 판단을 내릴 것 같아?"

"회사가 대학생이란 얘기예요?"

"네가 초딩이란 얘기지. 회사가 사원의 사적인 경험까지 설계한다는 얘기 들어본 적 있어?"

지훈이 고개를 저었다. 사적인 고민을 회사 안으로 끌고 들어오길 절대 원치 않는 건 오히려 회사 쪽 입장이었다.

"이봐, 이지훈. 회사는 괴물이야. 빅 브라더라구. 누가 날 자르는지 누가 내 진로를 결정하는지 아무도 몰라. 널 내 라인에 집어넣기로 결심했으니 내가 재밌는 얘길 하나 해주지."

최 부장은 500시시 생맥주를 한꺼번에 들이켜며 연달아 트림을 해댔다. 하지만 그는 어느 때보다 진지한 얼굴로 지훈을 바라보며 열변을 토하기 시작했다.

어느 기업이 특정 사원을 뽑아놓았을 땐, 다 그만한 이유가 있으며 그의 미래는 어느 순간, 회사에 의해 정해진다는 게 최 부장의 논리였다. 아시아 시장을 성장의 동력으로 보고 그것에 주력하고 있는 모 선박 회사의 경우, 미래에 인도 법인을 키우기 위해 인도 전문가를 뽑았다. 흥미로운 건 정작 그 사람은 자신이 인도 전문가로 키워질지 전혀 모른다는 사실이다.

외국어에 능통했던 남자는 계속 외국을 떠돌며 실질적인

업무 경험을 쌓는다. 인도, 파키스탄, 중국, 영국, 다시 인도. 짧은 파견 기간이 끝나면 그는 인도의 델리나 뭄바이에 있는 현지 공장을 돌며 다시 일을 배운다. 석회질이 가득한 인도 현지 물을 마셔가며 설사와 배앓이를 하던 초창기와 다르게 그는 점점 인도의 물과 흙과 공기에 적응해간다. 물론 어떤 말을 하든, 그것이 실현 불가능한 일일수록 'No problem!'이라 외치는 인도인 특유의 정서에도 적응한다.

계속해서 척박한 풍토의 나라를 떠돌며 밑바닥부터 다시 시작하는 일에 진력이 날 즈음, 남자는 남아프리카공화국의 케이프타운이나 독일의 베를린 같은 곳에서 회사가 제시한 파격적인 교육 연수의 혜택을 받기도 한다. 물론 엄청난 돈이 드는 회사 연수의 대가로 그가 지불해야 하는 건, 몇 년 동안 다른 회사로의 이직을 불허하겠다는 회사 측 계약서에 직접 사인을 하는 것이다. 그렇게 그의 청춘은 자신도 모르는 사이 회사의 일정에 따라 정신없이 흘러간다. 스물여섯 살 청년은 서른이 되고 곧 삼십 초반을 넘어서게 된다.

"너, 이게 무슨 의미인 줄 알아? 외국으로 뺑이 돌리듯 돌려대는 거."

최 부장은 의자를 바짝 끌어당기고 지훈을 바라봤다.

"일단 남자의 동선을 잘 살펴보면 회사가 그 남자를 잠시도 서울에 머물게 놔두지 않았어. 이유가 뭐겠어?"

"본사에서 일할 만큼 능력이 없어서요?"

"아니. 서울에서 한국 여자를 사귀지 말라는 소리야."

"얘기가 이상하게 튀는데요?"

"왜냐!"

최 부장은 잠시 지훈을 바라보더니 입에 묻은 맥주 거품을 닦았다.

"아무리 돈을 많이 준다고 해도 말 설고 물 설은 인도에서 뿌리박고 평생 살겠단 여자는 별로 없거든. 인도가 뉴욕이나 파리도 아니고, 폼 안 나잖아?"

"설마 회사가 독신주의를 원하는 거예요?"

"무슨 소리! 회사는 나 같은 독신 정말로 싫어해. 외로워서 술 처마시고, 룸살롱 가서 헛돈 쓰는 애들을 회사라고 좋아하겠어? 돈 벌어 오라는 와이프도 있고, 학교 보낼 애들도 주렁주렁 매달려야 홧김에 사표도 안 집어던지고 충성 복무 하면서 암에 걸리는 줄도 모르고 열심히 일할 거 아냐?"

"부장님 말의 요지가 뭐예요?"

"인도 여자 사귀란 소리지 뭐야! 현지 사람을 만나 연애하고 결혼하면 인도 문화를 깊숙이 알게 되고, 그럼 그 여자의 경험이 이 남자에게 이식되겠지. 힌두나 이슬람 문화를 우리 같은 사람이 이해한다는 건 쉽지 않아. 하지만 부인이 인도인인 이 남자는 외국인이지만 인도 법인에서 벌어지는 직원들 사이의 갈등을 조율할 때도 현지 마인드로 접근할 수 있는 거야. 이거야말로 완벽한 현지화 전략이지. 여기에서 가장 중요한 건, 그 남자는 애초에 인도 법인의 사장으로 키워질 인재였다는 거야. 회사가 그 남자가 경험해야 하는 것들을 미리 다 설계해놨던 거라고. 어릴 적 잠시 뭄바이에서 살았다는 게 회사가 그를 선택한 중요한 요인이었지."

"이거 소설 같은데요?"

"초딩이 머리 굴리지 말고 일이나 하라는 소리야!"

"근데 회사가 개인 메일을 체크한다는 게 사실이에요?"

"겨우 이메일만? 모르는 게 약이야."

"언젠 아는 게 힘이라더니."

최 부장의 이야기 때문은 아니었다. 하지만 그 일 이후로 지훈은 개인 보안에 더 많이 신경 썼다. 그는 점점 공식적인 일과 비공식적인 것들을 분리했다. 그리고 회사에 입사한 지 삼 년 만에, "사적인 감정은 없습니다. 그저 사업적인 판단일 뿐입니다"라고 잘라 말하는 자신을 보게 되었다.

이지훈은 영문학을 전공했다. 그러나 트루먼 커포티나 폴 오스터를 좋아하는 자신의 문학적인 취향과 별개로 그는 타고난 비즈니스맨이었다. 그가 커포티의 『티파니에서 아침을』이나 『인 콜드 블러드』 같은 작품을 몇 번씩 반복해 읽는다고 해서, 그의 영업 전략이 은유적이거나 문학적으로 바뀌는 일은 일어나지 않았다. 물론 어린 시절부터 가졌던 문학에 대한 열정이 그에게 일찍이 삶에 어두운 이면과 짙은 그림자가 있음을 알려준 건 사실이었다. 초등학교 3학년 때, J.D. 샐린저의 『호밀밭의 파수꾼』을 세 번씩 읽은 아이의 삶이 그것을 전혀 읽지 않은 아이와 똑같을 리 없었다.

그러나 회사에 소속되면서부터 지훈은 자신이 더할 나위 없이 비열해질 수 있는 사람이라는 걸 깨닫고 있었다. 자신이 하는 말이 사기꾼들의 언어이며 '내가 거짓말하는 게 아니라, 상황이 거짓말을 한다'는 말과 크게 다르지 않다는 것도 알았다.

전형적인 의미에서 이지훈은 직장에서 성공이 보장된 엘리트 그룹에 속해 있었다. 그는 C전자를 비롯해서 G마트, L생명보험, H화학, L항공 같은 대기업뿐만 아니라 한국은행이나 증권예탁원 같은 곳에서도 강의를 맡아 사원들을 교육하는 현장에 파견됐다. 지훈은 '강사들의 무덤'이라 불리는 고위 공무원들을 위한 '다양성 매니지먼트' 강의에도 투입되었고, 강성 노조로 유명한 한 제철 회사의 다문화 가족을 위한 인문학 강좌에도 참석했다. 다양성이 중요시되는 시기였다. 정부에서도 기업 소속의 전문 기관에서도 다문화 가정과 지방의 인구분포도에 대한 연구가 심층적으로 이루어지고 있었다.

다양성이 시대의 키워드가 되어가고 있을 때, 최 부장이 갑작스레 관리 팀 회계과로 발령 나는 사건이 일어났다. 예정에 없던 갑작스러운 인사였다. 인사 팀에서 그의 컴퓨터 기록, SNS 등을 체크했다는 소문이 돌았다. 그가 회사 정보를 이직하기로 한 다른 회사에 빼돌렸을 것이라는 소문이 나돌기 시작할 무렵 조금 더 수상한 이야기들이 함께 흘러나왔다. 일명 '최 부장 스캔들'은 민머리 때문에 별명이 '문어'인 남자가 사내에서 불러일으킬 수 있는 가장 쇼킹한 섹스 스캔들이었다.

최 부장은 유부남이 아니었다. 그것은 단지 회사 안에서 벌어진 사소한 연애였다. 그것이 여타의 연애와 달랐던 건 상대가 여자가 아니었다는 점뿐이다. 평소 최 부장의 음담패설에 불편함을 느꼈던 여직원들은 그가 자신의 성 정체성을 숨기고 위장하기 위해 일부러 거짓말을 했다고 수군댔다.

연애 스캔들이 섹스 스캔들로 발화되는 과정은 사람들의 흥미를 폭발시켰다. 사람들은 회사가 강조했던 다양성을 중시하는 글로벌 한 사내 문화 따윈 즉시 망각했다. 뉴욕에서 온 디자인 팀장 마이클, 필라델피아 법인의 컨설팅 본부장인 앨런 역시 커밍아웃 한 게이라는 사실은 그의 방패막이 되어주지 못했다.

"개인 정보가 유출되는 걸 조심하라고 경고한 건 부장님이었어요. 회사가 비열하고 치사하다는 건 말줄임표였고."

지훈은 그에게 연민을 느꼈다. 그러나 그것이 자신은 안전하다는 안도감에서 시작된 불순한 감정이라는 것 또한 알았다.

"멍청해지는 지름길이 뭔 줄 알아? 사랑에 빠지는 거야."

최 부장의 얼굴이 일그러졌다.

"퍽이나 낭만적이시네요."

"비꼬지 마!"

"비꼬는 게 제 매력이라고 한 건 부장님이에요!"

"그래서 널 보면 때때로 가슴이 두근거렸어."

"농담이 나오세요?"

"가장 기분 더러운 게 뭔지 알아? 해고당하지 않는 이상 나역시 이 회사를 나갈 수 없다는 거야. 네가 치사하고 비열하다고 말하는 이 회사가 대한민국에선 가장 자유분방한 곳 중하나야."

최 부장이 사표를 내고 회사에서 나가던 날, 지훈은 사라진 그의 책상을 떠올렸다. 단지 책상에서 한 사람이 사라진 것이 아니라, 십일 년 동안 최 부장이 점거하고 있던 공간 자체가 통째로 사라져버렸다. 빈 공간을 느낄 수 있었던 시간은 딱 한 시간뿐이었다. 그날 오후, 사라진 그 공간에 커다란 벤자민 화분이 들어섰다.

그의 자리에 놓인 화분을 바라보던 어느 날, 지훈은 피트니스센터에 등록했다. 꽉 막힌 실내에서 텔레비전을 보며 기계 트랙을 반복적으로 달리는 일만큼 멍청한 일이 없다고 생각했지만 책상에 앉아 있으면 숨이 막혔다.

의도적으로 근육을 키운다는 건 힘을 키운다는 것과 같았다. 그것은 사 년 동안 키워온 영문학에 대한 열정들, 가령 존 어빙이나 존 치버, 커트 보니것의 소설을 읽으며 이 세계의 부조리를 파악하고 분석해내는 일이 아니었다. 그런 정신적인 단련은 어느 날 갑자기 사라진 보스의 책상을 바라보는데 전혀 도움이 되지 않는다. 퇴출, 해고, 구조 조정이나 계약 종료 같은 구체적인 언어들과 음모, 배신, 사내 정치, 물타기 같은 추상적인 말들이 늘 그의 머릿속을 맴돌았다.

부모 없이 외로운 소년기를 보내며 '소년 소녀 문학 전집'을 읽고 지냈던 소년에게 이 세계는 불친절하고 폭력적인 방식으로 어른이 되기 위한 쓸모 있는 몇 가지 지혜를 전수했다. 얻어맞아 입술이 터지고 콧등이 내려앉아야 얼마나 아픈지 알게 되고, 비로소 자신의 심약한 육체에 대해 생각할 수 있게 된다는 사실이다.

지훈은 피트니스센터의 바벨 무게를 늘려나갔다. 근육이 찢어지고 상처받으며 조금씩 두꺼워지고 부풀어갈 때마다 그는 가학적인 위로를 받았다. 수컷들이 과시적으로 만드는 근육들이 근육을 파괴하는 과정을 통해 만들어지는 아이러니를 그는 몸으로 체험하고 있었다.

권투 선수의 가장 큰 미덕은 상대방을 잘 때리는 것이 아니다. 물론 상대를 잘 가격하는 건 언제나 중요하다. 그러나 더 중요한 건 잘 얻어맞는 것이다. 권투 선수가 죽도록 두들겨 맞고도 죽지 않는 건, 강펀치와 정확한 타격에 대비하기 때문이다. 자신의 몸을 총알이 쏟아지는 전시 상태에 몰아넣는 것. 그런 과정을 반복하며 맷집을 키우는 건 백 퍼센트 이기기 위한 전략이 아니다. 살다보면 이기기 위해 사는 게 아니라 지지 않기 위해 살 때가 더 많다. 맞아도 덜 아프기 위해 몸부림치면서.

외할아버지가 말했었다. 사람은 역사와 경험에서 삶을 배운다고. 중세 유럽의 귀족들은 반대파들에게 독살당할 것을 두려워했다. 그것은 생에 대한 그들의 본능을 강렬히 자극했다. 삶을 지속하기 위해 죽음을 받아들이는 방법은 독창적인 것이었다. 일부 귀족들은 매일 미량의 독을 섭취하며 여러 가지 독에 대한 내성을 키웠다.

지훈은 조용히 바벨을 내려놓았다. 피트니스센터의 처음과 마지막 손님은 늘 자신이었다. 그는 무거운 금속 덩어리가 바닥에 부딪히는 차가운 소리를 들으며 아침을 시작했고,

밤이 되면 자신의 손때가 묻은 그 바벨을 다시 잡고 한 시간 동안 운동한 후, 어두운 복도를 걸어 집으로 돌아왔다. 집 앞에선 현정에게 습관적으로 안부 전화를 걸었다. 어떤 날은 그녀의 전화기가 꺼져 있기도 했다. 어느 날부터 현정의 전화기는 꽤 긴 시간 동안 꺼져 있었다. 문자를 보내면 '자느라 전화 소리를 못 들었어'라는 답장이 왔다. 딱히 걱정이 되거나 신경이 쓰이진 않았다. 그런 일은 이전에도 있었고, 이후에도 있을 것이었다.

○

"우리 그만 헤어질까?"

언젠가 휴가를 맞춰 함께 떠난 파리에서 현정은 지훈에게 불쑥 물었다. 그러나 지훈의 대답을 기다릴 사이도 없이 현정은 바닐라 아이스크림을 입술에 묻힌 채 말했다.

"아님 말고!"

현정은 살짝 벌어진 앞니 사이로 혀를 밀어내며 웃었다.

지훈과 현정은 다른 연인들처럼 퐁뇌프 다리나 에펠탑에서 사진을 찍고, 파리의 카페에 앉아 지나다니는 관광객들을 구경하며 에스프레소를 마셨다. 그날 오후에 지훈과 현정은 리옹역에서 RER 티켓을 끊어 베르사유로 가는 이층 기차에 몸을 실었다.

"베르사유는 원래 루이 13세가 사냥을 위해 머물던 여름 별장이었대. 주변이 온통 늪지대였고 쓸모없는 땅뿐이었는데 그걸 루이 14세가 아름다운 궁궐로 만든 거지. 절대왕권 시대였으니 가능한 일이었을 거야. 이곳이 얼마나 오래됐는지 생각하면 너무 놀라워. 삼백 년이 넘은 건물이 이렇게 멀쩡하다는 게 정말 신기하잖아. 넌 믿어지니?"

베르사유 궁궐의 아름다운 정원을 걸으며 현정은 지훈에게 말했다.

"가끔 우리가 사귄 지 십 년 가까이 됐다는 게 믿기지 않아. 내 청춘이 너란 사람으로 채워진 거잖아. 테트리스로 치면 난 정사각형만 잔뜩 들어가 있는 블록 같아. 어떤 사람들은 세로가 긴 직사각형, 가로가 긴 직사각형, 기역, 니은 모양의 도형처럼 다양한 블록들로 가득 차 있을 텐데."

"지루해?"

"가끔. 넌?"

"글쎄."

"……"

지훈은 바람에 날리는 현정의 긴 머리칼을 바라보다가, 셔츠 사이로 볼록 튀어나온 그녀의 작은 젖꼭지를 바라봤다. 현정이 숨을 내리쉴 때마다 그것은 조금씩 아래로 내려왔다

제자리로 돌아왔다. 한국을 떠나면 현정은 늘 브래지어부터 풀어놓곤 했다. 그녀는 자신의 사이즈보다 한 치수 큰 브래지어를 착용했다. 평균보다 작은 가슴에 꽤 신경을 쓰는 눈치였다. 하지만 언어와 공기가 달라지면 현정은 제일 먼저 자신의 가슴에 맞지 않는 브래지어를 불편해했다. 그는 침대 위에 현정이 벗어 던진 브래지어를 종종 옷장 안에 넣어두곤 했었다.

이들은 혼자였던 적이 없었다. 서로의 진심을 농담으로 흘려버릴 정도로 그들의 시간은 함께 마모됐다. 그렇게 늙어가는 것도 나쁘지 않을 것이다. 세상의 모든 연애가 터질 듯한 열정과 섹스로 가득 찬다면 인류의 절반은 로미오와 줄리엣처럼 자살하거나, 미칠 것이다. 열정이나 욕망이 어린아이 같은 감정이라는 걸 지훈은 알고 있었다. 한 여자와의 지속적인 연애는 때때로 지훈을 발기불능의 노인처럼 만들었다.

"캠퍼스 커플이라는 게 전형적이란 생각이 들어. 결혼 정보 회사에 가입하거나 선을 보는 거나 뭐가 다를까 생각도 들고."

현정이 회한에 찬 듯 웃었다.

"지금이라도 결혼 정보 회사에 가입하지 그래? 넌 고등학교 선생이라 최고 등급일걸?"

"진담이니?"

"농담 같아?"

"나랑 헤어지면 어떨 것 같아? 우리 말이야, 매일 이혼할까 말까, 이러면서 지지고 볶는 나이 든 부부 같지 않니?"

이미 줄거리를 알고 있는 영화 얘길 하듯 했던 말이 반복됐다.

"가자."

"그래."

"내가 어디 가자고 하는지 알아?"

"피곤하니까 호텔로 돌아가잔 얘기잖아."

현정이 "넌 정말 다 알아"라고 말하며 고개를 끄덕였다.

자동차를 렌트 해 엑상프로방스와 아를에 가자고 한 건 현정이었다. 니스에서 영화제가 열리는 칸까지 기차를 타고 가자고 한 건 지훈이었다. 피터 메일의 서정적이며 목가적인 에세이 『나의 프로방스』를 연상시키는 남프랑스 여행은 그러나 그들이 함께했던 수많은 여행 중 가장 끔찍한 것이었다. 렌터카 회사에서 장담한, 고장 날 일 따위 없는, 세상에서 가장 튼튼한 혼다 어코드의 타이어는 엑상프로방스로 가는 도중 장렬한 소리와 함께 펑크가 났다. 그날따라 마을 초입에 있던 오층짜리 호텔의 엘리베이터는 고장 나 있었다. 계단 쪽으로 걸음을 옮길 때마다 관절염 환자의 무릎처럼 무너질 듯 삐걱대는 소리가 났다. 파리 지하철의 낡아빠진 에스컬레이터에서 나던 소리와 비슷했다. 공짜라고 해도 묵고 싶지 않은 으스스한 호텔에서 지훈과 현정은 이틀을 보냈다. 히치콕 영화에서처럼 옆방에서 살인 사건이 일어나도 '역시 그럴 줄 알았어!'라고 생각될 만한 음침한 방이었다. 욕실에선 필라멘트가 끊어지기 직전에 나는 아슬아슬한 소리가 들렸고, 온수가 찔끔거리며 나오다 끊겼다. 찬물로 머리를 감은 현정은 감기에 걸렸다. 상비약을 먹었지만 상태가 호전되진 않았다. 햇볕이 쨍쨍한 프랑스 남부의 목가적인 풍경은 창문 밖으로만 상영되었다. 밖에 나갈 수 없었던 이들은 침대에 누워 노트북으로 영화를 봤다. 지훈은 현정 곁에서 여행 잡지를 읽었다. 영화를 보며 현정은 종종 감기약에 취한 듯 중얼거렸다.

"사랑이 어떻게 안 변하니, 멍청아! 변하지 않으면 그게 어떻게 사랑이야?"

변하지 않는 건 무엇이냐고, 변하지 않으려는 안간힘이 결국 사랑일 수는 없는 거냐고 묻고 싶어지던 날 밤, 지훈 역시 감기에 걸렸다. 함께 여행을 다녀오고 몇 개월의 시간이 흐른 후였다. 상비약을 가지고 있지 않았던 지훈은 코가 통째로 흘러나올 정도로 재채기를 해대고도 약국을 찾지 못해, 그날 밤 내내 식은땀을 흘리며 침대에 누워 있어야 했다. 며칠이 지나고서야, 지훈은 그때 감기약에 취한 듯 내뱉던 현정의 말이 이별의 전조였다는 것을 깨달았다.

○

그는 평소와 다르게 자동차 클랙슨을 연달아 누르며 C전자 경주 연수원으로 달려가는 중이었다. 직진으로 곧장 뻗어 있던 고속도로는 이제 두 갈래 길로 나뉘었다. 인터체인지를 건너뛰고 직진해 달리면 서울로 가는 길은 점점 더 멀고 복잡해질 것이다. 고속도로에서 유턴은 불가능하다. 그저 앞으로 가거나, 멀리 다른 길로 돌아가는 것뿐이다.

그에게는 두 가지 생각이 공존했다. 첫 번째는 이대로 연수원까지 달려가 일 년 동안 지속됐던 C전자의 마지막 강의를 마무리하는 것이다. 사내 교육 담당자와 술자리를 마무리 짓고 다음 교육 일정에 대해 의논하는 것. 두 번째 생각은 방향을 틀어 다시 서울로 가는 것이다. 차를 돌리면 C전자와는 영원히 등을 지게 될지도 모른다.

지훈은 시계를 보다가 서울로 방향을 틀었다. 무엇보다도 그것은 황당할 정도로 잘못된 결정이었는데, 그날은 갖은 방법을 써도 사람을 쉽게 만나주지 않는 C전자 연수원장과의 독대가 있는 날이었기 때문이다. 그의 경력 중 중요한 일부분 역시 경부고속도로 '서울'이라고 적힌 표지판 위로 빠르게 날아가고 있었다.

○

삶에는 어떤 것으로도 설명하기 힘든 믿을 수 없는 순간이 존재한다. 불행을 예감하고 그것에 대비하기 위해 많은 시간을 보냈다 하더라도, 불행은 결코 보험 광고 속에 등장하는 낯익은 에피소드처럼 찾아오지 않는다. 위험을 대비하고 불행을 대비한다는 건 애초에 성립 불가능한 일일지 모른다. 우리는 누구도 그 순간의 의미를 정확히 알 수 없으며, 많은 시간이 흐르고 나서야 그때의 일이 의미하는 바를 조금씩 알아갈 수 있을 뿐이다.

"주말에 통화하기로 했잖아. 나 오늘 선생님들하고 회식이야."

지훈에겐 불행히도 그 순간이 바로 그때 찾아왔다. 현정의 얼굴을 본 바로 그 순간, 그는 가쁜 숨을 몰아쉬다가 이렇게 외치고 있었다.

"네가 원하는 대로 헤어져줄게!"

축 늘어진 마리오네트처럼 온몸의 힘이 빠졌다. 이해할 수 없는 힘이 그의 입술을 조종하고 있었다.

"고마워."

지훈은 그녀를 응시했다. 헤어지자고 말하면 '정말 헤어지고 싶어?'라고 질문하는 게 정현정이었다. 결혼하자고 말하면 '결혼하고 싶어?'라고 질문할 것이었고, 어떤 선물을 원하느냐고 물으면 '네가 줄 수 있는 최고가 뭔데?'라고 반문할 것이었다.

불과 오 분 전까지만 해도 그는 모든 것을 되돌릴 수 있을 거라고 생각했다. 그녀를 누구보다 잘 알고 있었으므로 훈련된 협상 전문가처럼 설득시킬 수 있을 거라고 생각했다. 그러나 "고마워"란 얘길 듣는 순간, 그는 현정의 얼굴에 떠오른 안도의 한숨을 느꼈다.

겨우 오 분 만에 십 년의 시간이 닫혀버렸다. 현정은 질문을 포기했고, 그것을 포기함으로써 자신 앞에 서 있는 사랑을 무시했다. 비인지 눈인지 모를 것이 차창 밖에 내리고 있었다. 모호하던 것들이 명확해졌다. 그는 자신이 달려온 속도 그대로 온몸으로 그것을 체감하고 있었다.

"운전 조심해."

그는 현정의 손등을 바라봤다. 벌에 쏘여 삼각형 모양의 흉터가 남은 손등에 추억들이 윙윙대며 쏟아져 날렸다. 지훈의 얼굴 위로 잘 갈린 얼음 알갱이가 달라붙었다. 누군가 티스푼으로 얼음 빙수를 떠 자신의 뜨거운 눈동자 위에 올려놓는 것 같았다.

길을 달려오는 동안 마주쳤던 풍경들이 거꾸로 되돌아와 그를 흔들었다. 지훈은 그녀에게 경부고속도로에서 본 길가의 꽃들에 대해 얘기할 생각이었다. 12월에 목련을 보았다고 얘기한다면 누가 그것을 믿어준단 말인가. 그것을 믿어줄 유일한 사람이 현정이라는 자각이 지훈의 가슴을 짓눌렀다.

두 시간 후, 서울 도심에 폭설이 내렸다. 눈발이 점점 더 몰아치더니 무거운 몸체를 이기지 못한 듯 수직으로 낙하했다. 대중교통은 마비되었다. 쏟아지는 눈발을 헤치고 지나가던 사람들은 걷기를 멈추었고, 고개를 수그린 채 휴대전화로 누군가와 바쁘게 통화했다. 눈 속에 파묻힌 차들은 운행을 포기했다. 정지된 자동차들의 무덤. 도시를 뒤덮던 날카로운 소음들은 진공의 눈 속에 파묻혀 가라앉았다. 기록적인 폭설이었다.

○

지훈이 현정에게 처음 이별을 통보받은 건 일주일 전, 월요일 오후 두 시 십오 분이었다. 그는 그녀에게 이별 통보를 네 번이나 들어야 했는데, '미안해. 헤어지자!'로 끝나는 네 가지 종류의 이별 메시지였다. 그중에는 '내가 나빠서 그래.

넌 진짜 좋은 여자 만날 거야!'도 포함되어 있었다.

좋은 여자를 만날 것이란 현정의 말에는 무의식적인 욕망이 담겨 있는 게 아닐까? 좋은 남자를 만나고 싶은 것이다. 물론 그녀에게 '좋은'은 '다른'을 뜻하는 말일 것이다.

그는 이 모든 일들이 '다른 남자가 생겼어!'라거나 '다른 놈이랑 잤어!' 같은 고백과 관련되어 있을지도 모른다고 의심했다. 이 불길한 냄새가 결국 테스토스테론과 관련된 것이며, 그녀가 남긴 일관된 이별 메시지가 남긴 유일한 의미는 결국 한 가지라는 걸 말이다.

현정은 딱히 다른 남자에게 관심을 표명한 적도, 호감을 가졌던 적도 없었다. 그녀는 자신이 다른 남자와 사랑에 빠졌다는 사실을 인정하고 싶지 않았던 건지도 모른다. 오래된 연인에 대한 지독한 죄책감 때문에 자학하듯 최악의 방법으로 이별을 선택한 것이다. 딜레마에 빠진 게 분명했다. 이 밖에 이런 빌어먹을 이별을 설명할 수 있는 논리적인 귀결은 없었다.

어떤 놈일까? 아는 인간일까? 사내 연애? 학교 동창인 걸까? 당장 다음 달에 청첩장이 날아오는 건 아닐까? 어떤 얼굴로 신랑 이름을 확인해야 하는 걸까. 결혼식에 참석해야 하나. 동창들에게서 쏟아질 동정과 위로의 시선들은 어떻게

감내해야 할까. 많은 의문들이 꼬리를 물고 이어져 그의 머릿속을 잠식해나갔다. 잠이 올 리 없는 밤이었다.

늘 시간이 없다고 생각했는데 믿을 수 없을 만큼 많은 시간이 그에게 남겨졌다. 책을 읽으려고 펼쳤는데 글자 없이 하얀 백지만 있는 책장을 마주한 것처럼 당혹스러웠다. 그는 외팔이 검객이 나오는 옛날 홍콩 영화를 보다가 맥주 얼룩이 남아 있는 패브릭 소파에서 졸았다. 낮에 꾸벅거리다보니 밤에는 잠이 더 오지 않았다. 멀쩡한 눈으로 새벽 네 시를 가리키는 시계의 초침 소리를 듣다가, 새벽 다섯 시에 지하철을 타고 아무도 없는 휑한 사무실에 출근했다.

딱히 먹을 것이 떠오르지 않아서 아침마다 라면을 끓여 먹었다. 주말엔 파자마를 입은 채 세 가지 종류의 라면을 아침과 점심과 저녁으로 끓이고, 먹고, 설거지했다. 일요일엔 짜파게티를 먹는 광고 속 평범한 삶이 그에겐 전혀 즐겁지 않았다.

라면 봉지를 버리려다가 지훈은 넘치기 직전인 쓰레기통을 발견했다. 그는 쓰레기통 앞에 쪼그리고 앉아 라면 봉지 하나를 꺼냈다. 그는 라면 봉지 뒤에 적혀 있는 매뉴얼을 큰 소리로 읽었다. 하루 종일 한 번도 뻥긋하지 않은 입에선 단

내가 났다. 어째서 이 순간 면을 먼저 넣어야 할지, 수프를 먼저 넣어야 할지 같은 쓸데없는 것들이 궁금해졌는지 알 수 없지만, 그는 인터넷에서 몇 시간 동안 온갖 라면 카페를 뒤졌다. 그는 '365일 라면만 먹고 살고 싶은 행복한 사람들'이라는 긴 이름의 카페에 회원으로 가입했다.

머릿속이 쓰레기통처럼 꽉 찼다. 지훈은 쓰레기통 속의 라면 봉지를 전부 꺼내 겹겹이 접기 시작했다. 그는 수프 봉투 속에 작게 접은 라면 봉지를 집어넣었다. 네 개의 라면 봉지를 이렇게 처리하자 넘칠 것 같았던 쓰레기통의 부피가 반 이상 줄어들었다. 부피가 큰 라면 봉지는 이렇게 처리해야 한다는 걸 가르쳐준 건 현정이었다. 생각해보니 이럴 땐 혼자 있지 말고 무조건 친구들에게 도움을 받아야 한다고 충고했던 것도 빌어먹을 현정이었다.

헤어진 지 한 달이 넘어서고 있었다.
한 달이란 말은 정확하지 않다.
28일과 31일인 달도 있으니까.
그러니까 이제 헤어진 지 삼십 일째라고 고쳐 말해야 한다.

지훈은 평소보다 자주 시계를 봤다. 시계를 차고 다니지 않는 남자가 흐릿해 보인다는 평소 현정의 주장 때문은 아니었다. 그는 잠을 거의 자지 못했다. 잠시 잠이 들긴 했지만 깨어보면 꿈과 현실이 분간되지 않았다.

"새로 나온 벤틀리 엔진 소리 들어봤어? 그 소릴 들으면 심장이 터질 것 같아."

가령 늦은 점심을 먹다가 지훈은 회사 구내식당에서 현정의 목소리를 들었다. 현정이 식판을 들고 자신에게 다가와 이렇게 말할 것 같았다.

"폴 오스터가 이 제품으로 『뉴욕 3부작』의 초고를 썼대. 1974년에 친구한테 40달러를 주고 산 타자기라는데 정말 대단하지 않니? 소리 한번 들어볼래? 권총 장전할 때 같은 소리가 나거든."

시간이 흐를수록 현정의 목소리가 점점 선명해졌기 때문에, 그는 잠시 자신의 청각에 진짜 문제가 생긴 건 아닐까 걱정했다.

"이 시계, 태엽 감는 소리 한번 들어봐."

현정의 관심을 끈 것은 대부분 기계와 관련된 것들이었다. 그것은 니콘이나 콘탁스의 카메라 셔터 소리나 막 출시된 스마트폰의 다이얼 터치 동작음, 또는 1960년대에 만들어진 독일산 올림피아 타자기에서 나는 차갑고 묵직한 자판음 같은 것들로, 지훈에겐 전혀 감동을 주지 않는 시끄러운 '소음들'

이었다.

현정과 헤어진 지 백 일째 되던 날, 지훈은 박스 안에서 두 꺼운 앨범 한 권을 꺼냈다. 앨범에는 여러 장의 사진들이 붙 어 있었다. 그는 한동안 그 앨범 속 사진을 매일 바라보았다. 그는 앨범에서 사진을 한 장씩 빼냈다. 사진 하나하나에 불 을 붙였다. 현정의 이마와 어깨가 서서히 불길 아래로 스러 져갔다. 시간을 들여 한 장씩 태워버리면 그녀 역시 자신에 게서 멀어질 것이다.

그는 사진을 태우고 남은 극소량의 재를 작은 유리병에 모 아두었다. 그것은 누군가의 뼈와 살을 화장하고 수습해 남은 흔적 같았다. 입김만 불어도 모두 날아가버릴 것처럼 불안하 고 불길했다.

○

지훈이 트위터에서 우연히 '실연당한 사람들을 위한 일곱 시 조찬모임'을 본 건 그즈음이었다. 처음에 지훈은 트위터 를 무시했다. '실연당한 사람들을 위한 영화제'는 물론이고 토요일 오전 일곱 시부터 아침을 먹는다는 발상도 마음에 들 지 않았다. 그러나 딱 한 가지가 그의 마음을 붙잡았다.

실연당한 사람들을 위한 기념품 가게

　그는 충동적으로 '기념품'이란 단어를 클릭했다. 지훈은 이제 노트북을 바짝 끌어당기고 '서로의 상처를 교환한다'는 문장을 읽어 내려가기 시작했다. 그의 책상 위에는 사진을 태우고 남은 재가 담긴 유리병이 놓여 있었다.

　여름방학 엠티, 서로의 마음을 고백하던 밤, 그들이 함께 바라보았던 강변의 밤하늘. 지훈은 별들이 반짝이고 있던 그 밤의 정적을 기억해냈다. 간밤에 내린 비로 땅과 나무는 부드럽게 부풀어 있었다. 축축하고 보드라운 어둠 속에서 그들은 두 손을 꼭 잡고 있었다. 어린 연인들의 손은 터질 듯한 긴장으로 축축해져 있었다. '사랑해'란 말은 꺼내지 못했지만 그래도 스물몇 살의 심장은 어느 때보다 힘차게 뛰었다.

　그는 옷장 속에 넣어뒀던 로모 카메라를 꺼냈다. 현정이 준 첫 번째 선물이었다. 실연의 기념품을 교환한다는 건, 그것의 세세한 내막을 모를 때에나 가능한 것일지도 모른다. 그저 그것이 실연을 상징하는 물건이라는 걸 아는 것만으로 충분했다. 지훈은 그곳에서 자신에게 가장 의미 없는 물건을 골라 나오겠다고 결심했다. 실제 주인에게 그 물건의 의미가 크면 클수록, 그것은 반대로 자신에게 더 의미 없는 물건이 될 것이라 믿었다.

만약 그것이 반지라면 끼지 않을 것이다. 목걸이라면? 목에 걸지 않을 것이다. 음반이라면? 결코 듣지 않을 것이다. 그것이 인스턴트 참치 캔이라면 평생토록 먹지 않고 보관할 것이다. 생각이 꼬리를 물고 이어졌다. 만날 수 없어도 존재하는 것만으로 어쩐지 안심이 되는 가족처럼, 그저 누군가 자신과 비슷한 고통을 견디고 있다고 생각하는 것도 나쁘지 않았다.

지훈은 누군가의 외투가 걸려 있는 옷장과 누군가의 반지가 들어 있는 케이스를 가지는 일에 대해 생각했다. 최초의 선물을 떠나보낼 생각을 하는 것만으로 현정과의 일을 고통에서 추억으로 바꿀 수 있을 것 같았다.

그것은 실연을 빙자해 새벽까지 친구들을 붙잡아놓고 술을 퍼마시며 하소연하듯 우는 것이 아니었다. 화장실 변기에 머리를 처박고 밤새 먹은 음식을 토해내며 스스로의 배설물을 확인하는 자학적인 방법도 아니었다. 그것은 상대를 증오하고 미워하며 저주를 퍼붓는 것이 아니라, 그래서 형편없는 스토커로 전락해 경찰 신세를 지는 극단적인 방법이 아니라, 그저 묵묵히 실연 때문에 여기저기 곪아터진 상처가 전시된 갤러리에서 적당한 값을 치르고 가장 마음에 드는 상처를 쇼핑하는 것이었다. 그것은 진짜 어른들이 보여줄 수 있는 방식이었다.

참가하고 싶습니다.

지훈은 어느새 참가 의사를 밝히는 쪽지를 쓰고 있었다.

4부

모두 123쌍의
커플들

'눈에 보이는 것을 백 퍼센트 믿지 않는다.'

이것은 정미도가 오랫동안 주거할 집을 고를 때 고수한 철칙이었다. 멀쩡해 보이는 보일러나 싱크대의 수도꼭지, 화장실 배수구 등은 반드시 점검해야 한다. 물을 틀고, 잠그고, 물을 다시 틀어 흘려보내는 반복적인 행동을 통해 확인해야 하는 것이다. 물이 내려가지 않는 하수구를 들여다보며 한밤중에 마트에서 '뚫어펑'을 사느라 낭패를 보기 싫다면 말이다.

일단 눈에 보이는 것만 믿고 확인하지 않은 채 집을 계약해버리면 집주인은 고장 난 것을 고치는 데 인색하다는 사실을 뒤늦게 알게 된다. 장인어른이 생일이라거나, 장모님에게 변고가 생겼다거나, 눈이 너무 많이 와서 갈 수 없다는 둥·이해하기 힘든 이유들을 들먹이며 곰팡이 핀 천장이나 터진 보일러를 방치하는 것이다.

막 서울로 올라온 스무 살 정미도가 선택한 생존 전략은 순응주의였다. 하수구는 막힌 채로, 시원하게 나오지 않는 싱크대 물은 졸졸 흘러나오는 채로, 터진 보일러는 한겨울에도 돌리지 않는 것으로. 그렇게 미도는 FM 104.5 주파수만 잘 나오는 라디오를 고장 난 채 사용했고 한 번에 불이 잘 들어오지 않는 2구 가스레인지를 한 번 켤 때마다 서른 번 넘게 노브를 돌리는 수고도 마다하지 않았다.

장시간 웅크리고 앉아 부패한 음식물 찌꺼기 냄새를 풍기는 하수구 속을 유심히 들여다보며 펜치로 자른 철제 옷걸이로 머리카락을 한 올 한 올 집어내는 일이나, 전기장판 하나로 추운 방에서 영하 10도의 겨울을 나는 일은 모두 극기를 요구하는 일이었다.

그녀에게 보통 사람들에게 없는 비범한 인내심이 생긴 것은 그때였다. 다만 고장 난 것투성이인 집에서 살다보니, 스스로 고장 난 사람처럼 느껴진다는 것은 전혀 다른 종류의 문제였다. 미도가 순응주의에서 실용주의로 삶의 노선을 바꾸겠다고 결심한 건 그때였다. 보통의 사람들은 불평 없이 고장 난 걸 참고 사는 사람들을 보면 그 사람이 친절한 마음을 가지고 있다고 생각하는 게 아니라, '저 인간은 정말 머리가 고장 난 게 틀림없어'라고 생각한다는 걸 깨달은 후였다.

타인의 친절함을 자신의 정당한 권리로 착각하는 인간들을 미도는 지겨울 정도로 봐왔다. 그러므로 보이는 것을 그대로 믿어선 안 된다. 계약하기 전에 친절히 구는 집주인은 더 의심해야 마땅했고, '전 조건은 별로 따지지 않아요'라고 말하는 고객일수록 주목해야 하며, '난 뒤끝 없어!'라고 주장하는 상사들에겐 절대 속마음을 들켜선 안 된다. 무엇보다 어린 학생이라고 집이 빠졌는데도 전세금을 돌려주지 않고 느물거리며 집적대는 주인에게는 그에 합당한 대우를 해주는 것이 도리다.

'돈 내놔! 이 미친놈아! 당장 성추행범으로 고소해버리기 전에!'

미도는 일층 로비 엘리베이터 앞에서 재빨리 버튼을 눌렀다. 회의에 들어가기 전, 그녀는 이벤트 기획부와 웨딩 사업부 합동 프레젠테이션에 사용할 자신의 안테나를 챙겼다. 안테나는 그녀의 첫 번째 집주인이 선심 쓰듯 내어준 텔레비전 위에 달려 있던 것이었다. 집주인의 오래된 텔레비전은 1995년산으로, 지금은 황학동 고물상에서조차 찾기 힘든 '골드스타' 마크가 붙어 있었다. 주인은 그 텔레비전을 사고 전세를 탈출해 이곳 은평구 불광동에 첫 집을 샀다고 말했다. 그는 좁아터진 서울 바닥에서 집주인이 세입자에게 텔레비전까지 덤으로 얹어주는 이런 선행은 절대로 없을 것이란 말을 구구절절 늘어놓았다. 미도는 '그렇게 중요한 물건이라면 아저씨가 가져가시지 그러세요?'라고 말하고 싶었지만 집주인이 "학생 생각해서 텔레비전도 거저 줬으니 불편하겠지만 싱크대는 그냥 쓰는 게 좋겠어. 사람이 서로 양보하면서 살아야지"라고 말하는 바람에 입을 다물고 말았다.

골드스타.

한때 우리가 '금성'이라 불렀던 전자 회사의 텔레비전 광고는 당시 사람들의 입에 자주 회자되었다.

순간의 선택이 십 년을 좌우합니다!

미도는 정말 그렇다고 생각했다. 그 집에서 유일하게 한 번도 고장이 나지 않았던 골드스타 텔레비전을 발로 차서 일부러 고장 낸 것이 자신이었기 때문만은 아니었다. 그녀는 복수의 기념품을 찾다가 텔레비전에 꽂혀 있던 그 안테나를 뽑아왔다. 어차피 고장 나면 고칠 수 없는 옛날 물건이었다. 그녀는 프레젠테이션을 진행할 때마다 그 안테나를 사용했다. 길이도 무게감도 적당했다.

순간의 선택은 정말로 정미도의 십 년을 좌우했다.

○

정미도가 오피스텔이 아닌 회사 근처 고시원에 살게 된 건, 대부분 잠만 자고 나오는 공간에 관리비나 도시가스비 같은 돈을 쓰고 싶지 않아서였다. 충청남도 삽교에서 여고를 마친 미도는 하루 서너 시간씩 쪽잠을 자며 대학을 다니던 칠 년 반 동안 각종 아르바이트로 학비를 충당했다. 편의점, 호프집, 백화점 가구 매장 아르바이트 등, 한꺼번에 그녀는 여덟 가지 이상의 일을 했다. 삽교에서 같은 여고를 다니는 여동생의 학비와 레슨비도 그녀가 내줘야 했다.

"비올라?"

동생이 이름마저 생소한 악기를 전공하겠다고 했을 때 미도가 "일단 해봐!"라고 말했던 건, 가녀린 외모와 딴판인 기질적인 호탕함과 낭만적인 성향 때문이었다.

미도가 즉석밥 하나로 하루 세끼를 나누어 해결하던 생활 밀착형 인간인 건 사실이었다. 그러나 악착같이 돈을 모아 체류비가 많이 들지 않는 곳으로 여행을 다닌 것도 사실이었다. 평생 삽다리 촌 바닥에서 살게 될 것을 두려워했던 미도의 아빠는 간암으로 죽기 전, 그녀에게 유언처럼 한마디를 남겼다.

넌 넓게 살아라.

그건 대처로, 서울로 가라는 뜻이었지만 그녀는 평생 충청도 번호판을 단 택시 기사로 좁아터진 택시 안에서 다리 한 번 마음껏 못 뻗고 생을 마감한 아빠의 뜻에, 소작농으로 평생 좁은 땅뙈기에서 마늘밭을 일구던 할아버지의 뜻을 보태 더 넓고 크게 해석했다.

미도가 스스로에게 허용한 유일한 사치는 인터넷 여행 사이트를 뒤지며 중간 경유지에서 손님들을 태우고 오느라 직항보다 적어도 스물네 시간은 더 걸리는 싸구려 비행기 티켓을 끊는 것이었다. 호주, 이집트, 미국, 인도 같은 나라를 그녀는 그렇게 여행했다. 모두 광활하고 따뜻한 나라로, 한국이 겨울일 때 여름이거나, 다양한 인종들로 북적대는 나라였다.

그녀는 유일한 취미를 살려 대학생 시절부터 아르바이트로 일했던 여행사의 가이드로 첫 직장을 얻었다. 그때 마닐라의 로컬 여행사 현지 가이드에게 푼돈을 줘가며 현지인들이 쓰는 타갈로그식 발음이 섞인 서바이벌 필리핀 영어를 배운 덕분에 일 년 후, 미도는 해외 영업 팀으로 보직을 옮길 수 있었다.

잘나가던 그녀가 첫 직장을 그만둔 건 다니던 여행사의 부도 때문이 아니었다. 단지 운이 없었다고 말하기에는 껄끄러운 결말이었고, 무엇보다 그녀가 싫어하는 엔딩이었다. 남녀 관계에서 사표를 던져야 하는 경우는 두 가지다.

헤어지거나,
결혼하거나.

정미도는 사내 커플이었다. 사내 연애의 단점이 현실적으로 폭발할 때는 커플이 찢어질 때다.

"김지혁, 당연히 네가 그만둬야지!"

경제적으로 부양해야 할 가족이 많은 사람이 회사에 남는 게 당연하다는 쪽은 미도였다. 그러나 현실은 거꾸로 그녀에게 불리하게 돌아갔다. 미도는 홧김에 사표를 냈다. 미래에 대한 확신이나, 다른 일에 대한 신념이 있다기보다 자신의 처지를 설명하는 게 구차해서였다.

"결혼이 사랑과 낭만으로만 이루어지는 건 아닙니다. 조건과 현실을 빼면 우리 같은 사람들이 해줄 수 있는 일이 뭐가 있죠?"

정미도가 이런 말을 서슴지 않고 내뱉을 수 있는 이유는 그녀가 회사 근처 대로변에 있는 '필승 고시원'에서 살고 있다는 사실과 무관하지 않았다. 그녀의 '골드스타 안테나'가 다양한 수치의 통계자료들을 하나하나 가리켰다. 미도는 회의실에 모인 부서 팀장들에게 브리핑 자료를 보여주고 있었다.

"중요한 건 일단 헤어져야 만난다는 사실이에요. 실연은 또 다른 기회예요. 실연당한 사람들이야말로 잠재적인 우리 고객인 거죠. 재혼이 우리 업계의 블루오션이 될 줄 누가 알았겠어요? 하지만 지금은 재혼을 겸하지 않는 결혼 정보 회사는 한 곳도 없어요. 이혼 전문 변호사가 자신의 고객 정보를 이용해 재혼 전문 업체를 차리는 세상이에요."

미도가 '그렇지 않나요?'라고 묻기도 전에, '원탁의 기사들'이란 별명으로 통하는 팀장들은 그녀의 말에 고개를 끄덕이고 있었다.

"우리가 주목해야 할 것은 실연당해 돌아온 싱글들입니다. 그들은 누구보다 불행합니다. 누군들 본인이 상대방에게 차일 거라고 상상했겠어요? 슬픔에 잠긴 사람들의 특징이 뭔 줄 아세요? 잠 못 드는 밤을 보내게 된다는 겁니다."

미도는 온몸으로 '저도 겪어봐서 아주 잘 압니다'라고 말하고 있었다.

"실연의 가치에 대해 좀 더 경제적으로, 사업적으로 접근해야 됩니다. 그러기 위해서 가장 먼저 해야 할 일은 연인과 헤어진 사람들을 한자리에 불러 모으는 일이에요. 그리고 그 일은 철저히 비밀리에 접근해야 합니다. 충분한 스토리텔링을 넣어서요. 요즘 고객들, 아무리 잡지나 신문의 기사처럼 꾸며도 애드버토리얼이라면 귀신같이 알아내니까요. 우리보다 고객들이 더 똑똑합니다. 최 팀장님도 아시죠?"

반쯤 눈을 감고 졸던 최 팀장이 놀라 고개를 끄덕였다.

"우리가 헤어진 그들의 마음을 얼마나 잘 알고 있고, 상처 받은 그들을 얼마나 이해하는지 알려줘야 합니다. 하지만 가장 중요한 건 이들의 뺨을 있는 힘껏 때려줘야 한다는 거예요."

"뺨을 치다니요?"

조 부장이 미도를 바라보며 물었다.

"울고 싶으면 울 수 있게 만들어줘야죠. 우리는 친구들이 해줄 수 없는 냉혹한 진실을 말해주는 겁니다. 그게 우리의 존재 이유니까요."

"존재 이유라······."

"실컷 울고 나면 속이 시원해져서 그때부터 자신의 위치에 대해 조금씩 생각하게 될 겁니다. 중요한 건 이 사람들이 우리에게 제대로 뺨 맞았다는 걸 느끼지 못하게 하는 거예요."

"이해가 되지 않는데요?"

"누군가 대뜸 조 부장님 뺨을 때렸다면 기분 나쁘고 아프지 않겠어요?"

"뭐······ 당연히."

"부지불식간에 맞고 나면 아무리 멍한 상태인 사람이라도 내가 대체 왜 맞았을까 생각하지 않겠어요?"

"거야 억울해서라도 그러겠죠."

"보이지 않는 정신적 타격! 더 세밀한 기획이 필요하겠지만, 우리는 이들이 결국 혼자가 되었다는 감각을 되찾을 수 있게 도와줘야 해요. 이제 정신 차리고 새 인연을 찾아라! 이게 포인트예요. 제가 우리 회사의 강점을 여러모로 생각해봤습니다. 회원 수가 많다는 것 역시 강점이 되겠지만 우리만이 가진 의외의 강점이 있더군요."

"그게 뭡니까, 정 차장님?"

내내 침묵하던 대표가 미도를 바라보며 물었다.

팀장들 모두가 일제히 대표를 바라봤다. 비가 오나 눈이 오나 어디서건 늘 짙은 검정색 선글라스를 끼고 나타난 덕분에 표정을 읽기 힘든 대표의 얼굴에 얼핏 미소 비슷한 것이 점처럼 찍혔다 사라졌다. 그는 아까부터 팔짱을 낀 채 긴 다리를 꼬고 앉아 미도를 뚫어져라 바라보고 있었다.

"일단 서울에서 가장 아름다운 건물에 위치한 회사라는 게 장점이죠. 생각해보니 우리 회사 지하에는 독립 영화 전문 상영관도 있더군요."

회장은 처치 곤란이라며 당장 없애고 싶어 하지만 전직 영화감독 출신인 그의 아들, 대표가 결사적으로 지키고 있다는 풍문 속의 독립 영화관이었다. 미도가 부드럽게 미소 지으며 대표를 바라봤다.

미국의 NYU에서 영화를 전공했고 망한 영화 몇 편을 찍기도 했던 대표의 눈빛이 검정색 선글라스 속에서 반짝였다. 늘 표정을 감춰주던 선글라스는 역설적으로 그의 작은 행동 하나하나에 과도한 의미를 부여했다.

미도는 잠시 테이블 옆에 있던 생수를 집어 들며 심호흡을 했다.

"생수가 육백 원짜리 생수통에 담겨 있으면 그냥 육백 원짜리 편의점 생수가 되겠죠. 하지만 아티스트가 디자인한 '리미티드 에디션'의 병에 담는다면 그 가치가 얼마로 올라갈까요? 세상에 존재하지 않을 것 같은 아름다운 스토리를 만드는 겁니다. 우리 고객에게 잊지 못할 또 다른 러브스토리를 만들어주는 거예요. 그러기 위해선 여러 팀의 화합이 아주 중요해요. 이번 기회에 새로운 고객들을 확보하는 겁니다. 이런 기획이 아니라면 절대로 결혼 정보 회사 따윈 쳐다보지도 않을 고객들 말이죠.

이 고객들은 자신도 모르게 특별한 서비스를 받게 될 거고, 미래에 우리 회사의 가장 중요한 고객들이 될 겁니다. 우리의 타깃은 이미 헤어져서 불행한 커플들이에요. 제가 제안하는 프로젝트명을 이렇게 붙였습니다."

미도는 마우스를 클릭해 프로젝트 파일을 열었다.

"'실연당한 사람들을 위한 일곱 시 조찬모임!' 이것이 이번 비밀 프로젝트의 제목입니다."

"저도 참가하고 싶네요."

바로 그때였다.

선글라스를 낀 대표가 자리에서 일어났다.

"가능하겠습니까?"

그는 선글라스를 벗고 박수를 치기 시작했다.

○

직원들이 대표이사에 대해 아는 건 그가 망한 영화감독이라는 사실 하나였다.

대표는 가끔씩 나타났지만 사원들 한 명 한 명에게 존댓말을 쓸 정도로 예의 발랐다. 그러나 비가 오거나 눈이 오는 날에도 절대 선글라스를 벗지 않았고, 자신이 좋아하는 뉴욕 양키스 야구 모자를 쓴 채 양복을 입는 등 단번에 '워스트 드레서'에 등극할 괴상망측한 옷차림으로 사람들의 구설수에 오르내렸다. 물론 그가 누가 봐도 형편없는 야구 영화를 만들었다가 쫄딱 망해 회장의 눈 밖에 나고, 그때의 충격 때문인지 도대체 어울리지도 않는 야구 모자를 시도 때도 없이 쓴다거나, 번식욕이 유달리 강한 회장의 배다른 자식일 거란 루머는 막 입사한 신입 사원들까지 다 알았다.

미도의 이번 프로젝트는 '원탁의 기사' 단 네 명만 참석해 극비리에 진행되었으므로 구체적인 내용을 아는 사원들은 없었다. 그러나 이사진에게는 무늬만 사장이라고 생각했던 대표가 회의 중에 나타났다는 것만으로도 대단한 뉴스였다. 그런 대표가 한 번도 벗지 않던 선글라스를 벗고 박수까지 쳤다는 믿기 힘든 소식은 급속히 퍼져나갔다.

미도가 한때 영화감독이었던 대표의 마음에 들기 위해, 일부러 이벤트로 시네마테크와 영화를 이용한 영악한 마케팅을 펼쳤다는 건, 그녀를 시기하는 쪽 사람들의 해석이었다. 가끔씩 등장하는 미도의 이해할 수 없는 레이어드룩, 일명 '덕지덕지 패션' 역시 대표에게 잘 보이기 위한 의도된 행동이란 말도 흘러나왔다.

소문과 악명!

악명은 정미도에게 회사 생활을 잘해나가고 있다는 증거일 뿐이었다. 미도는 무서운 집중력으로 자신이 해야 할 일을 빠르게 진행해나갔다. 그녀는 즉시 시네마테크 관계자를 만났다. 다음 날은 회사 건물에 있는 망해가는 유기농 레스토랑 주인을 만나 포섭 작업에 들어갔다. 그녀는 이번 프로젝트가 성공해 정기화될 경우 회사가 얻게 될 이익과 돈으로 치환할 수 없는 가치와 명성을 문서화하기 시작했다.

'일사천리'는 미도가 지켜온 원칙 중 하나였다. 당장 돈이 없어 내일 밥을 굶을지도 모른다는 생존 감각이 그녀에게 준 것은 '핵심이 아닌 것은 전부 지워버린다'는 사실이었다. 그러나 고시원에 도착한 미도가 이 화려한 성과에 대해 가장 인정받고 싶었던 단 한 사람은 며칠 동안 일어난 이 모든 일들을 단 한마디로 정의 내렸다.

"정미도! 이 천하의 사기꾼!"

○

"그만둬. 무리야, 무리."

미우가 말했다.

"돈 많이 들어가는 프로젝트의 지휘자가 됐는데 내가 그걸 왜 포기해?"

"언니가 아무리 그럴듯하게 포장한다고 해도 그건 사람들을 속이는 거잖아. 모든 게 결혼 정보 회사 이벤트라는 걸 알면 그 사람들 마음이 어떻겠어? 부도덕해!"

"줄리아드 음대 기계공학과 같은 소리 하고 자빠졌네. 너, 부도덕이란 말이 뭔 줄이나 알고 하는 거야? 정치인이나 경제인이나 전부 사기꾼에 악당들이야. 세상을 움직이는 사람들은 바로 그런 악당들이라고. 내가 하는 일은 최소한 그 사람들이 하는 일보단 정당해. 난 일시적인 장애를 돕고자 하는 거야."

"언니!"

"사람은 태어나서 수도 없이 많은 오답을 써. 실연은 살면서 쓰게 되는 대표적인 오답인 거야. 오답이 대수야? 오답은 그냥 고치면 되는 거야!"

"그래봐야 속이는 거고, 언니가 하는 짓은 양아치 짓이야. 결국 다른 사람의 감정을 등쳐먹겠다는 거잖아."

"제대로 된 대안도 없으면서 그런 하나 마나 한 소리나 하고 있으면 뭐가 달라져? 면접관한테 '이 회사에 뼈를 묻겠습니다' 같은 소리나 하고 자빠졌으면 그 사람이 감동받아 널 뽑아주겠어? 회사가 무슨 납골당이냐? 뼈는 묻길 왜 묻어!"

"치사하게! 갑자기 면접 얘길 왜 하는 건데?"

미우가 미도를 째려봤다.

"면접에 스무 번 넘게 떨어졌으면 너도 느끼는 게 있어야 하는 거잖아? 넌 모르면 가만있어. 이게 단지 내 잇속만을 위한 일은 아니라는 거야. 훨씬 더 고귀한 뜻이 담겨 있으니까."

미도는 조용히 노트북을 켰다. 그리고 책상 옆에 있던 초록색 스탠드의 불을 켰다. 고객 리스트를 바라보던 그녀의 눈빛이 반짝였다. 미우는 침대에 누워 읽고 있던 신문을 내려놓고 등을 돌렸다.

"나 내일 최종 면접이야."

"알아."

"잘하라고 말 안 해줄 거야?"

"말 안 해도 잘할 거잖아."

"언젠 스무 번이나 떨어졌다고 비꼬더니!"

"그건 네가 네 스펙과 전혀 어울리지 않는 회사에만 지원했기 때문에 그래. 정신 차려."

"어디에 있는지도 모르는 실연당한 사람들 말고 바로 옆에 있는 동생을 위로해주는 건 불가능한 거냐?"

"현실을 직시하게 해주는 게 진짜 위로야. 무릎이 깨졌으면 당장 쓰리고 아프더라도 과산화수소수를 퍼붓고 빨간약부터 발라주는 게 위로라고."

이 프로젝트가 실패할 경우, 모든 책임은 최초의 제안자인 자신에게 돌아올 것이다. 무엇보다 최악은 그곳에 모였던 사람들이 모든 사실을 알고 회사를 상대로 고소라도 하겠다고 덤벼드는 것이다. 더할 나위 없이 매혹적이긴 하지만 이번 프로젝트의 위험성을 미도도 잘 알고 있었다. 미도는 회사 법무 팀에 일련의 일들을 상의했다. 예상치 못한 사고는 늘 일어나는 법이므로 준비는 해둬야 했다.

미도는 숨을 몰아 내쉬며 '특별 관리'라고 적힌 폴더를 클릭했다. 폴더를 열자 몇 명의 고객들의 이름이 가지런히 정렬되어 나타났다.

정현정.

미도는 현정의 이름을 클릭했다. 증명사진과 함께 나이와 키, 학교와 주소 등을 기록한 구체적인 개인 정보들이 화면에 떴다.

"이건 정말 대단한 일이 될 거야. 직감적으로 느낌이 와."

미도가 열어놓았던 노트북의 창들을 닫으며 스스로 다짐하듯 말했다. 도서관에서 빌린 르네 마그리트의 화집을 넘겨보던 미우가 미도를 향해 크게 고개를 끄덕였다.

"나도 직감적으로 느낌이 와!"

"그치?"

"응. 이번 회사엔 진짜 합격이야!"

"아님 백수가 되겠지. 비올라 들고 음대 들어갔던 사람이 적성에 안 맞는다고 갑자기 의대에 들어가고, 다시 적성에 안 맞는다고 천문학과에 들어가는 것만큼 나쁜 일이 또 어디 있겠니? 물론 가장 나쁜 건 나처럼 그런 인간의 언니가 되는 일이야!"

미도는 짜증스러운 얼굴로 미우를 바라봤다. 건조하게 터서 일어난 입술, 지문이 잔뜩 묻은 안경을 끼고 책을 읽는 폼이 고등학생 때와 조금도 변하지 않았다. 미도도 다른 사람들처럼 미우가 의대에 들어가면 앞으로 병실 잡을 걱정은 안 하고 살 줄 알았다. 비올라든 깽깽이든 하기만 하면 제대로 될 것이라는 믿음은 미우가 머리 하나는 타고나게 좋아 한 번도 일등을 놓치지 않은 지역 수재였기 때문이다.

"화났냐? 미안."

미우가 베개를 앞에 두고 넙죽 절을 하며 미도를 바라봤다. 앞으로 묶은 야자수 머리가 고개를 끄덕이듯 앞뒤로 달랑거렸다.

"미안하단 말은 어쩜 밥 먹듯 저렇게 잘하는지. 넌 자존심도 없냐?"

"그게 얹혀사는 사람의 예의야."

미도는 미우를 노려보다가 어이가 없어 웃고 말았다. 고시원은 너무 작아서 싸움을 하기에도, 애정을 나누기에도 적당치 않았다. 좁은 공간에서 살려면 무조건 크기를 축소할 수밖에 없었다. 분노도 작게, 기쁨도 작게, 희망도 좌절도 작게, 작게!

"걱정 마. 나도 안 하는 내 미래 걱정을 언니가 왜 해? 내가 보기엔 말이야, 언니는 발터 베냐민처럼 토성의 영향 아래에 있어서 느리게 공전해야 하는데, 밥벌이 때문에 타고난 기질을 누르고 빠르게 휘몰아치다보니 부작용이 생겼어. 점점 신경질적이고 예민해지는 거지. 특히 얼굴 누렇게 뜨고 현기증 자주 나는 거.”

　미우가 토성이며 화성, 공전, 자전 타령을 할 때마다 미도는 지구처럼 자기 몸도 10도쯤 기우뚱해지는 기분이 들곤 했다.

　“토성은 무슨. 간 때문이야!”

　미우가 웃었다. 크게 웃으면 옆방에 사는 총무가 달려올 것이 분명했으므로 자매는 볼륨 1 정도로 소리를 조금씩 죽이며 히죽거렸다.

　미도는 노트북을 끄고 침대에 누웠다. 생각하면 할수록 이번 프로젝트는 가슴 두근거리는 일이었다. 정말 그런 모임이 생긴다면 사람들이 나올까. 며칠 후, 대표가 ‘실연당한 사람들을 위한 일곱 시 조찬모임’ 참가자 명단에 자신의 이름을 올리는 순간, 그것은 진짜 현실이 되었다.

○

　정현정은 미도의 고객 리스트 중 단연 최고의 고객이었다. 결혼 정보 회사에 ‘올해의 개매너’라는 우스꽝스러운 상이 있었다면, 단연 그녀가 반짝이는 트로피를 받고 영광의 우승자가 되었을 것이다.

　처음 현정의 사진을 봤을 때, 미도는 그녀가 남자들에게 꽤 많은 인기를 얻을 거라고 확신했다. 전체적으로 귀여운 인상의 여자였다. 게다가 그녀는 사람들이 좋아하는 안정적인 직장을 가지고 있었다. 굳이 비싼 돈을 주고 '노블레스 클럽'에 가입하지 않아도 자신이 원하는 남자를 만날 수 있을 만큼 학벌도 부모 재력도 좋았다. 하지만 그녀에게 데이트를 신청했던 남자들은 한결같이 당황한 목소리로 미도에게 불쾌함을 표현했다.

"뭐, 이런 이상한 여자를 봤나!"

"자주색 망사 스타킹 신고 나온 거 알아요? 정말 고등학교 교사 맞아요?"

결혼 정보 회사 사람들은 그런 악성 고객들에게 제각각 암호 같은 이름을 붙였는데 현정의 별명은 '십 분'이었다. 그녀는 십 분 안에 자신이 만났던 모든 남자들을 퇴짜 놓았다. 약속 시간에 늦어서, 보내온 문자메시지에 하트가 너무 많아서, 귓불이 작아서, 코가 커서, 입술이 두꺼워서, 구두 색깔이 불길해서 그녀는 남자들을 줄줄이 퇴짜 놓았다. 귓불이 작으면서 코가 크고 입술이 두꺼운 데다가 구두 색깔까지 불길한 남자가 나타난 것도 기적이었지만, 모든 걸 기억하고 불평을 늘어놓는 현정의 기억력에 미도는 정신이 나갈 정도였다. 그것은 정현정이 백 일 안에 성취한 결과물이자, 정미도가 몇 년 동안 구축했던 백 건이 훌쩍 넘는 커플 메이킹 성과들을 한낱 과거의 유물로 추락시킨 사건이기도 했다.

미도가 유일하게 인정할 수 있었던 클레임은 들어온 지 오분 만에 남자가 자신은 머리에 난 가마가 두 개라 결혼을 또한 번 할 팔자라고 장담했던 대학 병원 흉부외과 레지던트 한 사람뿐이었다.

그 일 이후, 미도는 현정이 모든 일을 고의적으로 망치고 있다는 걸 직감했다. 미도는 그제야 현정뿐만 아니라 그녀를 둘러싼 환경에 대해 관심을 가지게 되었다. 첫 실연 이후, 미도가 결심한 건 너무 일만 하느라 친구를 등한시하진 않겠다는 스스로와의 약속이었다. 그러나 친구를 사귈 시간이 없을 정도로 바빴던 미도가 선택한 전략은 자신의 고객을 최고의 친구로 만드는 것이었다.

그녀는 일일이 고객들의 이름과 취미를 기억했다. 크리스마스나 새해엔 손쉬운 단체 메시지 대신 일일이 전화를 하거나 손으로 직접 쓴 안부 카드를 보냈다. 진심을 담는 유일한 방법은 그것이 절실할 때 확실한 효과를 나타내기 마련이다. 미도의 친구들은 그러므로 나이와 성별, 직업을 초월해 있었다. 그것은 대부분 좋은 성과와 인센티브로 돌아왔다.

이 년 전, 정현정을 노블레스 클럽에 가입시킨 건 그녀의 어머니였다. 미도는 회사 신원 확인 팀의 막강한 정보력을 이용해 범상치 않은 분위기를 풍겼던 현정의 어머니에 대해 파악했다. 결혼을 이유로 이들이 알아낼 수 있는 정보는 무궁무진했다. 가령 아파트가 좋은지 빌라가 좋은지 오피스텔이 좋은지 같은 개인적인 주택 구입 성향과 어떤 회사의 어떤 차종을 좋아하는지 같은 사소한 것들도 쉽게 밝혀낼 수 있었다.

자신의 부를 과시하는 방법으로 보석을 선택한 여자가 보여줄 수 있는 최대치를 온몸에 달고 있었던 그녀의 모친은 부동산 개발업자였다. 무엇보다 미도의 눈에 확실히 띄는 대목이 하나 존재했다.

그녀가 번 가장 큰 재산은 인상적이게도 고시원과 도시형 생활 주택을 통해 나왔다. 교통이 좋고 상권이 발달한 역세권에는 종종 그녀의 이름이 등장했다. 그녀가 직접 개발한 전국 고시원과 원룸의 숫자만 해도 헤아릴 수 없이 많았는데, 미도가 머물고 있던 '승리 고시원'의 건물주가 현정의 엄마라는 사실 역시 현정과 미도의 인연이라면 인연이었다. 인맥을 중요시하는 정미도에게 그것은 확실한 인증 마크였다. 게다가 결혼에 관련된 엄마와 딸의 갈등에 대한 논문이 있다면 미도는 꽤 훌륭한 발제자가 될 것이었다.

몇 년 전으로 거슬러 올라가면, 현정은 "안녕하세요. 커플 매니저 정미도입니다"로 시작하는 미도의 전화를 딱 한 번 받은 적이 있었다. 그러나 바로 그 통화 때문에 미도의 전화

117

번호는 현정의 휴대전화에 즉각 스팸 번호로 분류되었다. 삭제가 아니라 스팸 번호로 등록함으로써 다시 전화를 받을 수 있는 가능성 자체를 폐기시킨 것이다. 정현정은 주관이 명확한 치밀한 여자였다.

현정이 갑자기 소개팅에 나가겠다고 전화한 건 불과 석 달 전의 일이었다. 현정의 전화에 한동안 미도는 심란했다. 그러나 사람에게 가장 중요한 건 역시 누군가에게 인정받고자 하는 욕망이다. 그 '누군가'가 자신을 한 번도 인정하지 않은 사람이 될 가능성이 높다는 게 인생의 가장 큰 아이러니이긴 하지만. 그러므로 현정이 그날, 이승철의 「네버 엔딩 스토리」가 울려 퍼지는 독일식 호프집에서 자신의 속마음을 털어놓으며 'SOS'를 쳤을 때, 미도는 그녀를 도와 꼭 커플을 만들겠다는 의지에 불타올랐다.

"전 남자친구와 다시 만나길 원해요."

그들이 왜 헤어졌는지는 미도의 관심사가 아니었다. 바람을 피웠건, 권태기 때문이었건, 남자에게 돈을 꾸고 갚지 않았건 개인 사정일 뿐이었다. 하지만 헤어진 남자를 어째서 다시 찾고 싶어 하는지 아는 건 중요했다. 미도는 결국 "왜 다시 만나고 싶어 하죠?"라고 노골적인 질문을 던질 수밖에 없었다. 그녀는 현정에게 어떤 심경 변화가 있었는지 알아야만 자신도 동참할 수 있을 것이라고 전제했다.

현정은 자신이 퇴짜 놓은 수많은 남자들 앞에서 보여주었던 특유의 냉랭함에도 불구하고 자신의 감정을 쏟아놓다가 결국 눈물까지 흘렸다. 그녀는 어깨를 들썩였고, 눈은 애처로울 정도로 충혈되었다. 미도는 현정에게 설득당할 수밖에 없었다.

사람을 속이는 것만큼 열정을 가지고 할 수 있는 일도 드물다. 전 세계적으로 다양한 몰래카메라가 여전히 인기리에 방영되고 있는 건, 그것이 보는 사람들뿐 아니라 그것을 만드는 사람들을 흥분시키기 때문이다. 결혼 정보 회사 고객들에게 가장 먼저 심어주어야 할 것은 역설적이지만 그런 종류의 속임수였다.

"현정 씨는 운이 참 좋네요."

"네?"

"전 타고난 기획자거든요."

미도가 현정을 바라봤다.

'실연당한 사람들을 위한 일곱 시 조찬모임'은 친구를 고객으로 둔 커플 매니저에게 일어날 수 있는 가장 드라마 같은 일이었다. '그리워하면 언젠간 만나게 되는 어느 영화와 같은 일들이 이뤄져가기를' 이승철의 목소리가 절절하던 그날, 현정과 함께 듣던 「네버 엔딩 스토리」는 그런 자신들을 향해 소리 높여 외치는 응원가였다.

○

"지금의 나를 십 년 후 똑같은 내가 바라봐도 전혀 이해되지 않을지 몰라요. 지금 이 일이 제 생애 가장 바보 같은 짓일지도 모르죠."

현정이 미도에게 내민 건 지훈의 번호가 적힌 사진이었다.

"왜 본인이 직접 연락하지 않죠?"

"전화 걸고, 문자 보내고, 기다리는 걸로 부족하다고 생각했으니까요. 다시 만나기로 결심을 하기까지 많은 고민과 노력이 있었다는 걸 증명하고 싶었어요."

현정은 잠시 뭔가 고민하듯 말을 멈췄다.

"제가 이런 얘길 하는 건…… 이해받기 힘든 방법으로 헤어졌기 때문에 일상적인 방법으로 화해하는 것도 힘들 거라고 생각하기 때문이에요. 다른 사람들은 그저 '헤어졌다'고 말할 수도 있겠지만 저한텐 인생에서 가장 복잡하고 충동적인 일이었어요."

"원래 일은 그렇게 벌어져요. 이지훈 씨에 대해 가능하면 필요하다고 생각되는 정보를 다 보내주세요. 어떤 성향의 사람인지 제가 직접 파악해야 하니까요."

"그런 걸 전부 다 알아야 하나요?"

"제가 직접 알아볼 수도 있어요."

미도는 현정에게 무조건 자신을 믿어야 한다는 메시지를 주기 위해 입술을 야무지게 다물었다.

"하지만 현정 씨 본인이 하는 게 마음 편하지 않겠어요?"

현정이 고개를 끄덕였다.

"더 얘기하고 싶은 정보 없나요? 취미라든가, 좋아하는 일이라든가, 특별히 싫어하는 거라든가."

"지훈이는 소설을 좋아해요. 트위터를 하니까 쉽게 성향이 파악될 거예요. 트루먼 커포티. 커포티의 소설을 인용하는 게 좋겠어요. '세상의 모든 일 가운데 가장 슬픈 것은 개인에 관계없이 세상이 움직인다는 것이다. 만일 누군가가 연인과 헤어진다면 세계는 그를 위해 멈춰야 한다'."

"실연당한 사람들이 보면 눈물깨나 흘릴 얘기네요."

"지훈이는 강의를 해요. 좋은 문장들을 모으죠."

"무슨 뜻이죠?"

"강의에 필요하다고 생각하는 글들을 수집하는 버릇이 있어요. 소설, 영화, 연극, 에세이, 강의집에 나온 좋은 글귀들을 닥치는 대로 모아요. 트위터에서 팔로잉 하는 사람들 대부분이 그런 글을 많이 올리는 사람들이에요."

"참고할게요."

미도가 잠시 입을 다물고 뭔가 생각하듯 고개를 숙였다.

"헤어지자고 한 쪽은 현정 씨가 맞는 거죠?"

현정은 잠시 말을 멈추고 특유의 시니컬한 표정으로 미도를 바라봤다.

"중요한 일이에요."

미도가 말했다. 현정은 천천히 고개를 끄덕이다가 "그래도 도와주실 거죠?"라고 되물었다.

"그게 제 직업이에요."

현정은 잠시 침묵하더니 손톱 끝을 깨물었다. 짧고 뭉툭한 손톱이었다.

"전 그냥 애인을 잃은 게 아니에요. 지훈이는 저랑 같은 고등학교를 나온 동창이었고, 같은 학번 동기이기도 해요. 우리는 같이 밥을 먹고, 엠티를 갔고, 취업 준비를 했어요. 함께 실패와 성공을 경험했죠. 지훈이는 제가 가장 힘들 때 가족처럼 늘 제 곁에 있었어요. 고민이 있을 땐 가장 합리적인 충고를 해주는 선배였고, 웃고 싶을 땐 어이없는 농담으로 절 웃게 만들어줬죠. 제목이 기억나지 않는 영화나 이름이 잘 기억나지 않는 친구가 있으면 저는 늘 지훈이에게 전화를 걸었어요. 걔 누구였지? 사랑니 뽑다가 죽을 뻔했다고 말했던 우리 반 남자애 있잖아. 그 영화가 뭐였지? 우리 그때, 크리스마스 때 명동교자에서 칼국수 먹고 오다가 봤던 짐 캐리 나오는 영화 있잖아."

"……."

"퇴근길에 버스 정류장에 서서 버스를 기다리다가, 지나가는 사람들을 바라보다가, 가판대 앞에 서서 잡지를 팔고 있는 나이 든 아저씨를 바라보다가, 문득 그걸 알게 됐어요. 지훈이를 통과하지 않고 제 청춘을 이해하는 게 도저히 불가능한 일이라는 걸…… 고아가 된 거예요. 세상 어떤 고아원에서도 절대로 받아주지 않는 천애 고아."

현정의 눈에 어느새 눈물이 고여 흘러내리고 있었다.

"마음에 걸리는 게 하나 있어요."

"뭐죠?"

"실은 두 가지예요."

현정이 미도를 바라봤다.

"여기 절 가입시킨 나이 든 여자 말이에요. 기억날 거예요, 워낙 요란하게 눈에 띄니까."

"어머니 말씀이군요. 연애를 반대하시나요?"

미도의 질문은 경험에서 비롯된 것이었다. 미도는 현정에게 '왜?'라는 질문은 하지 않았다.

"엄마가 그쪽으로 전화를 하면 다 알고 있다고 말하세요. 사실이든 아니든 저에 대한 대비책을 가지고 있는 듯한 태도를 확실히 보여주는 게 좋아요. 답이 없다고 생각되면 아마 그쪽을 있는 힘껏 물어뜯을 거예요. 하지만 지훈이의 형에 대해 묻는다면 무조건 모른다고 대답하세요. 나머진 제게 맡기시고."

"무슨 뜻이죠?"

미도가 현정을 바라봤다.

"이지훈 씨한테 형이 있나요?"

"지훈이는 제가 형에 대해 어디까지 알고 있는지 몰라요."

그때, 현정의 휴대전화 벨이 울리기 시작했다. 현정은 당황한 얼굴로 "잠시만요"라고 말하며 휴대전화 버튼을 누르고 밖으로 나갔다. 미도의 휴대전화도 거의 동시에 울렸다. 소개팅 다섯 번 만에 결혼을 결심한 고객의 전화였다. 그렇게 그들의 대화는 끝까지 이어지지 못하고 공중에서 사라졌다. 오분 후 현정이 다시 카페로 들어왔다.

"가봐야 해요."

현정이 미도에게 악수를 청했다.

"학교에 미혼 여자 선생님들이 많아요. 소개해드릴 수 있을 거예요."

현정이 자리에 일어나며 미도에게 스치듯 말했다. 미도는 멀어져가는 현정의 뒷모습을 오랫동안 살펴보았다. 정현정은 자신에게 유리한 쪽으로 협상을 몰아가는 능력이 있었다.

회원 소개를 들먹이다니!

엄마를 닮은 영리한 여자였다.

정미도는 회사에 들어가 모두 서른여덟 개의 회원 명부를 정리하고 일일이 전화를 걸어 커플 매칭 상황을 체크했다. 이벤트 팀의 정 대리와 만나 새롭게 론칭할 '러브 보트'에 대한 브리핑도 받았다. 하지만 미도가 회사에 돌아와 저녁 내내 골몰한 것은 '실연'과 '결혼'을 어떻게 연결시킬 것인가 하는 것이었다.

미도는 자신이 수집한 실패한 연애의 기록들을 떠올렸다. 그것은 처음에 보드라운 솜털 뭉치처럼 작고 귀여운 강아지가 늑대만 한 사나운 개로 변신해 죽도록 짖어대는 과정과 비슷했다. 실제 미도가 두 번째 사귄 남자에게 선물로 받은 귀여운 레트리버는 몇 달 만에 우렁찬 목소리를 내는 집채만 한 대형견으로 바뀌었다. 미도는 예산에서 사과 과수원을 하는 친척에게 그 개를 보내기 전까지 옆방 남자의 비난에 시달려야 했다.

그때, 영감처럼 그녀의 머리를 스쳐 지나가는 단어가 있었다. 미도는 수첩에 그것을 '실연의 기념품'이라고 적었다. 이지훈이 그녀의 상상력에 날개를 달아주었다. 그녀는 트위터로 들어가 그에게 던질 큐피드의 화살을 긁어모으기 시작했다. 사랑 때문에 울고 웃으며 목숨을 버리는 아름답고, 슬픈 탄식들이 미도의 컴퓨터를 채워나갔다. 그녀는 트위터를 돌아다니다가 사람들이 가장 열정적으로 퍼 나르는 말이 결국은 이별과 관련된 사랑의 언어임을 깨달았다. 사랑을 하든 하지 않든 누구나 잃어버린 자신의 한쪽을 찾기 위한 여정에 기꺼이 동참할 마음의 준비를 하고 있었다.

그녀는 곧바로 이것이 그저 이지훈 한 명만을 위한 프로젝트가 아닐 수도 있다는 걸 깨달았다. 그것은 오래지 않은 과거에 미도에게도 일어났던 일이었다. 아니, 우리 모두에게 매일 일어나는 일이었다.

그날 밤, 현정의 말대로 회사에 전화 한 통이 걸려왔다. 일찌감치 남편을 잃은 여자가 딸에게 갖는 집착이 어느 정도 이해할 만한 것이라고 해도, 그녀의 목소리는 끝이 갈라질 만큼 신경질적이라 듣는 사람에게 자연스러운 반감을 느끼게 했다.

"그 애가, 이지훈 형에 대해서 말 안 하던가요?"

곧 현정이 예상한 질문들이 쏟아졌다. 미도는 차분하게 준비된 답변을 차례로 내놓았다.

"현정이한테 전해요. 나랑 협상하고 싶으면 당장 찾아오라고!"

자신의 딸과 대화 아닌 협상을 진행하겠다고 통보하는 엄마는 어떤 사람일까.

결혼의 파탄은 적지 않은 부분 돈 때문에 일어난다. 별 상관 없어 보이는 효도의 문제 역시 돈으로 환원된다. 누가 누구의 부모를 어디에 모실 것인가부터 누가 누구의 부모에게 얼마짜리 선물을 할 것인가와 같은 문제가 파혼의 직접적인 원인이 될 수도 있다는 걸, 사람들은 결혼을 준비하며 배운 다. 미도는 돈을 무시하는 태도를 경멸했다. 그러나 정현정과 이지훈 사이의 문제는 돈이 아니었다. 그들 사이에 사람이 끼어 있다면, 그것이 문제가 되는 것이라면, 돈보다 더 복잡한 문제가 있는 게 틀림없었다.

미도는 이제 새로운 사실들을 밝혀내야 했다. 이지훈의 형이 누구인지, 무슨 이유로 실체 없이 사건의 중심에 서게 되었는지 조사해야 했다. 결혼 정보 회사의 커플 매니저가 탐문에 능하다는 말은 어떤 매뉴얼에도 존재하지 않지만, 미도는 자신의 일이 리서치와 탐문, 신원 조회, 방문 조사 같은 명사들과 연결되어 있다는 사실을 단 한 번도 잊은 적이 없었다. 특히 노블레스 회원들에게 정보와 팩트 체크는 더 중요했다.

미도는 신원 확인 팀에 전화를 걸었다. 늦은 시간이었지만 전화를 받는 사람이 있을 것이다. 신호가 울리더니 딸깍, 소리와 함께 나른한 목소리가 들려왔다. 예상대로 '셜록'이란 별명을 가진 차 대리였다.

"알아볼 사람이 하나 있는데 가능할까?"

"이십사 시간 주세요."

늘 그렇듯 셜록의 목소리는 차분했다. 그는 늦은 밤에 혼자 일하는 걸 좋아해서 야근이 잦은 미도와 자주 늦은 저녁을 먹었다. 셜록과 친분을 쌓아두는 건 여러모로 미도에게 이익이었다.

"미안한데 이름을…… 아직 몰라. 시간이 많지도 않고. 일주일이면 될까?"

"칠십이 시간."

"좋아. 그 남자 동생 이름이 이지훈이야. 이지훈 주소랑 주민등록번호 불러줄게. 회사 주소도 알려줄까?"

"얼굴 확인할 수 있는 사진도 첨부해줘요."

미도가 컴퓨터 화면을 바라보며 마우스로 창 하나를 클릭했다. 컴퓨터 화면에 한 남자의 얼굴이 천천히 차올랐다. 사람을 꿰뚫는 듯 깊은 눈을 가진 남자가 자신을 응시하고 있었다. 미도는 사진을 첨부한 이메일을 셜록에게 빠르게 전송했다.

"잘생겼는데요? 재수 없는 타입이네."

"여자들은 저런 타입, 재수 있어 해."

모두 '실연당한 사람들을 위한 일곱 시 조찬모임'이 진행되기 백 일 전의 일이었다. 2011년 3월 11일. 일본 도호쿠 지방을 강타한 리히터 규모 9.0의 대지진이 일어나고, 후쿠시마 원전 2호기의 격납기 부분이 녹기 시작한 지 팔십삼 일 만의 일이기도 했다.

○

프로젝트를 진행하며 야근을 거듭하던 미도에게 휴가가 주
어진 건 몇 년 만의 일이었다. 회사에선 정미도의 포상 휴가가
승진을 앞둔 그녀에게 주어진 선물 보따리 중 하나라는 소문
이 돌았다. 며칠 후, 회사의 온라인시스템을 정비하던 중 발생
한 사고 때문에 직원들에게도 예정에 없던 반차 휴가가 주어
졌다. 시스템 교체 작업 때문에 회사 전체가 쉬던 그날, 미도
는 인터넷을 서핑하다가 뜻밖에 놀라운 사실을 알게 됐다.

"정미우, 면접 불합격 기념으로 도쿄 갈래?"

그것은 일본으로 가는 왕복 비행기 티켓이 평소에 비해 너
무 싸다는 것이었다.

"아직 발표 안 났거든!"

"일본 가기 싫어?"

미도는 여행 사이트의 비행기 노선을 클릭하며 도쿄로 떠
나는 비행 날짜를 확인했다. 이렇게 싼 비행기 티켓이라면
물가가 비싼 일본이라도 휴가비가 남을 것 같았다.

"갈 거야, 안 갈 거야?"

"일본 지금 난리 났잖아. 여진이 언제 올지도 모르고, 방사

능비도 내린다고 하지 않았어? 언닌 신문도 안 보냐?"

"기상청 들어가봤는데, 떠나는 날부터 일주일 동안 도쿄에 비 안 온대."

"대한민국에 기상청 말을 믿는 사람이 있다니."

"난 공인된 국가기관을 철석같이 믿는 선량한 시민이야."

미도가 콧방귀 뀌듯 미우를 바라봤다.

"사실 나 알카에다가 폭탄 들고 설치던 9·11 때 뉴욕에 갔었어."

"뭐?"

미우가 미도를 노려봤다.

"발리 간다고 뻥치고 간 건 미안한데 어쨌든 좋았어. 그때도 비행기 티켓이 무지 쌌거든."

"언니가 분쟁 지역 전문 기자라도 돼? 왜 그런 델 골라 가?"

미우가 읽고 있던 책장을 덮었다.

"언제 또 그곳에 가볼까 싶은 생각이 들더라. 죽게 되면 죽는 거고, 살면 사는 거고, 그땐 직장이고 뭐고 때려치운 상태라 어떻게 되든 상관없었어. 탈탈 터니까 수중에 오십오만 원쯤 있었는데, 뉴욕행 비행기 티켓 가격이 오십오만 원이더라. 재밌는 우연 아니니? 그래서 비행기 티켓만 사서 떠났던 거야. 뉴욕에 마침 아는 사람도 있었고. 근데 너, 도쿄 진짜 안 갈 거야?"

"정미도! 하던 얘기나 마저 해봐."

"압도적인 서사시 한 편을 보는 것 같았지. 얼마나 큰 슬픔인지 전염성이 강해서 나도 생면부지인 사람들에 섞여서 넋을 놓고 울고 있었거든. 모두 하얀 꽃을 사 들고, 떠나간 친구나 가족들의 사진을 들고 눈물을 쏟으며 지나가는 사람들이 꼭 뉴욕이란 도시의 가장 슬픈 배경음악 같았어. 잿더미 위에 수북이 쌓인 꽃들은 시들었어도 얼마나 아름다운지. 뭐랄까, 시에라리온 같은 아프리카에선 다이아몬드 하나 때문에 하루에도 수백, 수천 명이 죽어간 적도 있는데, 그곳에선 구체적인 슬픔이 느껴지지 않았거든. 아마 아프리카에는 내가 아는 사람이 한 명도 없었기 때문이었겠지."

"그래서?"

"도쿄에도 가보고 싶어."

"왜? 위로해주고 싶어서? 언니가 마더 테레사니?"

"위로해주고 싶은 게 아니라 위로받고 싶어서겠지. 인간은 남의 슬픔을 보면서 진심으로 위로받거든."

미우가 심란한 얼굴로 미도를 바라봤다.

"언니한테 지금 무슨 일이 벌어지고 있는 거구나."

"무슨 일은."

"분명해."

"비행기 표 값이 너무 싸잖아!"

"일차원적이야."

"너 같은 다차원적인 인간이랑 살다보니 더 이렇게 된 거야. 도쿄에 못 가봤으니까 이번이 좋은 기회잖아. 너무 싸!"

"싼 만큼 위험하겠지."

"이봐, 젊은이. 모험가 정신 좀 키워봐. 면접관이 원하는 건 그런 거야."

"어떻게 그런 결론이 나와?"

"너한테는 없는 현실감각이지."

"배우고 싶은 마음도 없어."

"가르친다고 생기지도 않아! 도쿄 갈 거야, 말 거야? 두 장 끊어, 말아? 삼 초 안에 대답해."

"방사능에 피폭되면 어떡해?"

"현실감각이라고 분명히 말했다. 일 초."

"지진 나서 건물 무너지면? 일본 정부가 국민들에게 얼마나 많은 것들을 은폐하고 있는 줄 알아?"

"이 초 막 지나갔다."

"신문 보니까 편의점에 물건도 거의 없고, 생수 사는 건 하늘의 별 따기라던데?"

"삼 초."

"가자, 가!"

"혼자 죽기엔 너한테 투자한 돈이 너무 아깝잖아. 너한테 효도 받을 날을 꿈꾸면서 투자하는 건데. 너는 주식, 부동산, 금, 통틀어서 투자 대비 효용성이 가장 꽝이야."

미도가 크게 소리 질렀다.

벽을 쿵쿵 두드리는 소리가 세 번 울렸다. 조용히 안 하면 당장 벽을 부숴버리겠다는 옆방 고시원 총무의 날카로운 경고음이었다.

○

며칠 후, 미도의 휴대전화에 문자메시지 한 통이 떴다.

이 형제, 캐면 캘수록 엄청나게 흥미롭던데요? 지난 이십오 년간 보험회사 최고의 악성 고객이었을 듯. 2008년에는 거액의 생명보험 두 개를 연달아 탔어요. 금액을 알고 나면 아마 차장님이 직접 사귀고 싶어질걸요? K생명 최고 베테랑 보험 조사관이 이 사건을 직접 맡아 삼 개월 동안이나 밀착 조사 했었어요.

셜록이 보낸 메시지였다.

미도의 이메일에는 '이명훈 파일'이란 제목의 메일이 도착했다. 미도는 이지훈과 이명훈의 프로필을 꼼꼼히 읽기 시작했다. 이들 형제는 불과 십육 개월 차이로 태어난 연년생이었다. 가장 흥미로운 건 평탄하게 살아온 듯 보이던 이지훈이 실질적인 고아라는 사실이었다. 그가 어린 시절 교통사고로 부모를 한꺼번에 잃었다는 건 미도의 마음을 불편하게 했다. 이지훈이 외국어 고등학교를 나와 명문 사립대를 졸업한 것으로 미루어보아, 어린 시절 그와 형에게 거액의 보험금이 나온 것으로 짐작할 수 있었다. 가족 없이 풍족한 삶을 살았다는 건, 그가 어떤 식으로든 경제적 지원을 받았다는 증거였다.

셜록이 알아낸 자료에 의하면, 다른 사람들보다 일 년 늦게 초등학교에 들어간 이명훈은 팔 년 만에야 간신히 학교를 졸업했다. 그것은 일정 기간 명훈과 지훈이 학교를 같이 다녔다는 걸 의미했다. 게다가 그는 주소지를 바꾸며 무려 네 번이나 학교를 옮겨 다녔다. 이명훈이 특수학교가 아닌 일반 중학교에 들어간 건 누군가의 확고부동한 의지로 이루어낸 것으로 보였다. 그러나 그곳에서도 그는 오 개월 만에 쫓겨났다. 그는 곧 중학교를 자퇴했다. 교무 일지에 의하면 이명훈은 수업 중에 갑자기 소리를 지르거나 벌떡 일어나 빙글빙글 도는 이상행동을 자주 했다.

그가 중학교를 자퇴한 후 주소지가 한 번 더 바뀌었다. 명훈은 성북구에 있는 특수학교에 들어갔다. 언어와 놀이 치료를 전문적으로 코칭하는 특수 교사가 배치되어 있었다. 미도는 이메일을 읽다가 흥미로운 점을 하나 발견했다. 놀랍게도 명훈의 최종 학력이 전문대 중퇴로 표기되어 있었던 것이다. 대학은 겨우 삼 개월 정도만 다녔을 뿐이지만 특수학교를 다녔던 아이가 대학교 교육까지 받게 된 배경에는 그만한 이유가 있을 것이다.

이제 그녀는 이메일의 거의 마지막 문장을 읽어 내려갔다. 이들의 경제적, 정서적 지원자가 사 년 전 비슷한 시기에 죽었다는 기록이었다. 보험 조사관이 조사한 내용도 바로 이것이었다.

먼저 외할머니가 죽었다.

한 달 후 외할아버지가 죽었다.

모두 이명훈의 대학 중퇴와 거의 동시에 이루어진 일이었고, 이지훈이 대학을 졸업하기 일 년 전이었다. 조부모가 오래전, 거액의 생명보험에 가입했었다는 사실을 이지훈은 그들의 사망 이후에 알게 되었다. 이명훈은 현재 경기도 파주의 한 전문 요양 시설에 있었다. 이지훈은 매주 토요일 일정한 시간에 형을 찾아간다고 기록되어 있었다.

매주 형이 좋아하는 음식을 잔뜩 사가지고 가기 때문에 요양원 최고의 인기남이에요. 돈 많고 외로운 그곳 노인들의 친손자인 셈이죠. 요양원 관계자들에게 평판도 꽤 좋은 편이구요.

셜록의 이메일은 친손자라는 단어에 방점이 찍힌 채 끝났다. 미도는 컴퓨터를 닫고 사람들이 퇴근한 어두운 건물을 지나 버스 정류장에 섰다. 소나기가 내린 후 서울의 도심은 여기저기 젖어 있었다. 거리의 건물과 나무들은 본래의 색보다 더 진한 빛을 내며 반짝였다. 빈 버스 안에서 미도는 자신의 등에 감도는 희미한 불빛을 느꼈다.

"힘들어도 웃어라. 그래야 좋은 일이 생긴다. 슬퍼도, 싫어도 좋은 말만 해라. 그래야 그 말길을 따라 좋은 일들이 걸어 들어오는 거니까."

엄마가 돌아가시던 날에도 아빠는 삽다리 근처에서 택시 운전을 했다. 미도는 그때의 두려움을 선명히 기억하고 있었다. 도망가지 않겠다고, 나보다 약한 존재를 책임지겠다고 결심하는 순간, 인간은 어쩔 수 없이 어른이 되고 만다. 준비하지 않은 채 맞이하는 첫 번째 생리처럼 낯선 통증을 느끼면서.

미도가 탄 심야 버스가 올림픽대교 위로 들어서려는 찰나, 거대한 다리의 철골 아치 사이에 걸린 보름달이 그녀의 눈에 꽉 차올랐다.

미도는 휴대전화를 열어 열한 개의 숫자로 이루어진 이지훈의 전화번호를 바라보았다. 버튼만 누르면 현정의 사진과 셜록의 이메일 속에만 존재하던 그 실체와 직접 연결될 것이었다.

그러나 미도는 쉬운 방법을 선택하지 않았다. 세상에 존재하는 단 한 명을 위해 그토록 많은 사람과 장소와 시간과 돈이 투입된다는 아이러니가 미도의 가슴을 뛰게 했다. 그가 그럴 만한 가치가 있는 사람인지 미도는 아직까지 확신할 수 없었다. 미도는 눈을 감고, 이 밤의 달빛을 가슴에 담았다.

이것은 두말할 것도 없이 정미도에게 일어난 가장 기묘한 일이었다. 그녀는 몇 주일 동안 이지훈 한 명만을 위한 복잡하고 세심한 계획을 세우고 있었다. 야근이 거듭됐다.

"보름달이 뜨면 사고가 많이 일어난다는 아빠 말, 정말 맞나봐. 기분이 이상하거든. 꼭 무슨 일이 벌어질 것 같아."

그녀는 창문 위에 뜬 달을 보며 아빠에게 말하듯 중얼거렸다. 미도는 휴대전화를 입고 있던 모직 코트 안 깊숙이 집어넣었다. 휴대전화에 닿았던 그녀의 검지 끝이 저릿해져왔다.

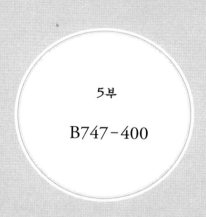

5부

B747-400

2009년 일본의 ANA 항공사는 승객들에게 비행기 탑승 전 반드시 화장실에 다녀올 것을 권고한 적이 있다. 승객들의 소변 무게를 줄이면 이산화탄소와 연료의 소모를 줄여 지구 환경 보존에 일조할 수 있다는 것이 항공사 측의 의견이었다.

　같은 이유로 승무원들의 플라이트백 무게를 줄이라는 회사 측 공문이 떨어진 적이 있었다. 공문이 나가기 전, 몸무게가 많이 나가는 승무원들이 승진에서 배제될 것이라는 소문이 돌기도 했다. 쌍둥이를 임신했던 입사 동기 윤희는 부풀어 오른 자신의 배를 바라보며 한탄하듯 사내에 떠도는 소문을 전달했다.

항공사에는 연료 효율을 높이기 위해 짐을 어떻게 배치할 것인지를 고민하는 '로드 마스터'라는 전문적인 직업이 존재한다. 비행기에 승객이 탑승하면 로드 마스터는 승객의 짐과 화물을 나누어 배분한다. 짐을 앞쪽에 싣는지, 뒤쪽에 싣는지에 따라 비행기의 이착륙 성능이 달라지기도 한다. 아주 드문 경우이긴 하지만 비행기의 균형을 위해 승객의 좌석 위치를 바꾸는 경우도 있다.

사강은 균형을 늘 중요하게 생각했다. 오늘은 런던에서, 모레는 상하이에서 뒤집힌 낮과 밤을 맞이해야 하는 게 일상이라면 균형은 점점 더 중요해진다. 하늘이 아니라 땅에 뿌리내리고 살려면 말이다.

만약 그녀의 인생에 로드 마스터가 존재한다면 지금이 가장 필요한 시기였다. 사강은 공항 카페 라운지에 앉아 이륙을 준비 중인 비행기를 바라보았다. 어릴 땐 비행기를 바라보면 어딘가 자유롭게 떠나는 보헤미안의 이미지가 떠올랐다. 하지만 승무원으로 입사한 후 한동안은 에어버스 330의 꼬리를 바라보면 '반 냉동 상태의 기내식은 160도 이상의 오븐에서 이십오 분 데운다' 같은 공식이 떠올랐다. 하늘을 나는 새 떼를 보면 언제나 아름답다고 생각했지만, 승무원이 된 후엔 비행기 엔진 속으로 그것들이 빨려 들어가거나 부딪혀 일어나는 '버드 스트라이크' 같은 비행 사고가 떠올랐다.

승무원이 된 후, 어느 도시에 가도 감흥이 십 분 이상 지속되지 않았다. 도쿄는 서울과 비슷하고, 스위스는 독일과 비슷해 보였다. 물론 가장 안 좋은 점은 어떤 도시에 가도 자신을 위해 사진을 찍지 않는다는 것이다.

"이거 로모 아냐?"

윤희가 말했다.

"너 비행할 때 카메라도 가져가? 난 잠자느라 호텔 밖으론 나가지도 않는데!"

사강은 라운지에 앉아 늦은 점심으로 치즈가 들어간 파니니를 먹으며 가방 속에 넣어두었던 카메라를 꺼냈다. 카메라는 조카에게 선물로 주기에 적당한 장난감처럼 보였다.

"로모가 뭐야?"

사강이 물었다.

"러시아에서 만든 카메라잖아. 나 이 카메라 좋아하는데."

"왜?"

"싸잖아. 십만 원도 안 할걸?"

윤희는 사강이 들고 있던 카메라를 빼앗아 이리저리 돌려보았다.

"로모, 색감이 되게 독특해. 그래서 이 카메라만 고집해서 쓰는 로모 마니아도 있어. 근데 너, 필름 카메라는 좀 불편하지 않아?"

"필름 카메라라고?"

"카메라 뚜껑 열면 필름 넣는 곳이 있을걸?"

"필름이 없으면 이 카메라 쓸 수 없는 거야?"

"당연하지. 요즘 전문가들 빼고 누가 필름 카메라를 쓰겠냐? 현상하는 데 돈 들고. 그나마 현상소도 별로 없잖아."

그때, 사강의 머릿속에 '무용지물'이란 단어가 떠올랐다. 그제야 자신이 실연당한 사람들의 모임에 놓고 온 기념품을 가져갔을 사람이 느낄 당혹감이 그녀에게 전해졌다. 스페인어나 이탈리아어를 모르면 읽을 수 없는 책과, 필름이 없으면 사진을 찍을 수 없는 카메라. 사강은 로모 카메라를 바라봤다. 사강은 필름 카메라를 써본 적조차 없었다.

"필름 어디서 팔아?"

"모르겠어. 편의점이나 대형 마트에서 팔지 않을까? 혹시 공항 안에 현상소가 있었나 모르겠네?"

누군가는 실연을 당하고 룸바나 살사처럼 격정적인 춤을 배우기 시작한다. 실연 때문에 세상에서 가장 난해하다는 마르셀 프루스트의 『잃어버린 시간을 찾아서』를 읽었다는 사람도 있었다. 실연 후 사표를 던지고 스무 시간 이상 비행기를 탄 채 지구 반대편으로 긴 여행을 떠나는 사람도 있다.

사강은 창문 밖의 긴 활주로를 바라보았다. 필름 넣는 법을 모르는 사람에게 필름 카메라는 골치 아픈 기계다. 하지만 쓸모 있다는 것의 정의가 사람마다 같을 순 없다. 쓸모 있는 사람이 되고, 쓸모만큼만 인정받다가, 쓸모가 사라지면 즉각 폐기되는 삶이 경쟁이라면 그것의 반대편엔 또 다른 세계도 있는 거 아닐까. 세상엔 쓰임새가 애매해서 그저 간직할 수밖에 없는 물건도 있다.

카메라를 카메라가 아닌 '로모'라 부르는 일. 이 '로모'가 누군가에겐 '로모'가 아닌 또 다른 애칭으로 불렸을지도 모를 가능성. 그런 것들. 살면서 가지고 있는 물건에 친근한 이름을 붙이고 그것을 친구처럼 생각하며 소중하게 다루는 일. 사강은 귀퉁이가 낡아 둥글어진 카메라를 바라보았다. 문득 낡은 카메라의 진짜 이름과 시간이 궁금해졌다.

창문 너머로 막 마드리드에서 착륙한 보잉 777-200 한 대가 비행장 안으로 들어오고 있었다. 햇빛에 반사된 비행기 꼬리가 아름다운 피조물처럼 우아한 자태를 드러내며 터미널 쪽을 향해 들어왔다. 사강은 가방 속에 다시 카메라를 넣었다. 그녀는 비행기를 바라보며 윤희에게 중얼대고 있었다.

"당장 필름부터 사러 가야겠어."

○

    윤사강이 날짜변경선을 처음으로 알게 된 건 열 살 때였다. 두꺼운 전집과 사전을 거실에 들여놓는 게 집안의 품격을 보여준다고 믿는 세대에 태어난 아이는 잘못 들다가 놓치기라도 하는 날엔 발톱 하나쯤 날아가는 건 일도 아닌 전화번호부 두께의 백과사전을 친구로 삼았다.

    백과사전은 이혼한 부모님의 유물처럼 남았다. 그것은 조선백자나 고려청자같이 값나가는 것은 아니었지만 생각날 때마다 먼지를 털어주고, 찢어진 귀퉁이를 정성스레 스카치테이프로 붙여주는 정도의, 말하자면 보관이란 단어를 쓸 만한 물건이 되었다.

    아빠가 부재하던 유년 시절, 사강은 부모에게 끊임없이 질문함으로써 얻게 되는 영리한 어린이로서의 권리를 일찌감치 포기했다. 대신 자신의 딸이 유일하게 좋아하는 게 책이라고 믿기 시작한 엄마가 사들인 세계 명작 전집들과 거실에 놓인 사전의 영향으로 그녀는 오래된 책을 뒤적이며 밑줄을 긋고 책장을 접어 찾아보기 좋아하는 흔치 않은 어린 시절을 보내게 되었다.

    사강은 늘 헬로 키티가 그려진 자를 들고 자신이 좋아하는 구절에 연필로 반듯하게 밑줄을 그었다. 그렇게 마주친 단어들을 소리 내어 읽으며 그녀는 귓속에 그 단어들을 하나둘 숨겨두었다. 그리고 마침내 열 살이 되던 여름,『동아백과사전』속에서 '날짜변경선'이라는 단어와 마주쳤다.

날짜변경선. 북극과 남극을 이어 두 지역의 역일(曆日)을 임의로 구분하는 가상의 선. 본초자오선인 그리니치천문대의 180도 정반대쪽 태평양 한가운데(경도 180도)에 동서로 나뉜 국제 날짜변경선이 그어져 있다. 이 기준선을 넘나들 때마다 하루를 가감하게 된다. 즉 이 선을 서에서 동으로 넘을 때는 날짜를 하루 늦추고, 동에서 서로 넘을 때는 날짜를 하루 당긴다. 날짜변경선은 태평양의 중앙부를 지나 대부분은 바다의 영역에 있어, 섬이나 육지를 지나지 않도록 하고 있다. 즉 동일 시간대에 속한 나라가 날짜가 달라서 오는 혼란을 피하기 위해, 동일 지역으로 묶어, 일직선이 아닌 지그재그로 그어져 있다.

어제가 오늘이 되고, 오늘이 내일이 되는 변경선은 그녀가 사는 지구에 존재했다. 그것을 지키기 위해 몇몇 사람들이 하늘 위에서 바쁘게 시계를 '풀었다 조였다'를 끊임없이 반복하고 있다는 것에 열 살 윤사강은 놀라움을 금할 수 없었다. 그녀는 우산을 쓰고 하늘 위에 떠 있는 사람들을 머릿속

146

으로 그렸다. 투명한 날짜변경선 위에 둥둥 떠서 시계태엽을 감고, 풀고 다시 조이는 사람들을 그녀는 상상했다.

만약 어제와 오늘의 변경선 위에서 한쪽 발은 어제에, 다른 한쪽 발은 오늘에 닿아 있다면 지금의 나는 어제를 사는 걸까, 오늘을 사는 걸까? 학교에서 돌아오면 사강은 사전을 펼치며 상상의 나래를 펼쳤다. 슬픈 일이 있는 사람이 '오늘'이 아닌 '어제'의 날짜변경선 위로 발걸음을 옮기면 거짓말처럼 없던 일이 되는 걸까? 어제의 잘못이 오늘의 후회가 되어 눈물처럼 흐를 일도 일어나지 않을 것이다.

사강은 날짜변경선에 단박에 매혹되었다. 어제 누군가 준 소중한 물건을 잃어버린다면, 동에서 서로 넘어가는 날짜변경선에선 오늘이 어제가 될 것이므로 고통스러운 불행을 피해갈 수도 있을 것이었다. 사강의 지구엔 이런 '마법의 선'이 존재했다. 블랙홀처럼 시간이 빨려 들어가는 그 구멍 속을 사강은 꼭 자신의 힘으로 건너가고 싶었다. 날짜변경선을 보려면 어떻게든 비행기를 타야 했다. 그 순간, 사강의 미래가 결정됐다.

어린 그녀가 생각하기에도 비행기 승무원은 이제까지 그녀가 알던 교수나 의사와는 전혀 다른 질감의 단어였고, 집에서 먼 곳으로 떠나는 여행자의 뒷모습을 연상시켰다. 열살 소녀의 머릿속엔 고향을 타향처럼 느끼는 외로움이 자신의 운명이 될지도 모른다는 두려움 따윈 없었다.

비행 승무원이 된 후, 윤사강이 탄 에어버스 330이 지구의 날짜변경선 위를 가뿐히 날아오르던 순간이 있었다. 기장이 서울에서 좌표를 입력한 채 180E에 다가선 순간, 사강은 눈을 떴다. 피아노 줄처럼 단단하고 투명한 변경선이 몸 안 여기저기에 평생 지워지지 않을 지문 같은 흔적을 남겼다. 샌프란시스코로 가는 비행기 안이었다. 그날은 사강의 생일이었다.

태평양의 중앙부, 경도 180도의 자오선, 거대한 몸체의 비행기가 수만 마일 너머 날짜변경선 위를 날고 있을 때, 사강은 눈을 감고 자신의 생일이 눈에 보이지 않는 팽팽한 빗금 위에 걸쳐져 사라지는 광경을 아득한 눈빛으로 바라보았다. 비행기 꼬리 사이로 푸른 장화를 신은 날짜변경선의 정령들이 시계태엽을 빠르게 감고 푸는 모습이 보였다. 180도의 서경 쪽은 180도의 동경 쪽보다 하루 늦게 되는 것이므로 이제 그녀의 생일은 가볍게 사라져버릴 것이었다. 짙은 구름들로 한껏 부풀어 오른 어둠 위에 거대한 비행기 엔진 소리가 울려 퍼지고 있었다. 기내식 서비스와 면세품 판매가 끝난 비행기 안은 고요하다 못해 적막하기까지 했다. 에어버스 330의 길고 좁은 복도의 램프 등은 대부분 꺼져 있었고, 승객들은 잠들어 있었다.

사강은 일등석에만 서비스되는 모에 샹동 샴페인의 기포를 바라보았다. 옅은 복숭아 냄새가 그녀의 코끝에 차갑게 와 닿았다. 그녀는 변경선 위에 놓여 아슬아슬하게 흔들리는 자신의 생일을 향해 속삭였다.

"스물여섯 번째 생일이구나."

날짜변경선을 알게 되던 열 살의 기억들이 샴페인 기포처럼 그녀의 머릿속을 보글거리다 톡톡 터져 나왔다. 사강은 그 어둠을 뒤로한 채 순식간에 사라져버린 어제를 바라보았다.

○

비행. 낯선 도시. 낯선 호텔. 시차 부적응. 수면 장애. 다시 비행. 낯선 도시. 낯선 호텔. 시차 부적응. 수면 장애……. 불안정하지만 몇 년 동안 반복되면서 어느새 균형점을 찾은 사강의 일상에 금이 가기 시작한 건 집 앞에 의문의 상자가 놓인 그날부터였다.

처음 그 상자는 신화나 성경에 등장하는 버려진 어린 아기처럼 문 앞에 놓여 있었다. 밤새 어둠 속에 잠겨 있던 그녀의 눈동자는 쏟아지는 햇볕에 찔렸고, 눈에선 눈물이 찔끔 비어져 나왔다. 사강은 무심코 바닥에 놓인 상자를 들어 올렸다. 상자를 흔들자 이리저리 물건이 상자 모서리에 부딪히며 서

격대는 소리가 들렸다.

사강은 상자를 열어보았다. 상자 속에는 책 한 권이 들어 있었다. 사강은 그 책을 얼마간 바라보다가 현관 앞 신발장 위에 올려놓았다. 그녀가 책장을 들춰보지 않은 건 그것이 일본어로 된 책이었기 때문이다. 훗날 사강은 그 책이 프랑수아즈 사강의 『슬픔이여 안녕』이라는 걸 알아냈다.

○

"아빠가 프랑수아즈 사강을 좋아했기 때문에 지은 이름이었어. 아들이었어도 네 이름은 윤사강이었을 거야."

고민 없이 자신이 좋아하는 사람의 이름을 딸에게 붙였다는 사실 때문에 그녀는 적지 않은 충격을 받았다. 만약 아빠가 좋아하는 작가가 괴테나 카프카였다면? 자신의 이름이 윤괴테나 윤카프카가 되었을지도 모른다. 그랬다면 분명히 아이들의 놀림감이 되면서부터 부모를 저주하는 아이로 성장했을 것이다.

사강은 이십 대의 아빠를 문학을 사랑하는 감수성 뛰어난 청년으로 미화하고 싶은 마음은 없었다. 그가 국제적인 미술상을 받아 신문 기사에 오르내리는 사람이라는 사실은 사강에게 중요하지 않았다. 그는 많은 예술가들이 그랬던 것처럼 자신의 부인을 이혼녀로 만들었다. 몇 년 후엔 누구도 원치 않은 이복동생도 안겨주었다. 사강은 그와 똑같은 눈매를 한 금발의 세 살짜리 남자아이가 자신의 이름을 부르며 아장아 장 쫓아오는 게 자신이 자주 꾸는 악몽의 도입부라는 사실을 누구에게도 털어놓지 않았다. 그녀가 생각했던 건 이토록 무 책임하고 이기적인 남자에겐 아빠가 될 권리도 없어야 한다 는 것뿐이었다.

어린 시절부터 사강은 늘 귓속에서 엄청나게 시끄러운 소 음을 들었다. 그 소음에는 엄마의 울음소리나 아빠의 웃음소 리가 괴상하게 섞여 있었다. 그녀는 그것의 의미를 제대로 이해할 수 없었다. 사강은 자신의 분노가 정당하다는 걸 이 해하지 못할 나이에 불시에 부모의 이혼을 맞이했다.

자신을 좋아하는 사람이 아니라, 자신을 싫어하는 사람을 기어이 자신을 좋아하게 만들겠다는 집념을 키우게 된 건, 아홉 살 윤사강이 택한 최악의 생존 전략이었다. 그것은 엄 마의 양육 방식 때문에 생긴 일이었다. 사강은 말하는 법보 다 말하지 않는 법을 먼저 배웠다. 아프다고 울기보단 스스 로 약국에 가는 편을 택했다. 물론 그녀가 아주 많은 말을 하 는 예외적인 날도 있었다. 하지만 그것은 오랫동안 말을 참 았던 부작용으로 터져 나오는 분노라는 점에서 다른 아이들 과 달랐다.

그녀의 말끝에는 잘린 전선처럼 생긴 마디들이 드러났고, 그 마디 끝엔 어린아이의 것이라고 보기엔 힘든, 너덜대는 감정들이 복잡하게 섞여 있었다. 사강은 너무 말을 안 하거나, 너무 많은 말을 해서 주변의 어른들을 걱정시키는 아이였다. 그럴수록 엄마는 사강을 보호하려 들었다. 그녀는 자신에게 물려받은 것으로 짐작되는 사강의 신경증을 두려워했다. 엄마는 "하지 마!"란 말을 달고 살았다. 더러우니까, 위험하니까, 힘이 드니까 하지 말아야 하는 것들은 점점 더 늘어났다. 엄마를 사랑하는 것보다는 차라리 물고기를 사랑하는 편이 더 쉬웠다. 사강은 수족관에 있는 에인절피시의 밥을 직접 주었다. 에인절피시에게 '꼬마'란 이름을 지어준 것도 사강이었다. 엄마는 언제나 물고기 밥은 하루에 딱 열 알만 주어야 한다고 말했다. 하지만 사강은 자신이 배가 고플 때마다 꼬마에게 매번 한 움큼씩 먹이를 더 주었다.

그 또래의 여자아이들이 강아지나 고양이를 키우는 것처럼 사강은 물고기와 우정을 나누었다. 학교에서 담임 선생님이 자신의 손등을 꼬집은 일, 맨 뒷자리에 앉은 남자아이가 자신의 치마를 들춘 일도 꼬마에게만은 말했다. 그녀는 꼬마가 물속을 움직이며 말없이 뻐끔거릴 때마다 조금씩 흔들리는 얇고 투명한 지느러미를 사랑했다. 먹이를 받아먹을 때마다 불룩해지는 꼬마의 입을 좋아했다.

그러던 어느 날, 꼬리를 나풀거리며 헤엄치던 꼬마가 더 이상 움직이지 않았다. 어린이 수영단에서 막 배영을 배우던 시기였으므로 사강은 꼬마가 수족관 안에서 배영을 연습하고 있다고 생각했다. 사강은 배를 내보인 채 삼십 분이나 둥둥 떠다니는 꼬마를 하염없이 바라봤다. 뭔가 이상하다는 걸 느꼈을 땐, 이미 꼬마가 죽어버린 후였다.

"잘 기억해둬. 사랑을 너무 많이 주면 이렇게 배가 터져 죽어버려!"

꼬마가 배를 보이며 뒤집혀 물 위에 둥둥 떠 있을 때, 플라스틱 뜰채로 물고기 사체를 건지며 엄마가 말했다. 사강은 차라리 아프게 손바닥을 맞고 싶었다. 물고기의 죽음이 자신의 책임이라면 벌을 받아 끔찍한 죄책감을 덜고 싶었다.

"얼굴 더러워지니까 울지 마라."

"……."

"넌 이제 꼬마가 아니야."

엄마는 꼬마와 똑같은 금붕어를 사주겠다고 약속했다. 그러나 사강에게 다른 물고기는 아무런 의미도 없었다.

"너도 곧 열 살이야. 알겠니?"

두 손으로 주먹을 꼭 쥐고 있던 사강은 엄마에게 고개를 끄덕였다.

사강은 점차 누군가에게 자신이 원하는 것을 직접 말하는 법을 잊어버렸다. 말하지 않게 되자, 점점 자신이 진짜로 원하는 것이 무엇인지 혼란스러워졌다. 그렇게 사강은 원하는 것을 말하는 능력을 잃기 시작했다. 결과적으로 그것은 그녀를 유능한 회사원으로 만들어주었는데, 불만 없이 자족하는 사람이 귀한 시대에 그것은 거꾸로 보기 드문 재능으로 승화되었다.

레스토랑에서 음식이 짜거나 싱겁다고 소리를 지르며 매니저를 불러내는 사람들을 보면 사강은 경외감을 느꼈다. 비행기에서 난동을 피우며 창문을 열고 뛰어내리겠다고 발작을 일으키는 승객들도 마찬가지였다. 커피가 뜨겁지 않다고, 샐러드가 신선하지 않다고, 기내 에어컨이 너무 세다고, 약하다고 소리 지를 수 있는 사람은 얼마나 명쾌한가. 자신의 명함을 내밀고 만나주지 않는다고 불만을 토로하는 남자들도 마찬가지였다. 적어도 저들은 자신이 원하는 것을 분명히 알고 있는 것이다. 아무것도 말하지 않는 사람의 마음을 읽는 것에 비해, 자신이 원하는 걸 분명히 말하는 사람의 욕구를 채워주는 일은 어렵지 않았다.

사강이 잃어버린 승객의 콘택트렌즈를 찾아주고, 보드카를 생수병에 넣어 몰래 반입한 시끄러운 러시아 사람들을 상대하고, 불편한 자기 자리 대신 텅 빈 비즈니스 좌석에 앉아

가겠다고 고래고래 소리 지르는 할아버지 승객을 어렵지 않게 상대할 수 있었던 건 고객에 대한 사랑 때문이 아니라, 인간에 대한 기대치가 너무 낮았기 때문이었다.

프랑스에서 스웨덴 여자와 살며 눈 푸른 이복동생을 낳은 아빠에게 뭘 기대한단 말인가. 지금의 자신보다 한참 어린 나이에 딸을 낳은 엄마에게서 기대할 수 있는 건 없었다.

그녀의 서비스는 어린 시절부터 축적된 콤플렉스에서부터 시작된 것이라 자연스러웠고, 누구에게나 평등했다. 그러나 사강은 점점 비행기 타는 것이 두려웠다. 비행기를 타면 가슴이 죄어오고 숨쉬기가 점점 더 어려워졌다. 그녀는 자주 주먹으로 흉곽 부위를 내리쳤다. 과호흡이나 공황장애 환자를 위해 기내에 설치된 산소호흡기를 떼서 입에 대고 싶은 충동을 몇 번이나 참아야 했다. 그것이 수시로 바뀌는 고도나, 헤어 제품으로 고정한 머리카락을 있는 대로 조여 맸기 때문에 생긴 일이 아니란 것쯤은 그녀도 알고 있었다.

만약 비행기 조종사에게 뜻하지 않은 고소공포증이 생겼다면 그 사람은 비행기를 조종할 수 있을까. 도서 평론가에게 불시에 난독증이 생겼다면 어떻게 해야 하나. 대답하기 어려운 질문들이 그녀의 일상을 잠식해 들어가고 있었다.

사강은 신발장을 활짝 열었다. 장 속에는 네 개의 상자가 나란히 놓여 있었다. 그녀는 그것 중 하나를 꺼냈다. 상자 안에는 독일어판『슬픔이여 안녕』이 들어 있었다. 사강은 자신이 진심으로 원하는 것이 무엇인지 대부분 알지 못했다. 그러나 원하지 않는 것에 대해서라면 얘기가 달랐다.

이 책들,『슬픔이여 안녕』은 그녀가 결코 원하지 않는 것이었다.

○

책은 대부분 기념일이나 기념일 즈음해서 도착했다. 밸런타인데이, 크리스마스 열흘 전, 생일, 여름휴가 시즌에도 책이 도착했다. 마지막으로 도착한 책은 아무리 생각해도 어떤 '기념일'인지 알 수 없는 날 도착했다. 네 권의 책이 도착하기까지 걸린 시간은 일 년이 되지 않았다. 상자에는 발신인이 적혀 있지 않았다.

누구도 이런 식으로 선물을 보내진 않는다. 사강은 쌓여가는 책을 바라보았다. 패턴이 있다고도, 없다고도 할 수 없는 선물이었다. 그것은 습작기 학생이 쓴 플롯 없는 엉망진창의 추리소설 같았다. 굳이 선물이라고 말할 수 있을지도 의문이었다.

발신인이 적혀 있지 않은 첫 번째 일본어판『슬픔이여 안녕』은 크리스마스에 도착했다. 상자에는 교토를 상징하는 황

궁이 그려진 우표가 나란히 두 장 붙어 있었다. 일본어라면 아주 조금 말할 수는 있었지만, 한자를 제외한 일본어를 읽을 순 없었다. 가로가 아닌 세로로 길게 늘어선 제목을 보는 것만으로도 사강은 이 책이 낯설었다.

밸런타인데이에 도착한 상자 속에는 스페인어판 『슬픔이여 안녕』이 들어 있었다. 그것이 스페인의 바르셀로나에서 발신되었다는 것을 알려주는 스탬프가 택배 상자 위에 희미하게 찍혀 있었다. 크리스마스 열흘 전에는 이태리 피렌체에서, 사강의 생일날에는 베를린에서 책이 도착했다.

매번 사강의 머릿속에 떠오른 것은 시간대가 전혀 다른 낯선 도시를 배회하며 자신에게 책을 보내고 있는 사람의 뒷모습이었다. 그 사람의 손가락 지문과 그림자가 이 낯선 책 위에 드리워져 있었다. 외국어로 된 책들을 읽으라고 보낼 리는 없었다.

생일에는 코끼리나 주술사가 그려진 실크 스카프와 함께 늘 '사랑하는 내 딸'로 시작하는 엄마의 축하 카드가 날아왔다. 매년 같은 생일 축하 문장과 다른 패턴의 스카프를 보내는 것이 엄마의 인사법이었고, 스카프가 들어 있던 오렌지색 박스를 책상 위에 올려두는 것이 사강의 생일날 아침 풍경이었다. 하지만 의문의 상자가 도착하기 시작한 후, 기념일에는 이번에 과연 어떤 도시에서부터 어떤 언어로 번역된 책이 날아올지를 추리하는 것으로 바뀌었다.

사강은 파리에 사는 아빠의 얼굴을 떠올렸다. 이태리에 간 아빠가 피렌체를 걷다가 두오모 근처의 헌책방에서 충동적으로 프랑수아즈 사강의 책을 사는 장면을 상상하는 건 어렵지 않았다. 하지만 지난 십 년 동안 그는 단 한 번도 사강에게 선물을 한 적이 없었다. 그가 준 어떤 선물도 받지 않겠다고 선언한 건 사강 자신이었다. 그는 딸에게 선물할 권리를 잃어버린 지 오래였다.

"전 용돈 없인 절대 안 웃어요!"

불현듯 스치는 사강의 차가운 무표정은 그녀가 아빠에게 물려받은 것이었고, 엄마가 가장 싫어하는 표정이었다.

"앞으로는 용돈을 줘야겠구나."

그는 화를 내는 대신 차분히 사강을 바라보았다.

사강은 그에게 애정이 담긴 선물이 아니라 돈을 줄 때만 아빠 대접을 받게 될 거라고 말했다. 분노와 슬픔을 돈으로 환산하는 일이 사강의 마음에 든 적은 한 번도 없었다. 그러나 사강은 그것이 눈동자 색깔이 다른 이복동생을 직접적으로 증오하는 것보단 나은 결정이었다고 믿었다.

아빠에게서 온 선물이 통장에 적지 않은 숫자로 찍힐 때마다, 사강은 엄마에게 다양한 물건들을 선물했다. 반지나 목걸이처럼 애인에게나 줄 법한 값비싼 선물일 때도 있었고, 베트남의 G7커피나 인도의 히말라야 화장품처럼 특정한 나라에 가면 승무원들이 즐겨 사는 물건일 때도 있었다.

"고맙구나. 잘 쓸게."

엄마에게 메시지가 날아올 때마다 사강은 언제나 그녀에게 대답했다.

"아빠가 주는 선물이에요."

책을 보낸 사람은 아빠가 아니다. 아빠는 즉흥적이고 충동적인 사람이다. 결혼도 이혼도 그런 식으로 해치웠던 사람이니까. 그런 성격의 남자가 일 년씩이나 비슷한 일을 반복적으로 할 리 없다. 그는 늘 새로운 것에 천착했고, 그에게 스타일이란 패턴의 축적을 의미하진 않았다. 그가 미디어 아트를 선택한 것도, 이 분야가 가장 빠르게 변화하고 새로움에 열광하는 분야였기 때문이었다. 그는 연작 시리즈 같은 말을 혐오했다.

결국 사강은 과거에 헤어졌던 남자들을 떠올릴 수밖에 없었다. 그중에 사강에게 프랑수아즈 사강의 책을 좋아한다고 말한 남자는 한 명도 없었다. 그러나 헤어지고 난 후, 농담하듯 자신에게 이런 책을 보낼 수 있는 사람이라면 적어도 세 명은 됐다.

그들 대부분은 사강을 먼저 좋아했다. 하루에도 몇 번씩 전화를 해댔고, 백화점 브로슈어 첫 페이지에 나올 법한 선물들을 보냈다. 사강은 소개팅을 하는 것보단 차라리 비행기에서 자신에게 반해 추파를 던지는 쪽이, '커피나 한잔!'을 과감히 외치는 쪽이 훨씬 건강하다고 판단했다. 그녀는 본능과 직관이 발달하지 않은 남자들에게 어떤 매력도 느끼지 못했다.

여자는 특정한 시기에 집중적인 구애를 받는다. 사강은 아름다운 얼굴을 가진 이십 대 여자에게 열렬히 구애하는 연애의 생태계를 이해했다. 일생 동안 한 번의 예외를 빼면 사강이 먼저 좋아했던 남자는 없었다. 그러나 아이러니하게도 먼저 헤어지자고 한 쪽은 언제나 남자들이었다. 그녀는 늘 먼저 차였다.

"대부분 사람들은 네가 차이는 쪽이 아니라 찬 쪽이라고 생각할걸?"

친구 윤희는 그것이 늘 윤사강 연애 역사의 최대 미스터리라고 말하곤 했다.

몇 명의 남자들이 사강의 눈앞을 지나갔다. 승무원이었던 우혁은 겨드랑이 사이에 팔을 깊숙이 집어넣고 안아주는 걸 좋아했다. 그는 섹스할 때마다 "좋았어?"라는 질문을 몇 번이고 되물었다. 그는 자신이 묻기 전에 사강이 이 질문에 먼저 대답해주길 원했다. 그러나 사강은 한 번도 그러지 않았다. 우혁과의 섹스에서 가장 좋았던 부분이 섹스가 끝난 후 귓속에 속삭이는 "좋았어?"란 질문이었기 때문이다.

관제사였던 경완은 취미로 시작한 직장인 연합 합창단 베이스 파트의 독보적인 멤버였다. 그러나 사강은 곧 그 목소리가 제대로 힘을 발휘하는 분야는 활주로가 아닌 침대 위라는 걸 알아차렸다. 생각해보면 데이트한 몇 명의 남자가 더 있었다. 그러나 그들은 바뀐 전화번호나 주소를 알지 못했다.

책을 받는 순간 누구보다 사강의 머릿속에 먼저 떠오른 사람은 한정수였다. 그는 우혁, 경완과 다르게 자신이 먼저 헤어지자고 한 남자였다. 이 모든 일의 최초이며 시작인 남자. 한정수는 그녀가 먼저 사귀자고 했던 유일한 남자였다.

○

사람들은 한정수의 이름을 부르지 않았다. 대부분의 항공사 직원들과 외국 항공사 사람들까지도 그를 'H'라고 불렀다. H는 혼자 밥을 먹었다. 그는 혼자 산책했고, 혼자 커피를 마셨고, 누구도 따라오지 못할 빠른 걸음으로 공항을 가로질러 걸어 다녔다. H의 귀에는 늘 이어폰이 꽂혀 있었는데 세상의 소음만큼 싫은 건 없다는 표정이었다. 그는 밥 딜런이나 산울림 같은 옛날 가수들의 음악만 들었다. 그가 존 레넌의 「Hey Jude」를 흥얼거리는 걸 보았다는 사람이 있었지만 그걸 믿는 사람은 한 명도 없었다. 그는 언제 어디서나 구겨지지 않은 제복을 입었고, 잘 단련된 종아리가 드러난 반바지와 랠프 로런 티셔츠를 입고 티셔츠가 땀으로 흠뻑 젖도록 조깅 트랙을 쉬지 않고 달렸다. 그가 가끔씩 미간을 찌푸리며 달리는 걸 멈출 때는 피트니스센터에 후렴이 반복되는 시끄러운 후크송이 나올 때뿐이었다.

H에 대해서라면 믿기 힘든 소문들이 많았는데, H는 소문에 대해 긍정도 부인도 하지 않음으로써 스스로 화제의 중심에 서 있었다. 하지만 그 모든 일들의 정점에 있는 건 그가 지키기 힘든 원칙을 고수하는 원칙주의자란 사실이었다. 그가 준수하는 원칙은 음반으로 치면 모차르트나 베토벤 같은 클래식이었지만 점점 더 까다로워지는 환경에 노출된 항공업계에선 거의 불가능한 것이기도 했다.

정시 출발.
정시 도착.

그는 자신의 왼쪽 손목에 십오 년 동안 직접 태엽을 감아야 하는 오래된 기계식 오메가 시계를 차고, 세 시나 네 시가 아니라 세 시 십일 분이나 네 시 이십육 분처럼 정확함을 요구하는 시간에 비행팀 전체를 이끌고 브리핑하는 걸 원칙으로 삼았다. 철저한 시간 엄수는 그가 요구하는 승무원의 첫 번째 자질이었다.

그는 자신의 스코어북에 매번 최고 기록만을 새겨 넣는 프로야구 선수 같았고, 홈런을 치기 위해 어떤 타격 폼을 유지해야 하는지 기억하고 있는 장타자 같았다. 그는 무엇보다 원칙을 위해선 반복된 훈련이 뒷받침되어야 한다는 것도 잘 알았다. 스스로 고집하는 몇 가지 원칙들 때문에 그의 비행기는 젊은 부기장들에겐 존경과 동시에 엄청난 공포의 대상이 되곤 했다. 일부 사람들은 H를 싫어했고 어떤 부류는 광적으로 그를 추종했다.

이미 머리가 하얗게 세어버려 도저히 나이를 짐작할 수 없는 짙은 회색빛 머리와 음울한 눈빛을 가리는 보잉 선글라스는 H를 늘 비밀의 언저리에 있는 인물처럼 보이게 했다. 인사과에 기록된 그의 생년월일이 잘못된 것이라는 소문도 파다했다. 그는 결혼한 것이 거의 확실해 보였지만 그의 와이프가 어떤 사람인지, 그가 몇 명이나 되는 아이들의 아빠인지는 알려지지 않았다.

비행을 마친 사강은 런던의 히스로 공항에서 리무진 버스를 기다리는 그를 처음 '제대로' 바라보았다. 손목에 찬 시계는 낡아 보였지만 잘 관리된 물건이 그렇듯 시간을 초월한 기품이 있었다. 사실 사강이 처음 본 건 그의 얼굴이 아니라 오른쪽 손등의 상처였다. 피부 위에 굵은 실처럼 올라와 있는 그 상처는 자신의 새끼손가락만 한 길이였다. 그런 상처는 그의 손등에 한 줄 더 그어져 있었다. 사강은 그 옛날 백과사전 위에 자를 대고 반듯이 밑줄을 긋던 자신의 모습을 떠올렸다. 사강은 그 상처 위에 자신의 손가락을 대보고 싶은 충동을 느꼈다.

항공사에는 다양한 경로로 들어온 조종사들의 카테고리가 존재한다. 항공대 출신, 그리고 다른 직업을 가지고 있다가 중간에 진로를 변경해 비행 학교를 졸업한 비행훈련원 출신과 H처럼 공군사관학교를 나와 공군에서 전투기를 몰다가 들어온 사람들이 있다. 비교적 어린 나이에 조종사가 되는 건, 대부분 훈련원 출신들이다. 수년간 항공 승무원으로 일하다가 비행 조종사가 된 여성 조종사도 있었다. 만약 이들 중 누군가 비행에 대한 책을 쓴다면 대부분은 자유분방한 훈련원 출신일 것이다. 정해진 비행 스케줄이 바뀌는 걸 끔찍하게 싫어하는 부류는 연륜이 있는 공군 출신의 조종사들이다. 바로 그때가 비행 사고가 일어나는 최적의 시간임을 그들은 경험적으로 알고 있었다.

H는 F-16 전투기 조종사였다. 사관생도 시절부터 가장 친했던 그의 동기가 비행착각으로 일어난 사고로 목숨을 잃었다. 자신의 교관이었던 선배 한 명을 같은 사고로 잃은 건 그로부터 육 년 후였는데, 훈련 중 많은 비행사들의 목숨을 빼앗는 비행착각은 수만 피트로 고도가 높아지면 신체 균형이 붕괴되면서 바다를 하늘로 착각하게 하는 현상이었다.

사강은 H의 손등에 난 흉터가 그 일들과 무관하지 않다는 걸 직감적으로 알았다. 사강은 자신의 손바닥을 폈다. 비슷한 흉터가 그녀의 손바닥에도 있었다. 손등이 아니라 손바닥에 난 흉터라 다른 사람들에게는 잘 보이지 않는 상처였다.

엄마와 아빠의 이혼소송으로 혼란스럽던 어느 날, 사강은 방으로 들어가 책상 위에 있던 면도칼로 손바닥의 생명선을 따라 빗금을 그었다. 자신이 법정의 증인으로 서야 할지도 모른다는 얘길 들은 이튿날 밤이었다. 울거나 비명을 지를 수 없어서 자신의 몸에 스스로 상처를 내는 사람이 있다. 열네 살짜리 여자아이의 생명선이 새끼손가락 길이밖에 되지 않는다는 건 유일한 위안이었다. 사강은 문을 열어놓고 그것을 바라보았다. 오래전 상처가 그녀의 손바닥에 남아 있는 건 그때, 그녀가 주먹을 꽉 쥐고 있었기 때문이었다. 주먹 안으로 차오르던 피가 아직 뜨겁다고 느꼈을 때, 그녀는 엄마를 불렀다.

어느 날 사무장이 "이봐, 주니어. 내가 곧 H에 대해 알게 해줄게. 이번 비행에선 네가 칵핏(조종실)에 음식을 서비스해"라고 말했을 때, 그녀는 긴장하지 않았다. 어쩌면 그 일을 자신도 모르게 기다리고 있었던 것 같은 기분이 들었다.

"기장님이 건조한 걸 싫어하시니까, 칵핏에서 콜 오기 전에 자주 차를 갖다 드려. 커피는 절대 안 돼. 그리고 제일 중요한 거! 무조건 뜨겁게 만들어야 돼! 최대한 뜨겁게! 기장님은 미지근한 걸 제일 싫어해. 물은 아주 차가워야 한다는 것도 알겠지? 차갑고 뜨겁게. 그것만 기억해둬."

사강은 고개를 끄덕였다.

H는 경력이 많은 시니어 승무원들도 힘들어했다. 예정보다 지연되기 일쑤인 비행기 출발 시간을 트집 잡고, 기내식을 혐오하는 일부 일등석 승객을 손쉽게 누그러뜨렸던 친절과 노하우도 까다로운 H에겐 잘 통하지 않았다. 그가 훌륭한 조종사인 건 틀림없었다. 그러나 좋은 동료라고 말하기는 어려웠다.

사강 역시 H에 대한 얘기를 수도 없이 들었다. 그가 비행기 안에선 더할 나위 없이 예민해진다는 것도 알았다. 유달리 먼지가 잘 보이는 조종실에서 쓸데없이 몸을 움직이는 것만으로도 신경을 곤두세운다는 것도 부기장들 사이에선 잘 알려진 사실이었다. 사강은 사무장이 했던 말을 되새겼다. 바리스타처럼 커피를 잘 만들 순 없어도 최대한 정중하게 서비스하는 건 가능한 일이라고 생각했다. 무엇보다 H의 명성이 막 열정을 가지고 일하기 시작한 사강의 도전 정신에 불을 지폈다.

그러나 잠시 후, 조종실에서 나온 사강은 질린 얼굴이었다. 그 안에서 무슨 일이 일어났는지 그녀는 한마디도 하지 않았다. 단지 사강은 쟁반을 든 채 갤리(조리실) 안에 무표정하게 서 있었다. 사강이 조종실에 들고 간 쟁반 위의 찻잔은 반 이상 비어 있었다. 사강의 앞치마는 삼분의 일이나 물에 젖어 있었고, 그녀의 손등은 발갛게 부풀어 있었다.

"윤사강, 괜찮아?"

어느새 기내 복도에서 면세품 카트를 밀다가 갤리로 돌아온 승무원들이 사강의 얼굴을 바라보고 있었다. 고도가 높아지자 불안정한 기류 때문에 올려놓은 집기들이 좌우로 흔들렸다. 하지만 기류에 익숙한 승무원들은 누구 하나 비틀거리지 않고 꼿꼿이 그곳에 서 있었다. 사강은 젖은 앞치마를 두 손으로 움켜잡았다. 그녀의 검정색 비행 슈즈에도 물이 튀어 있었다. 몇 분 사이 손등은 점점 더 부풀어 올랐다.

"너 손은 왜 그래? 데었어?"

이곳에 있는 사람들 중 그 누구도 윤사강이 H에게 특별한 예외가 될 것이라고 믿지 않았다. 그것이 바로 자신들에게도 일어났던 일이라는 듯 말이다.

"선배님! 어떡해요!"

미소가 재빨리 그녀의 손등에 얼음을 끼운 차가운 물수건을 올려놓았다. 그녀는 손안에 얼음을 몇 개 더 쥐고 있었다.

"기장님…… 괜찮으시겠죠?"

사강이 말했다.

"무슨 소리야?"

"런던에 도착하면 사표부터 써야 할 거예요, 저."

"무슨 소리냐구!"

"사고 친 거야?"

사무장이 물었다.

"제가 뜨거운 차를 쏟았어요. 거기에."

사람들이 일제히 사강이 가리킨 곳을 바라봤다. 고의가 아니었다는 말은 이런 상황에서 변명처럼 할 수 있는 말이 아니었다.

"칵핏으로 얼음이랑 물수건 보내, 당장!"

사무장이 사강을 노려보았다.

사강의 손등에 물수건을 얹었던 막내 미소가 고개를 떨어뜨린 채 입을 틀어막고 어깨가 흔들리도록 웃었다. 발밑으로 그녀가 손에 들고 있던 얼음이 녹아 물이 되어 떨어졌다. 비행기 안에선 '떨어진다'라는 말은 금기어다. '나 공항에 다섯 시에 떨어져!' 같은 일상적인 말도 절대로 쓰지 않는다. 사강은 자신이 바닥으로 곤두박질치고 있다는 걸 알았다. 말할 것도 없이 완전한 추락이었다.

매달 21일 승무원들은 한 달 치 비행 스케줄표를 받는다. 그때, 자신과 비행할 '크루 리스트'도 함께 받는다. 사강은 H의 747-400을 타고 중간 기착지인 앵커리지에 가는 일이 없도록 매번 기도했다. 기적이 일어난 건 일 년 동안이었다. 그가 종종 화물기를 운항하는 것도 도움이 되었는데, 다른 팀인 윤희가 H의 비행기를 네 번이나 타는 동안 그녀에게는 불안한 평화가 이어졌다.

그날, 사강은 침묵 속에서 자신의 스케줄표를 읽고 또 읽었다. 그녀는 그날, 문제의 녹차 때문에 얼룩진 자신의 앞치마를 빨지 않고 그대로 두었다. 윤희가 도쿄로 가는 비행기에서 고객에게 받은 첫 번째 항의 레터를 간직하고 있는 것처럼 그녀 역시 실수를 반복하지 않겠다고 결심했다.

사강이 사무장의 충고대로 팔팔 끓는 물에 녹차 티백을 넣은 건 사실이었다. 그러나 그녀가 들고 있던 녹차가 그의 다리 사이, 그러니까 몸의 정중앙에 낙하한 건 그녀의 잘못이 아니라 난기류 때문이었다. 예기치 않은 사고였다. 하지만 그럼에도 불구하고 이미 일어난 일이었다.

소문을 먹어치우는 회사의 빅마우스들은 'H의 장엄한 소시지를 맹랑한 꼬마가 끓는 물에 삶았다'고 표현했다. 순식간에 조롱의 대상이 되는 건 사강에게 낯선 일이었다.

"사표? 그거, 등신 인증이야! H를 피하면 너만 손해야. 어차피 부딪히게 될 직장 상사라고. 일부러 그런 게 아니잖아!"

윤희는 적을 알아야 이길 수 있다는 논리로 H 얘기를 종종 꺼냈다. 대부분은 그와 함께 비행하며 겪었던 일들이었지만, 가끔은 다른 종류의 얘기들도 섞여 있었다.

"H 말이야, 비행 끝나면 늘 호텔에만 있잖아. 근데 언젠가 파리 라데팡스에 쇼핑 갔다가 세포라에서 H랑 마주친 적이 있었어. H가 여자들이 우글거리는 세포라에 간다는 게 넌 상상이나 되니?"

사강이 윤희를 바라봤다.

"근데 정말 이상했던 게 뭔 줄 알아? H가 향초만 잔뜩 사가지고 가는 거야."

"향초?"

윤희가 고개를 끄덕였다.

"가장 압권은…… 그 산더미 같은 향초가 전부 똑같은 제품이었다는 거지. 그것도 사람들로 바글대는 세포라 세일 날."

"나 파리 가, H랑. 이달 말."

"어쩌니?"

"상관없어. 절대로 같이 갈 일은 없을 테니까."

"방법이 있는 거야? 스케줄러한테 말했어?"

"아니."

사강이 고개를 저었다.

"스케줄 바꿔줄 거지? 넌 적을 많이 아니까 그만큼 상대하기도 쉬울 거야. 난 병가 낼 예정이야."

사강이 윤희를 바라보며 말했다.

"네 지저분한 퀵턴(Quick turn) 일정을 처리해주면 몰라도 그것만은 못 하겠다."

"크리스마스이브 때 내가 너 대신 뭄바이까지 뛴 거 꼭 기억해주길 바란다. 알지? 인도 뭄바이!"

"네 입에서 그 말 나올 줄 알았는데 얼마나 싫으면 이러겠니? H가 나도 진짜 미워해!"

"나만큼이겠니?"

사강이 윤희를 빤히 바라봤다.

"별일 없을 거야, 내가 기도할게."

"이게 기도까지 해야 하는 일인 거야?"

"응."

윤희가 "아멘!"이라고 중얼거렸다.

○

모든 일을 깔끔하게 해치우고 싶었다. '불평 없이 해치운다'는 말은 그녀가 직업적인 신념처럼 여겨왔던 것이었다. 비행기가 이십 분 정도 하늘을 날아 순항고도에 이르자 곧 안전벨트 사인이 풀렸다. 승객들에게 음료 서비스가 나가는 동안에도 사강은 스스로에게 '불평 없이 해치워야 한다'는 말을 계속해서 되뇌었다.

29C 손님 – 오렌지 주스, 14C – 여분 담요 한 장 더, 3B – 뜨거운 커피와 차가운 물수건, 15A – 천식이 있는 손님이므로 자리 다시 한 번 확인할 것. 특히 2A와 2C는 VIP로 파리의 국제회의에 참석하는 국회위원들이므로 비행 중 불편함이 없도록 특별히 신경 쓸 것.

사강은 허리를 꼿꼿이 세우고 긴장을 한 채 기내식 서비스가 끝나길 기다렸다. 고령의 단체 관광객들이 많아 기내식으로 준비한 비빔밥이 생각보다 빨리 떨어진 것만 빼면 늘 이어지는 보통의 비행이었다.

마침내 칵핏에서 콜이 울렸다. 저녁 식사를 부탁하는 콜이었다.

"기장님은 라면. 저랑 부기장 한 명은 비프랑 치킨입니다!"

기장과 부기장은 항공법 규정상 같은 기내식을 먹을 수 없었다. 누군가 음식을 먹고 탈이 나면 남은 한 명이 비행을 책임져야 하기 때문이다.

사강은 갤리 안에서 기장과 부기장의 기내식을 따로 준비했다. 특별히 H에게 내갈 기내식에는 따로 서비스되지 않는 로열 밀크티를 만들었다. 그가 차가운 샐러드를 즐겨 먹는다는 정보를 준 건 윤희였다. 사강은 라면에 케이터링 서비스에서 준비한 냉동 야채가 아닌 신선한 야채를 가득 넣었다. 엄밀히 채소는 기내 반입이 금지된 품목이었다. 하지만 비행을 책임진 캡틴을 위한 것이었고, 이 정도의 위반은 크게 문제없을 것이라고 자의적으로 생각했다. 파프리카와 브로콜리, 잘게 자른 꽈리고추가 들어 있는 야채 라면. 사강은 보기에도 먹음직스러운 라면을 바라봤다.

사강이 서비스한 기내식을 먹은 지 십 분 만에 H의 얼굴에 하나둘씩 두드러기가 올라오기 시작했다. 처음엔 아주 작은 벌레에 물린 것처럼 표시가 거의 나지 않았기 때문에 H는 별 생각 없이 손톱으로 몇 차례 자신의 왼쪽 뺨과 눈 밑 주위를 긁었다. 시간이 흐르자 상황이 달라졌다. 극심한 가려움이 얼굴에서 목과 오른쪽 어깨로 퍼졌을 즈음, 그는 이제 에어컨이 나오는 조종석에서 식은땀을 흘리고 있었다. 긁은 자리가 벌에 쏘인 것처럼 부풀어 오르고 피가 배어 나오고 있었다.

그는 이것이 심상치 않은 사건임을 인지했다. 분명한 건, 그것이 사강의 소망대로 단순한 복통이나 운 나쁘게 찾아온 장염은 아니라는 것이었다.

기내식을 먹은 지 한 시간 이십 분 후, H는 기내 화장실 변기에 먹은 것을 전부 다 게워냈다. 그의 온몸엔 갑각류의 껍질처럼 울퉁불퉁한 두드러기가 올라왔고, 핏발 선 눈 주위는 거대한 선충에 물린 것처럼 부풀어 있었다.

"새콤으로 항보실(항공 의료원)에 연락할게요! 일단 저한테 맡기고 좌석에 가서 쉬세요."

부기장이 그를 바라보며 말했다.

H는 더 이상 조종석을 지킬 수 없었다. 곧 의사를 찾는 기내 방송이 흘러나왔다. 비행기 안에는 불임 시술에 관한 학회차 파리에 가는 산부인과 의사와 휴가차 비행기를 탄 흉부외과 의사 한 명이 타고 있었다. 산부인과 의사가 먼저 달려왔다. 승무원들은 계속되는 탈수증세를 막기 위해 소량의 소금과 설탕을 섞어 만든 전해질용액을 계속해서 그에게 가져다주었다.

어수선한 분위기가 조금 가라앉은 건, 식은땀을 몇 리터쯤 쏟아낸 기장이 초인적인 힘으로 착륙 직전에 조종석으로 돌아간 후였다. H의 얼굴을 특징짓는 광대뼈가 더 도드라져 보였다. 불과 몇 시간 만에 H는 몇 년은 더 늙어 보였다. H의 손등에 남아 있던 흉터 위에는 좁쌀 같은 열꽃이 피어 번져 있었다.

"땅콩이나 우유 알레르기는 들어봤어도 고추 알레르기는 한 번도 못 들어봤는데?"

"부기장님 말로는 그냥 고추 알레르기가 아니라 꽈리고추 알레르기래요."

"근데 알레르기가 그렇게 심할 수도 있는 거니?"

"조개나 땅콩 알레르기로 죽었단 사람 본 적 있어."

"그거야 일반적인 경우지. 이런 특별 케이스의 경우, 알레르기를 일으킨 장본인이 죽게 되겠지."

사무장이 사강을 노려보았다.

"사람은 누구나 실수를 해. 하지만 한 번도 아니고 두 번이야. 이건 누가 봐도 고의적이지. 이런 경우를 전문용어로 뭐라고 하는 줄 아니? 복수!"

사강은 주먹을 꽉 쥔 채 눈물이 흐르지 않기를 바랐다. 결국 사강이 라면에 넣은 꽈리고추가 문제였다. 그녀는 고추씨가 지저분하게 라면에 뜨지 않게 하기 위해 통째로 꽈리고추를 넣어 국물을 우려내고, 얇게 다져 씨를 덜어냈다. 제아무리 시력이 좋아도 파프리카와 브로콜리가 잔뜩 들어간 라면에서 작은 고추 조각 몇 개를 찾아내는 건 불가능했을 것이다.

이제 사강의 심장은 수시로 변하는 기압을 온몸으로 느꼈다. 이제 비행기는 곧 파리의 샤를 드골 공항에 도착할 것이다. 모든 것이 예상 가능했다. 사무장이나 기장의 보고서에 자신의 행동이 어떻게 기록될지 예상하는 건 훨씬 더 쉬웠다.

○

사강이 샹젤리제 거리의 맥도널드에서 거짓말처럼 아빠를 본 건 삼 년 전이었다. 그의 옆에는 이복동생 폴이 앉아 있었다. 폴은 빅맥을 먹느라 입술에 케첩을 잔뜩 묻혔다. 모른 척 지나치면 될 일이었다. 그러나 사강은 맥도널드가 보이는 바로 옆 카페 테라스에 자리를 잡고, 범인을 미행 중인 탐정 회사의 직원처럼 에스프레소를 마시며 이들 부자를 삼십 분 동안 지켜보았다.

예쁜 여자들에겐 어김없이 눈이 돌아가는 아홉 살 폴. 늘씬한 여자의 다리엔 난데없이 눈빛이 꽂히는 7월의 복숭앗빛 뺨을 가진 폴. 지금은 오른손에 닌텐도 게임기가 들려 있지만, 십 년 후면 예쁜 여자의 손을 잡고 빙글빙글 춤을 출 아이였다.

파리에서 오래 살더니 평생 바게트만 입에 물고 산 프랑스인처럼 그는 과장된 몸짓을 사용했다. 눈썹을 올리고 내리길 반복하다가, 지휘하듯 손을 휘저으며 손가락 열 개를 마음대로 움직였다. 부드럽게 원을 그리는 그의 손끝을 따라가다보면…… 그랬다. 그곳엔 사강에겐 보여준 적 없는 애정이라 부를 수 있는 따스함이 있었다.

사강은 불현듯 폴과 같은 나이의 자신이 늘 "위험해! 더러워!"란 말을 듣고 살았다는 걸 깨달았다. 그 순간 그녀의 마음에 그림자가 가라앉았다. 그건 고향에서 낯선 곳으로 떠나온 자의 노스탤지어도 아니었고, 시차 적응 때문에 생긴 편두통도 뭣도 아닌 순수한 질투심이었다.

그녀는 에스프레소 위의 크레마를 바라보다가 한 번에 그것을 털어 넣었다. 폴의 오른쪽 무릎과 왼쪽 손등에는 생채기가 있었다. 자전거를 타거나 달리기를 하다 넘어져 생긴 상처일 것이었다. 자신에겐 건강하고 발랄한 아홉 살짜리가 달고 살아야 할 저런 표식이 없었다. 뛰어놀다 생긴 무릎이나 팔꿈치의 멍과 딱지들 대신 자신에게는 눈에 보이지 않는 추상적인 상처가 있었다. 빨간약을 바르거나 반창고를 붙인다고 나을 리 없는 것들이었다. 폴은 금붕어 친구를 두지 않아도 외롭지 않을 것이다. 사강이 체념하듯 카페에서 일어나 막 몸을 돌리려 할 때 큰 목소리로 폴이 하는 말을 들었다.

"오줌! 쉬 마려워요, 아빠!"

"일어나자, 폴."

폴은 'Oui'가 아닌 "네"라고 대답했다. 폴의 발음은 놀랍도록 명확해서 서울에서 태어난 일곱 살짜리들과 섞여 있어도 어색할 것 같지 않았다.

그가 폴의 손을 잡고 일어섰다. 엄마라면 조금만 참고 집화장실을 사용하자고 했을 것이다. 거리의 공중화장실은 더러울 것이고 무엇보다 불특정 다수가 사용하는 위험한 곳이니까 말이다. 사강은 폴과 아빠가 사라지는 장면을 한참 동안 바라봤다.

그 일 이후, 사강은 아빠와 우연히 마주칠 수 있는 파리가 더 싫었다. 한때 사강에게 파리는 5600마일리지를 주는 장거리 비행 도시였지만 이제는 가고 싶지 않은 공간이라는 새로운 이미지를 갖게 되었다.

한 시간째 사강은 호텔 방 앞에 서 있었다. 그녀는 처음으로 일찌감치 세어버린 아빠의 백발이 H의 그것과 비슷하다는 걸 깨달았다.

이코노미 앞뒤 좌석 사이의 거리는 약 87센티미터이다.

비즈니스 앞뒤 좌석 간 거리는 1미터 13센티미터.

일등석은 2미터다.

사강은 자신의 방과 H의 방 사이의 거리를 가늠하며 파리

리츠칼튼 호텔 1302호 방문 앞에 서 있었다. 1304호의 방문을 노크를 하기 전, 그녀는 H에게 무슨 말을 해야 할지 고민하고 있었다.

'죄송합니다!'라는 말은 구태의연하고 상투적이었다.

'괜찮으세요?'라는 말은 유약해 보일 것이다.

'앞으로 잘하겠습니다'라는 말은 '내가 왜 당신을 또 봐야 해?'라는 불쾌한 질문을 유발할 수 있었다. '잘못했습니다'라는 말은 비굴해 보였고, '다시는 이런 일 없도록 하겠습니다'는 '다시'라는 말 때문에 변명하기 좋아하는 무능한 직원의 이미지를 각인시킬 것이었다.

기내에서 만나는 다양한 종류의 승객들을 상대하면서 사강은 사과하는 법에 대해선 다른 사람보다 많이 알게 되었다고 생각했다. 그러나 사과가 사적인 일이 되자, 어떤 쪽으로든 스스로에게 확신이 서지 않았다. 그저 죄책감을 덜기 위해서 상대가 원하지 않는 사과를 한다는 게 무슨 소용일까.

사강의 손에는 약봉지와 죽, 향초가 한가득 들어 있었다. 윤희가 말했던 향초였다. 사강은 비행기에서 내리자마자 약국에 들렀고, 한국 식당에서 묽게 끓인 흰죽을 샀다.

하지만 결국 사과가 아니라 사표를 내야 하는 건지 몰랐다. 사강은 망설이며 초인종을 눌렀다. 아무 기척도 들리지 않았다. 사강은 다시 한 번 초인종을 눌렀다. 그가 나오지 않

으면 호텔 방 앞에 약과 향초만 놓고 갈 생각이었다. 그녀는
어깨가 내려앉도록 심호흡을 했다. 그때 방문이 열렸다. 사강
은 들고 있던 쇼핑백을 움켜쥐었다. 당혹스러움 때문에 사강
의 목덜미와 귓불은 발개져 있었다. 185센티미터의 거구인
H가 말없이 서 있는 모습은 생각보다 위압적이었다. 몸에 있
는 수분을 엄청나게 쏟아낸 몸은 아래로 처져 있었다. 그것
은 꼿꼿하고 반듯한 그의 평소 모습과 달라서 현실적으로 느
껴지지 않았다. 젖어 있는 머리카락은 구불거리며 그의 눈동
자를 반쯤 덮고 있었다. 긴장감이 돌던 눈매는 믿을 수 없을
만큼 풀어져 초점 없이 느슨하게 초췌해져 있었다. 살짝 벌
어진 가운 사이로 깊게 팬 H의 쇄골이 보였다.

"약을 가져왔어요. 좋아하신다고 해서 향초를……."

그때 그의 뜨거운 손이 그녀의 어깨에 와 닿았다. 사강은
자신의 눈앞을 스쳐 지나가는 손등의 상처를 보았다. 그녀가
말을 다 하기도 전에, H는 사강의 눈앞에서 엎어지다시피 무
너졌다. 그녀가 왼손에 들고 있던 약봉지와 향초를 담은 쇼
핑백은 이미 바닥에 떨어져 있었다. 사강은 두 손으로 그의
몸을 지탱했다. 카펫 위를 구르기 시작한 동그란 약통은 두
툼한 카펫 때문에 멀리까지 가지 못하고 멈춰 섰다. 도와달
라고 말할 만한 사람은 한 명도 보이지 않았다.

"정신 차리세요!"

어떻게든 그를 침대까지 옮겨야 했다. 사강은 자신의 어깨에 걸치듯 늘어져 있는 H의 손등을 바라보았다. 그녀는 그가 넘어지지 않도록 그의 손등을 오른손으로 붙잡았다. 손등에 난 H의 흉터가 손바닥에 난 사강의 흉터와 포개지듯 꽉 맞물렸다.

사강은 그의 얼굴을 유심히 바라보았다. 그녀는 그의 팔을 젖은 물수건으로 계속해서 닦았다. 바짝 말라 껍질이 일어난 그의 입술에 바셀린을 바르고, 티스푼으로 미지근한 물을 조금씩 흘려 넣어주었다. 사강은 룸서비스로 해열제와 가습기를 부탁했다. 그리고 침대 옆 작은 테이블 위에 가습기를 올려놓았다. 가습기의 붉은색 버튼을 누르자 항균 마크가 적힌 분무기를 통해 습기가 뿜어져 나왔다.

그녀는 자신의 스마트폰에 받아둔 '응급처치 119' 애플리케이션을 찾아냈다. 그녀는 알레르기 환자의 급작스러운 발진과 발열 상황에 관한 카테고리를 읽다가, 고추와 굴 알레르기에 관한 몇 가지 사실을 찾아냈다.

시간이 지나자 H의 손등에 피었던 붉은색 반점은 조금씩 희미해지고 있었다. 그녀는 침대 밑에 웅크리고 앉아 그의 가슴에 자신의 오른쪽 귀를 갖다댔다. 사강은 자신의 스마트폰을 바라보며 그의 심장박동을 체크했다. 그녀는 조금 더 잘 느끼기 위해, 눈을 감고 그의 호흡이 사방으로 뻗어 있는 복잡한 혈관을 타고 심장을 거쳐가는 통로들을 그려보았다.

비행기가 고도를 유지하며 북태평양의 아득한 창공을 날고 있는 고요한 밤, 사강이 들었던 보잉 747-400의 엔진 소리가 그녀의 귓가에 울려왔다. 그녀는 그의 심장 쪽으로 귀를 바짝 붙였다. 비행기 엔진 소리처럼 들리던 이명은 그의 심장 혈관과 연결되어 있을 심장박동 소리와 천천히 포개어졌다.

그는 이제 깊은 잠에 빠졌다. 얼굴과 눈가엔 순한 기운이 감돌았다. 길게 구부러진 속눈썹은 그의 얼굴에 소년 같은 천진함을 드리웠다. 그에게도 영락없이 무르팍이 깨지던 어린 시절이 있었을 것이다. 사강은 땀 때문에 이마에 붙어 있는 젖은 머리카락 몇 올을 떼어냈다. 드러난 그의 왼쪽 귓볼은 아직 발개져 있었다.

H의 손등에 난 상처의 피부는 잘못 바느질한 박음질처럼 오톨도톨 올라와 있었다. 사강은 책에 밑줄을 긋듯 그것을 손끝에 가만히 올려놓았다. 그의 이야기가 자신의 손끝으로 전해져오길 기다리듯. 그가 전투기 조종사였고, 동료를 잃었고, 그런 이유로 얼음처럼 냉담해졌다고 믿는 소문들이 그녀의 머릿속을 스쳐 지나갔다. H는 자신에 대한 편견을 수정하려 들지 않았다.

그는 스스로 사람들이 수군대는 바로 그런 사람인 것처럼 행동함으로써 자기 속의 결락을 단단한 편견 속에 숨기려 했던 건지도 모른다. 편견이 진실의 일부가 되어 깊이 스미도록 말이다. 그쪽이 견디기 더 쉬웠던 것일지도 모른다.

사강은 손등에 난 그의 상처에 자신의 손바닥을 천천히 포갰다. 그것이 맞추어졌을 때의 느낌을 알고 싶었다. 그녀는 손바닥을 펴 그의 손가락 사이에 깍지를 끼고 싶은 충동을 참아냈다. 그녀는 포갰던 손을 재빨리 빼냈다. 피곤이 몰려왔다.

이제 H의 가파르던 들숨과 날숨이 거의 느껴지지 않았다. 사강은 가습기에 물을 한 번 더 채웠다. 모든 게 채워지고, 제 위치에 돌아와 있길 바라는 마음으로 그녀는 그의 침대맡에 젖은 이끼 냄새가 난다는 향초를 켰다.

그의 몸 상태를 조금 더 지켜본 후, 사강은 자신의 방으로 돌아갈 생각이었다. 하지만 스물네 시간째 긴장 속에 깨어 있던 그녀의 눈꺼풀은 반쯤 감겨 있었다. 그녀는 정수의 방에 있던 하늘색 패브릭 소파에서 잠들었다. 약간의 한기가 느껴졌지만 그녀는 뒤척임 없이 잤다. 때때로 어떤 것에 깊게 호소하는 사람처럼 그녀의 입술은 살짝 벌어졌다 천천히 닫혔다. 두꺼운 암막 커튼 뒤로 어둠이 잠복해 있었다. 그녀가 켜놓은 향초의 불은 점점 꺼져 들어갔다.

사강이 깊은 잠에서 깨어났을 때, 빛이 느껴졌다. 그녀는 미몽 중에도 자신에게 일어난 일을 환기하려 노력했다. 그녀가 옅은 꿈속에서 벗어나 마침내 눈을 크게 떴을 때, 사강은 자신을 바라보는 깊은 시선과 마주쳤다. H가 소파 옆에 앉아 그녀를 조용히 바라보고 있었다.

"열이 있군."

그는 그녀의 이마에 손을 얹었다.

"계속 자는 게 좋겠어."

커피 테이블에는 그가 올려놓은 새로운 향초가 계속 타올랐다.

○

한정수가 모는 보잉 747-400은 여객기는 물론 화물기로도 사용되는 CARGO 기종이었다. 그는 때때로 평상복을 입고 승객으로 탑승해 앵커리지나 스톡홀름 같은 중간 기착지까지 날아가 자신이 조종하는 비행기로 갈아타고, 화물을 실어 날랐다. 레일이 깔린 화물칸 가득 공업용 소금과 구리나 망간을 싣고 도쿄로 향했고, 칠레에선 냉동육과 와인을 싣고 상하이로 날아가기도 했다. 언젠가 살아 있는 수백 마리의 닭을 화물칸에 운송하기도 했는데, 수면 마취제의 양을 잘못 판단해 주사한 탓에 비행 중간에 깨어난 닭들이 시끄럽게 울어대는 소리를 듣기도 했다.

"인도 남부의 고아에서 온 코끼리를 화물칸에 실은 적이 있어. 오사카에 새로 생기는 동물원으로 가는 코끼리였지."

그가 운행하는 747-400의 어퍼 덱에는 모두 여섯 개의 좌석과 승무원들이 쉴 수 있는 벙크가 있었다. 비행기로 코끼리를 수송하느라 긴장했던 조련사는 비행기가 순항고도에 이르자 좌석에 앉아 졸기 시작했다. 조련사는 커다란 매부리코를 가진 바짝 마른 인도 사람이었는데, 너무 말라서 벨트 없이는 어떤 바지도 입을 수 없을 것 같은 사람이었다.

정수는 정해진 시간마다 부기장과 교대해 조종간을 잡았다. 그는 벙크에서 쉬는 대신 화물칸에 잠들어 있는 코끼리를 보기 위해 비상계단을 내려갔다. 그리고 바로 눈앞에서 믿을 수 없이 커다란 덩치의 코끼리를 바라보았다.

"눈을 감고 옆으로 누워 있었어. 태국에서 본 비스듬히 누워 있는 불상처럼. 코를 말아 감고 잠들어 있었지. 코끼리는 사람 앞에선 잘 자지 않는다더군. 그래서 옛날 사람들은 이 거대한 동물이 절대 잠을 자지 않는 영혼이라고 생각했대."

"코끼리가 승객인 비행기는 잘 상상이 되질 않네요."

사강이 그를 바라보며 말했다.

"그날 코끼리를 보다가 그런 생각이 들었어. 이런 커다란 몸집의 네발 동물들만 있는 세상에 나만 유일하게 두 개의

185

다리를 가진 인간이라면 어떨까. 승객이 없는 비행기 안이라 외로워서 드는 생각이었을 거야."

인간이 외로운 건 일평생 자신의 뒷모습을 보지 못하기 때문이라고 생각한 적이 있었다. 모든 살아 있는 것들의 외로움은 바로 그것에서부터 시작된 것이라고. 자신의 뒷모습을 볼 수 없는 존재는 두려움 없이 자신의 어둠을 응시할 리 없다. 아무리 보려 해도 볼 수 없는 뒷모습 같은 진실과 마주치려면, 목이 꺾이는 죽음을 각오한 채 맹렬한 두려움과 맞서야 한다. 어린 시절 그녀가 느꼈던 고독이 그에게로 기울어 흘러가는 것이 보였다. 그가 느꼈을 외로움이 사강의 늑골 쪽으로 쏟아져 내렸다. 사강은 그의 가슴에 기대어 울고 싶었다. 하지만 그에게 그 눈물의 의미를 설명할 수 없었다. 설명할 수 없는 감정을 설명하고, 이해할 수 없는 슬픔을 이해하고, 돌이킬 수 없는 마음을 돌이켜야 하는 것이 그녀를 아프게 두들겼다.

"당신 아내는 어떤 사람이죠?"

사강이 그를 바라봤다.

"궁금해?"

"아뇨."

그 순간 사강이 깨달은 건 절망은 절망 이외의 것으로 표현될 수 없다는 것이었다. 무모한 사랑에 빠진 인간은 결국 슬픔을 슬퍼할 수밖에 없는 동어반복적인 존재일 뿐이라고. 그렇기 때문에 어쩔 수 없는 세계에 편입돼 가망 없이 존재할 수밖에 없다는 것을.

○

"아내는 요리사야."

프라하의 한 호텔에서 트렁크를 열며 어느 날 정수가 무심히 말했다.

"레스토랑의 요리사. 망해서 곧 문을 닫게 될지도 모르지. 건강식을 고집했어. 그게 그 레스토랑이 안되는 첫 번째 이유일 거야. 칼로리가 낮은 음식이 건강에 도움이 될진 몰라도 대부분 맛은 없으니까."

정수는 잠시 뜸을 들이듯 트렁크 안의 물건을 유심히 바라보더니, 뭔가 생각났다는 듯 빠르게 말했다.

"기억나는 유별난 요리 이름이 하나 있는데…… 아마 '내일의 달걀찜'이었지. 달걀찜에 저민 닭고기가 들어 있는 괴상한 요리였어."

심지어 정수는 아주 조금 웃기까지 했다.

"아마 지금 내가 그 식당 이름을 얘기한다고 해도 절대로 믿지 못할 거야."

정수의 말투와 목소리는 아내를 좋아하지 않는 사람의 그
것이 아니었다.

"이제부터 짐 정리를 해야겠는데? 배고프면 테이블 위에
참치 샌드위치 있으니까 그걸 좀 먹지 그래?"

정수가 사강을 바라보며 웃었다.

사강은 말없이 그를 바라봤다. 그는 저렇게 아내를 향해
웃기도 할 것이다. 자신의 딸이나 아들을 향해서도 바로 저
런 웃음을 지으며 인사할 것이다.

그날 휘장이 달린 그의 캡틴 제복은 활짝 열어놓은 옷장에
반듯하게 걸려 있었다. 호텔의 침대 정중앙에 커다란 트렁크
가 누워 있었고, 젖혀진 트렁크의 짐들은 제멋대로 헝클어져
침대 위에 널려 있었다. 정수는 트렁크 어딘가에서 계속 짐
을 꺼내고 있었다. 속옷이나 간단한 상비약이 아니라, 쉽게
상상이 가지 않는 물건들, 가령 보통 사람들의 여행이라는
카테고리 안에는 절대 없을 것 같은 물건들이 쏟아져 나왔
다. 그리고 트렁크에서 나온 대부분의 것들은 오랜 시간 햇
빛에 바짝 말린 건어물처럼 압축되어 있었다.

"옷이 하나도 안 구겨졌네요."

트렁크 안으로 돌돌 말려들어간 그의 옷들은 조금도 구겨
지지 않은 채 가방 밖으로 가뿐히 빠져나왔다. 속옷과 양말,
손수건과 검정색 피케 셔츠 이외에 음악 잡지와 항공 관련

잡지들이 나왔다. 그는 은색 스틸 액자에 넣은 그림과 사진을 꺼냈다.

정수의 트렁크에서 마침내 접어서 사용할 수 있는 베개가 나왔을 때, 사강은 정수가 벌이는 이 놀라운 '트렁크 쇼'의 클라이맥스를 보았다. 텅 비어 있던 호텔의 옷장은 서울에서 입던 익숙한 옷들로 채워졌고, 호텔 매뉴얼북이 놓여 있던 창가의 테이블은 좋아하는 그림이 놓인 개인 탁자로 변신했다. 욕실에는 호텔용 세면도구가 아니라 그가 늘 사용하는 칫솔과 치약, 비누가 놓였다.

사강은 모든 일이 특별한 규칙에 의해 진행된다는 사실을 깨달았다. 정수는 호텔을 서울에 있는 자신의 집처럼 꾸미고 있었다. 그것은 서울에서 가져온 물건을 잃어버릴까봐 모든 걸 트렁크 안에 넣고, 필요한 것만 꺼내 쓰는 사강과 반대되는 것이었다.

세계를 떠도는 직업 여행자의 삶이 일상이 되려면 바로 이런 기술이 필요하다는 것, 자신의 집을 옮겨놓듯 호텔을 사유화하는 기술을 터득해야 한다는 것을 사강은 불현듯 깨달았다. 그래야만 때때로 밀려드는 노스탤지어의 공습을, 칼끝처럼 와 닿는 낯선 언어와 불면의 고통을, 아무리 채우려 해도 벌어져 채워지지 않는 뒤바뀐 오전과 오후의 시차를 견딜 수 있는 것이다. 그것은 여행자의 운명을 직업으로 선택한 사람이 보여줄 수 있는 여행의 기술이었다.

"이걸 쓰면 방콕이든 델리든 뉴욕이든 동일한 공기를 만들 수 있어. 네가 좋아하는 향을 기억하고, 쉽게 잠들었던 냄새를 기록하는 게 중요해. 낯선 공기 속에서 편하게 쉬는 사람은 없으니까."

정수가 사강에게 내민 것은 이끼 향 향초였다.

"당신은 내일 죽는다면 뭘 하고 싶어?"

"사랑하는 사람이랑 잘 거예요. 세상에서 먹었던 가장 맛있는 음식을 침대에서 먹고, 먹여주고, 다시 잘 거예요."

정수는 사강의 머리카락을 넘기며 뺨에 키스했다. 그는 그녀의 옷깃을 헤치고 목덜미와 깊은 쇄골에 부드럽게 키스했다. 셔츠의 세 번째와 네 번째 단추를 재빨리 푸는 정수의 손길이 느껴졌다. 브래지어의 와이어를 천천히 쇄골 쪽으로 밀어 올리는 동안, 그녀의 젖꼭지에 그의 혀끝이 와 닿았다.

사강의 맥박이 빠르게 뛰었다. 그의 손가락이 팬티 라인을 따라 그녀의 클리토리스 쪽으로 미끄러져 들어왔다. 부슬부슬 일어난 음모가 그의 손가락 끝을 감싸며 비 온 후 이끼처럼 젖어 들었다. 그녀는 가느다란 팔목을 감싸고 있는 혈관을 따라 뛰고 있는 자신의 맥박을 느꼈다. 맥박이 뛰는 지점을 바라보는 동안 손바닥에 난 선명한 흉터가 보였다. 상처는 이제 자신의 새끼손가락보다 훨씬 작아 보였다. 사강은 오래된 흉터를 뚫고 맥박이 뛰는 근처까지 자라난 생명선을 바라보았다.

"당신 예뻐. 정말. 이 상처까지."

정수가 쓰다듬듯 그녀의 흉터 위에 천천히 입술을 포개었다. 그의 입술에서 젖은 바다 이끼 냄새가 났다.

○

정수를 의심하는 건 너무 쉬운 일이었다. 사강은 자신에게 『슬픔이여 안녕』을 보낸 사람이 정수일 것이라 생각했다. 그는 누구보다 여러 도시를 여행할 수 있었다. 그는 로마에서 얼마든지 피렌체로 가는 비행기를 갈아탈 수도 있었다. 화폐 단위가 제각각인 나라를 빠르게 걷는 정수를 떠올리는 건 어려운 일이 아니었다. 그러나 여전히 풀리지 않는 의문이 있었다. 사강은 각기 다른 언어로 기록된 소설을 바라보았다. 읽을 수 없으므로 책이라기보단 장식품에 가까웠다. 같은 책이었지만 표지가 다르고 장정과 판본도 제각각인 다른 책이었다. 결국 이 책들은 누구에게도 선택받지 못할 것이다.

로모 카메라의 주인 역시 그랬던 건 아닐까. 중요한 건 누군가 실연의 기념품을 대신 처리해준다는 것이었지만, 반지나 목걸이처럼 반짝이고 예쁜 물건들이 가득한 그곳에서 오래된 플라스틱 카메라를 누구도 가져갈 리 없다고 생각했던 건지도 모른다.

"로모에 필름이 들어 있는데, 아셨어요?"

공항 현상소 직원이 사강에게 말했다.

"어떻게 할까요? 이거, 꽤 오래된 필름 같네요. 적어도 몇 년은 된 것 같은데요."

현상소 직원은 로모 카메라에서 필름을 꺼내 사강에게 건네주었다. 그리고 그녀가 새로 산 35밀리미터 필름 세 통을 그녀 앞으로 내밀며 말했다.

"최소한 칠팔 년은 된 것 같은데요?"

"칠팔 년? 혹시 필름을 인화하면 필름은 돌려받을 수 없는 건가요?"

"필름이야 당연히 돌려드리죠. 필요 없으시면 저희가 알아서 처리해드릴게요."

"아뇨, 그런 게 아니라……."

사강은 잠시 말을 멈추고 현상소 창밖을 멍하게 바라봤다.

필름은 우연히 이곳에 남겨졌을 것이다. 사적이고 구체적인 정보가 들어 있는 필름을 누구도 이렇게 방치하진 않았을 테니까. 단지 중요해 보이지 않았기 때문에 고른 물건이었다. 하지만 자신이 고른 것은 충분히 낡아서 별 쓸모 없어 보이는 카메라였지, 카메라 안에 든 필름이 아니었다. 필름 속 사진은 시간이 기록된 내밀한 일기장이나 다름없었다. 누구도 일기장을 실연의 기념품으로 내놓을 리 없다. 이것은 실수로 벌어진 일이었다.

누군가 이 필름을 찾고 있을지도 모른다. 사강의 머릿속에 든 첫 번째 생각은 바로 그것이었다. 물론 타인의 일기장을 들여다보고 싶은 생각도 들었다. 하지만 카메라의 주인을 찾기 위해선 사진부터 인화해야 했다. 사진 속에 필름 주인의 얼굴이 있을지도 모른다.

"인화해주세요."

"삼십 분 정도 기다리셔야 되는데 따뜻한 녹차라도 드릴까요?"

"고마워요. 괜찮아요."

사강은 창밖을 바라보았다. 빗방울에 젖어 연두색이 한껏 도드라진 버드나무 사이에 무지개가 걸려 있었다. 무지개는 빗지 않아 헝클어진 여자의 머리칼을 감싸는 오색 빛깔 머리띠 같았다.

자기 몫의 사랑이 이미 죽어버렸는데도 실연의 기념품들에선 여전히 빛이 났다. 사랑이 사산된 후 남은 실패의 증거물인데도 말이다.

사강은 자신이 한 번도 카메라를 가져본 적이 없다는 사실을 상기했다. 사진을 찍을 만큼 단란한 가족을 이루어본 적도, 사진에 찍힐 만큼 아름다운 연인이었던 적도 없었던 것이다. 문득 실패한 자신의 연애가 카메라가 없었기 때문은 아니었을까란 생각이 들었다. 황당한 생각인지도 모른다. 하지만 나무 사이에 걸린 저런 아름다운 무지개를 보고도 찍어보고 싶단 욕망이 생기지 않는 삶이 행복할 리 없었다.

"예상대로 문제가 있는 필름이었어요."

현상소 직원이 심란한 얼굴로 사강을 바라봤다.

"현상의 문제가 아니라 필름에 문제가 있어요. 지금 보니까 몇 장 빼고 대부분 상했어요."

사강은 아직 온기가 식지 않은 사진들을 손에 올려놓고 가만히 바라보았다. 손을 잡고 걸어가는 여자와 남자의 뒷모습, 길게 늘어선 양떼구름과 하늘이 반쯤 지워진 풍경, 뿌옇게 사라진 오솔길, 학교로 보이는 건물 앞에서 환하게 웃고 있는 여자의 얼굴, 흐릿하게 번진 남자의 희미한 얼굴…….

"가져갈게요. 필름도 돌려주세요."

사강이 말했다. 그녀는 사진 속 연인이 궁금해졌다.

저녁으로 간단히 야채 카레를 만들어 먹은 후, 사강은 몇 시간째 사진을 들여다보았다. 로모 카메라의 특징을 감안한다 해도, 사진들은 심하게 색이 바랬다. 가장 치명적인 건 누군가의 실수로 필름에 햇빛이 들어간 것이었다. 사진의 구체적인 상은 대부분 날아가고 추상적인 색깔과 형체, 실루엣은 흐릿하게 번졌다. 그나마 구체적인 형체가 남아 있는 것은 사강이 고심 끝에 골라낸 아홉 장뿐이었다. 사강은 자신의 침대 위에 아홉 장의 사진을 나란히 늘어놓았다.

사강은 어린 시절 똑같이 생긴 '월리'를 찾기 위해 수많은 월리들에 몰입했던 때를 기억했다. 오랫동안 회복되지 않던 그녀의 상상력은 플러그를 꽂고 이제 막 스위치를 누른 발전기처럼 빛을 내며 돌아갔다. 가령 돌로 낮게 쌓은 담이라든가, 댓돌이 놓인 좁은 마당, 보슬거리는 노란 꽃들이 펼쳐진 들판은 한국에서 쉽게 찾아볼 수 없는 지형지물이었다. 얼핏 번들거리는 검은색 물개처럼 보이지만 이것의 정체는 낡은 잠수복을 입은 해녀일 것이다. 뿌옇게 흐리긴 해도, 이곳이 바다가 아닌 길이라는 것 역시 사강은 알아챌 수 있었다. 그렇다면 저 작고 노란 꽃은 유채꽃일 것이다. 봄날의 유채꽃 말이다. 이 연인들은 겨울과 여름이 아닌 봄에 여행을 떠난 것이다.

사진의 배경은 제주도였다. 제주도는 '춘천에 가서 닭갈비나 먹자'라고 말하며 갈 수 있는 곳이 아니다. 복잡한 여행 계획을 세우고, 서로의 스케줄을 맞춰야 가능했을 여행일 것이다. 사강의 눈은 오래된 두 연인이 걸었던 길을 함께 좇고 있었다.

사강은 어깨동무를 한 채 돌담 앞에서 사진을 찍은 남녀의 얼굴을 유심히 바라보았다. 여자의 얼굴은 비교적 잘 드러났지만 남자의 얼굴은 햇빛에 번져 잘 보이지 않았다. 단발머리의 여자는 얼굴이 동그랗고 키가 작은 편이었다. 여자는 후드 티를 입고 있었고, 남자 역시 비슷한 종류의 티를 입고 운동화를 신고 있었다. 하지만 사강은 사진을 유심히 보다가 곧 자신이 입력한 정보를 변경했다. 남자의 키가 평균보다 훨씬 크다면? 여자의 키는 상대적으로 작아 보일 것이다.

사강은 그날 모임에 나왔던 사람들의 얼굴을 하나둘씩 떠올렸다. 그러나 이들처럼 환하게 웃고 있었던 사람은 한 명도 없었으므로 사진과 비슷한 이미지를 가진 사람은 떠오르지 않았다. 또 사진만 봐선 카메라의 주인이 여자인지, 남자인지 알 수 없었다. 다만 모임에서 상대적으로 숫자가 적었던 남자가 카메라의 주인이라면, 주인을 찾는 일은 훨씬 더 쉬워질 것이다. 사강은 다시 사진 속 여자의 오른쪽에 있던 푯말의 글자를 유추하기 시작했다.

1코스.

푯말에 적힌 단어는 '1코스'였다. 만약 그녀가 짐작하는 것이 맞는다면 이 사진은 처음 현상소 주인이 말했던 것처럼 오래된 사진이 아닐 수도 있다. 사강은 인터넷을 켰다. 그리고 포털 사이트에 '제주 올레'라는 검색어를 적어 넣고 자료를 검색하기 시작했다.

2007년 9월 8일 제1코스가 개발된 이래 2010년 8월까지 총 스물한 개 코스가 개발되었으며 총길이가 350킬로미터.

사전에는 제주의 올레길에 대한 간략한 기록들이 적혀 있었다. 그렇다면 이 사진은 2008년 봄 이후에 찍힌 것이다.

그녀는 인터넷에 올라와 있는 올레 사진을 가능한 한 많이 검색했다. 그리고 사진 속 지형과 비슷한 지역을 비교하며 사진 속 배경을 일일이 확인했다.

제주 올레 1코스.

연인의 사진과 제주 올레 사진을 비교하자 조금씩 사진이 의미하는 것들이 드러나기 시작했다. 이들이 함께 서 있는 학교는 올레 1코스가 시작되는 제주의 시흥초등학교일 것이다. 사강은 시흥초등학교에서 광치기 해변으로 이어지는 올레 지도를 다시 살펴보았다. 그리고 몇 시간 후, 그녀는 뿌옇게 햇빛에 날렸다는 이유로 종이봉투에 모아두었던 사진 속에서 희미하게 '17코스'라고 적힌 푯말 사진을 발견했다.

이들은 1코스부터 17코스까지 함께 걸은 것이다. 물론 시간상 중간에 특정한 코스를 걷지 않고 그냥 건너뛰었을 가능성도 있었다. 그러나 이들의 도보가 첫 코스에서 시작돼 마지막 코스에서 끝났다는 것만은 분명했다. 제주 올레 17코스가 개장된 것은 2010년 9월이었다. 그러므로 이 사진은 2010년 9월 이후에 찍은 사진인 것이다.

사강은 이전과 다른 새로운 가설을 세웠다. 이 사진은 한꺼번에 찍힌 것이 아니고 오랜 시간을 두고 천천히 찍힌 게 아닐까. 여자의 옷이 사진마다 바뀐 것은 여행 중임을 감안해 여러 벌의 옷을 가지고 갔기 때문이 아니라, 각기 다른 계절에 긴 시차를 두고 떠난 여행 때문에 자연스레 생긴 일인지도 모른다. 이 필름은 오래됐을 뿐만 아니라, 오랜 시간과 시차를 두고 천천히 한 장씩 채워졌을 것이다.

사진은 대체 몇 년 동안이나 찍힌 것들일까. 왜 이런 식으로 필름 한 통을 채워나갔던 걸까. 어째서 힘들게 찍은 사진을 현상하지 않고 그냥 두었던 걸까. 모두 카메라 주인을 직접 만나야 들을 수 있는 이야기였다.

사강은 침대맡에 있던 작은 스탠드를 침대 정중앙으로 옮겼다. 그녀는 이제 서랍에서 꺼낸 돋보기로 사진 일부를 확대해 보기 시작했다. 한 장의 사진이 그녀를 사로잡았다. 두 연인은 어깨동무를 하고 있었다. 이들이 어깨동무를 하며 학교 앞에서 찍은 사진은 분명 누군가 지나가던 사람이 찍어준 게 틀림없었다. 가장 소중한 사진들은 그곳을 우연히 지나가던 낯선 사람의 선의에 의해 찍힌다. 귀찮다고 생각하지 않고 누군가에게 소중한 추억을 남겨주며 자신의 시간을 함께 나누며 영원한 역사의 증인이 되는 것이다.

사강은 상처를 공유한다는 영화제 측의 말을 한순간도 믿지 않았다. 그러나 몇 시간째 헤어진 연인의 사진을 바라보자, 문득 이들이 공유했을 감정의 일부가 그녀의 가슴속에도 이식돼 자라나는 것 같았다. 하루 종일 심장이 울렁거린 건 시차 때문이 아니라, 누군가의 비밀을 몰래 보았기 때문인지도 모른다.

사강은 꺼져가던 향초의 불을 끄고, 새 향초에 불을 켰다. 그것은 다른 사람의 지나간 사랑을 위해 밤새 촛불을 켜는 행위 같았다. 어쩌면 필름을 돌려주는 일은 자신이 생각한 것보다 더 중요한 일이 될지도 모른다. 사강은 너무 흐릿해서 쉽게 알아볼 수 없다고 단념했던 사진 한 장을 들여다보았다.

사진 속에는 남자가 서 있었다. 키가 큰 젊은 남자였다. 그녀는 '실연당한 사람들을 위한 일곱 시 조찬모임'에 참가했던 두 명의 남자를 기억했다. 체격이나 나이로 보아 이 남자가 야구 모자를 눌러쓰고 있던 남자일 리는 없었다.

사강은 사진을 책상 위에 놓고 조금 떨어져 바라보았다. 너무 가까이 봤을 때 보이지 않았던 실루엣들이 자신에게 뭔가 말해주길 바라면서. 깨알 같은 점처럼 보이던 작은 도트들이 그녀에게 어떤 이미지를 만들어내고 있었다. 사강은 자신을 향해 인사했던 남자를 떠올렸다. 그 남자가 자리에서 벌떡 일어나 문밖으로 뛰쳐나가던 모습과 자신을 위해 엘리베이터의 열림 버튼을 누르던 순간까지. 그녀는 책상 쪽으로 돌아와 사진 속 남자에게 말을 걸듯 읊조렸다.

"대체 당신에게 무슨 일이 생긴 거죠?"

6부

인천국제공항

백 명의 보험회사 직원들을 대상으로, 영화와 현실의 차이
점에 대해 강의한다면 어떤 얘길 할 수 있을까. 그들에게 이별
과 실연의 차이점에 대해 강의한다면 무슨 이야기로 시작할
수 있을까. 아마 누구도 예상할 수 없는 것, 가령 고속도로 속
도위반 통지서에서부터 이야기를 시작할 수도 있을 것이다.

　애인과 헤어지고, 그녀에게 미친 듯 질주해 달려오는 남자
가 낭만적이라고 생각되는 건 영화나 드라마에 한해서다. 지
금 지훈이 하려는 얘기는 중앙선 침범, 속도위반, 불법 유턴,
신호 위반과 같은 교통 법령에 관한 이야기들이기 때문이다.

　'실연당한 사람들을 위한 일곱 시 조찬모임'에 나간 이후,
지훈에게 날아온 것은 모두 여덟 통의 속도위반 통지서였다.

위반을 알리는 통지서는 충청도와 경기도, 서울에 이르기까지 모두 세 개 시도를 넘어 경찰서에서 날아온 것들이었다. 그것은 사랑에 미친 남자의 질주를 '불법'이라고 규정지었다. 통지서에는 운전자가 이지훈임을 증명하는 인물 사진까지 친절하게 첨부되었다. 그런 이유로 이지훈의 실연은 정부가 증명하고, 한국도로공사가 공인한 이별처럼 보였다.

지훈은 자신의 책상 위에 나란히 놓인 속도위반 통지서의 사진을 바라보았다. 단속 카메라는 오 분마다 범인 차량을 추적하듯 그의 차 앞을 지키고 있었다. 12킬로미터마다 설치되어 있던 무인 단속 카메라에는 그의 얼굴이 흑백 증명사진처럼 찍혀 있었는데, '실연당한 남자의 얼굴'이라는 제목의 전시회에 출품하면 딱 평균적일 만한 사진이었다.

각각의 통지서에는 지훈이 어긴 속도 초과분이 적혀 있었다. 48킬로미터, 34킬로미터, 53킬로미터, 26킬로미터, 45킬로미터……. 지훈은 휴대전화 계산기를 들고 내야 할 범칙금을 계산했다. 백만 원이 넘었다. 빌어먹을! 감탄사가 절로 나왔다. '면허정지'가 아니라 '면허취소'까지 벌점이 상승할 수 있는 상황이었다.

"고맙다! 이 나쁜 년!"

터무니없이 웃음이 터져 나왔다. 실연의 기념품으로 카메라 따윌 내는 게 아니었다. 지금 자신의 눈앞에 있는 여덟 통의 속도위반 통지서야말로 떠나간 현정이 마지막으로 선물한 완벽한 실연의 기념품이었다. 그것은 몇 개의 숫자들만으로도 이별을 공식화하고 있었다. 게다가 이별 편지의 마지막 추신란엔 꺾임 없는 반듯한 필체로 이렇게 공식적인 전문이 적혀 있었다.

과태료 미납 시 재산압류 조치합니다

한 시절의 사랑이 끝나버린 것이다.

ㅇ

"안녕하세요."

여자가 잠시 머뭇대듯 지훈 앞에서 말을 멈추었다.

"저는 정미도라고 합니다."

'실연당한 사람들을 위한 일곱 시 조찬모임'에서 만난 정미도는 이름을 묻기도 전에 지훈에게 악수부터 청했다. 여자가 지훈에게 했던 두 번째 말은 '반갑습니다' 같은 인사말이 아니라 확신에 가까운, 그래서 듣는 사람에게 심문받는 느낌을 주는 말이었다.

"정현정 씨, 아시죠?"

지훈은 아무 말도 하지 못했다. 그가 뭔가 이야기를 꺼내기도 전에 여자의 입에서 "후회하고 있어요. 진심으로!"라는 전혀 예상치 못한 놀라운 말들이 흘러나왔기 때문이었다. 지훈은 믿을 수 없는 얼굴로 여자를 바라봤다.

"현정이가 후회하고 있다고 말했어요."

그는 무의식적으로 앉아 있던 자리에서 일어섰다. 의자에서 일어나자 앉아 있던 사람들이 일제히 자신을 바라봤다. 핏기 없이 우울한 시선들을 지훈은 더 이상 견딜 수 없었다. 그는 문 쪽으로 빠르게 걷기 시작했다. 지훈이 정신을 차린 건, 식당 밖으로 나가 연달아 담배를 세 개비나 피운 후였다. 그의 옆에는 정미도가 서 있었다.

"누구시죠?"

"놀라셨을 거예요."

"현정이 친구예요? 아님 동생? 선배?"

"제 이름은 정미도예요."

"이름을 물어본 게 아니잖아요?"

흥분을 가라앉히려 해도 지훈의 말꼬리는 예민했다.

"전 현정이 친구예요. 공적이고 사적인 것 두루두루 걸쳐 있는 관계예요"

"공적이고 사적인 관계라는 게 대체 뭡니까?"

"애매한 말이라는 건 저도 잘 알아요."

"현정이도 이 일을 알고 있나요?"

미도는 잠시 생각하듯 고개를 저었다.

"뭔가 다른 방법이어야 한다고 생각하고 있었어요. 지훈 씨에게 전화를 한다거나, 직접 찾아가서 얘기하는 것으론 해결되지 않을 거라는 거죠. 저도 많이 고민하고 내린 결과예요."

"그걸 왜 그쪽이 고민하죠?"

일시에 공격을 준비했던 사람처럼 지훈이 미도를 바라보았다. 미도는 잠시 무표정한 얼굴로 그를 바라보더니 곧바로 미소 지었다.

"가족 같다고 해두죠. 현정이 엄마도 잘 아는 분이니까."

"고민한 결과가 이것이로군요. 사람 놀래켜서 뒤로 쓰러지게 하는 거?"

"그래야만 하는 이유가 있었어요."

"성공했군요!"

"사람은 누구나 실수할 수 있는 거잖아요? 현정인 그걸 실패가 아닌 실수라고 말했어요."

이제 그녀는 귀 뒤로 머리를 넘기며 차분한 얼굴로 지훈을 바라봤다. 표정이나 어조에 따라 얼굴 생김새의 낙차가 당황스러울 정도로 큰 여자였다. 미도는 '실수'라는 단어가 무엇을 의미하는지 기억하라는 듯 지훈에게 또박또박 말했다.

"그쪽을 놀라게 할 생각은 없었어요. 후회하고 있고, 정말 많이 힘들어하고 있어요. 스스로도 혼란스러운 거죠."

"현정이를 만날 생각은 없습니다."

지훈은 고개를 저었다.

"다시 만나지 않을 겁니다."

이 상황을 자기 자신에게 가장 먼저 이해시키고 싶은 사람처럼 그는 한 번 더 중얼거렸다. 그러나 지훈의 눈빛은 흔들렸다. 미도는 흔들리는 지훈의 눈빛을 놓치지 않고 바라보고 있었다.

"아마 저라도 그렇게 말했을 거예요. 하지만 당신과 헤어지고 현정인 매일 울었어요. 제 앞에서도 울었고, 전화하면서도 울었고, 메일을 쓰면서도 울었어요."

미도는 세 번이나 울었다는 말을 반복했다. 그리고 그 말들이 지훈의 마음을 흔들었다. 그는 낯선 여자 앞에서, 그동안 억누르고 있던 감정의 물길이 터지듯 쏟아져 내려가는 걸 바라보았다. 감정의 잔해들, 아름다웠던 기억들, 스스로 자책하며 무너뜨려 휩쓸려 내려갔던 추억들이 이제 그의 눈앞에서 엄청난 속도로 복구되고 있었다. 지훈은 자신이 만든 연애의 창세기를, 압도적이었던 기적의 일주일을 회상했다.

"곧 영화가 시작될 거예요."

미도가 말했다.

"지금 실연의 기념품을 이곳에 내놓고 나면 그땐 정말 후회할지 몰라요. 중요한 물건을 버리고 나면, 돌이킬 수 없다는 말이 뭔지 실감하게 될 거예요."

"그쪽, 현정이 친구 아니죠?"

"……."

"한눈에 알 수 있어요. 아니라는 거."

"이지훈 씨, 사람은 자신이 보고 싶은 것만 봐요. 듣고 싶은 것만 듣고, 결국 기억하고 싶은 것들만 기억하죠."

식사를 마친 사람들이 하나둘 식당을 나오고 있었다. 레스토랑 입구에서 마주쳤던 여자가 충혈된 눈으로 빠르게 화장실 쪽으로 달려갔다. 지훈은 건물 기둥 사이로 사라지는 여자의 뒷모습을 바라보았다. 그녀는 빠른 걸음으로 극장 쪽으로 사라졌다. 처음 보았을 때 불룩 밑으로 꺼져 있던 그녀의 가방은 한결 가벼워진 듯 원래의 모양대로 부드럽게 주름져 있었다.

"꽃을 버리거나 숨기는 가장 좋은 방법이 뭔지 아세요? 모두 꽃밭에 버리는 겁니다."

지훈이 말했다.

사람들이 극장 쪽으로 한두 명씩 걸어가는 게 보였다. 그들의 손과 가방 속에는 각기 다른 물건들이 들어 있을 것이었다. 모두 꽃처럼 향기로운 물건들이었다. 지금은 처참하게 시들어버렸지만.

○

"제 생전에 방사능 때문에 애들이나 입는 우비를 사게 될
줄 누가 알았겠어요?"

마케팅 팀의 김 대리가 말했다. 그는 유달리 팔의 중간 부
분이 아래로 늘어져 얼핏 한복 저고리처럼 보이는 우스꽝스
러운 우비를 입고 있었다.

기상청에선 한반도 지역으로 부는 편서풍의 영향으로 대
한민국이 방사능 청정 지역으로 분류될 것이라고 발표했다.
그러나 며칠 후, 제주를 비롯해 전국에 세슘과 요오드가 검
출되었다는 뉴스가 이어졌다. 도쿄만큼 서울도 점점 어수선
해지기 시작했다.

"다들 도쿄 가기 싫어하는데, 그래도 당신은 미혼이니까.
미안."

"괜찮아요, 강 선배."

"대신 서울 걱정은 붙들어 매."

"그럼요. 온몸에 방사능 잔뜩 묻히고 와서 꽉 포옹해드릴
게요!"

지훈이 웃었다.

도쿄에는 아시아 총괄 업무를 맡는 팀이 있었다. 일본 법인의 다나카 씨를 만나는 건 오전 몇 시간이면 충분했다. 형식적인 보고에 가까워 복잡한 실무도 없을 것이었다. 회사에서 자주 이용하는 호텔 근처 단골 라면집에서 두툼한 차슈를 얹은 덮밥과 라면을 먹고, JR 야마노테선을 타고 이동하면 우에노 공원에서 흐드러진 벚꽃을 볼 수 있는 여유가 생길지도 모른다.

장마나 우기도 아닌데 지겨울 정도로 비가 내렸다. 지진 뉴스만큼은 아니지만 꽤 우울한 날씨였다. 속도위반 범칙금을 내기 위해 회사 근처 은행에 가던 지훈은 대형 서점 앞에서 발길을 멈추었다.

비가 온 탓인지 서점은 사람들로 북적거렸다. 지훈은 조지 소로스의 경영 철학서, 스티브 잡스와 워런 버핏의 자서전 코너를 지나 문학 섹션의 베스트셀러 목록을 차례로 살펴보았다. 그는 마이클 코널리의 신작과 영화화가 결정되었다는 발음하기 힘든 괴상한 제목의 SF 코너를 천천히 걸어갔다. 그리고 빽빽하게 꽂혀 있는 세계 명작 코너의 한 부분에서 발끝을 세워 책 한 권을 뽑아냈다. 책장을 넘기자 재판을 찍은 연도가 1998년에서 끝난 오래된 책이었다.

밤이면 편안히 침대에 기대어 앉아, 두꺼운 소설을 조금씩 읽어 내려갈 수 있는 여유 있는 삶이라면, 그건 어떤 식으로든 성공한 삶이 아닐까.

그것은 강의 교재 맨 첫 줄에 써도 좋을 만한 이야기였고, 청소년들을 위한 책 읽기 클럽의 서두로 사용해도 좋을 만했다. 지훈은 책의 표지를 손바닥으로 쓸어낸 후, 서점 계산대 위에 올려놓았다. 만화 캐릭터가 그려진 고무장화를 신은 초등학생들이 책을 들고 시끄럽게 떠들며 서 있었다.

작은 테이크아웃 커피 하우스가 붙어 있는 서점 안에선 원두를 가는 시끄러운 소리와 헤이즐넛 향이 퍼져 나왔다. 그는 거스름돈으로 뜨거운 아메리카노 한 잔을 시켰다. 그리고 카페 소파에 등을 파묻고 사람들을 관찰했다. 대부분이 책을 보거나, 옆에 앉아 있는 사람과 얘기하는 대신 자신의 휴대전화를 들여다보고 있었다.

"내가 보기엔 넌 스마트폰 중독이야. 네가 좋아하는 '뭐든지 척척박사' 애플리케이션에 물어보지 그래? '연애 박사', '실연 박사', '짝사랑 박사'도 있지 않았나?"

"비꼬지 마! 성경만큼 좋은 애플리케이션이니까."

"그걸 성경에 비유하다니. 너, 중증 맞아."

"중독된다고 그걸 꼭 좋아한다고 말할 순 없어. 중독은 증오에 비례해. 도박하는 사람들이 도박을 얼마나 증오하는지 알잖아. 알코올중독자도 마찬가지야."

카페의 풍경을 바라보며 지훈은 현정과의 오래된 대화를
떠올렸다. 그는 그녀가 했던 말을 천천히 되뇌었다. '중독은
증오에 비례한다.' 적어도 현정은 자신이 한 말을 입증해 보
인 것이나 마찬가지였다.

지훈은 책장을 넘기며 커피를 한 모금 삼켰다. 레귤러 사
이즈의 커피 한 잔을 다 마시기도 전에 사무실에서 전화가
왔다. 그가 서점을 나와 빠르게 걷는 동안 그를 호출하는 두
통의 전화와 함께, 도쿄 출장에 필요한 서류를 제출하라는
관리 팀의 전화가 이어졌다. 그의 휴대전화에 두 통의 문자
메시지가 십삼 분 간격으로 도착해 있었다.

지훈아. 만나자. 당장!!

첫 번째 문자메시지에는 이름이 적혀 있지 않았다. 하지만
그것은 현정이 보낸 것이었다. 긴박할 때만 사용하는 두 개의
강렬한 느낌표, 부사와 동사의 뒤바뀐 위치. 그것은 현정의
말투였고 그녀의 숨소리였다. 그러나 나머지 문자메시지에
는 지훈이 한 번도 들어본 적 없는 낯선 이름이 적혀 있었다.

로모 카메라에 들어 있던 필름을 돌려드리려고 합니다.

저는 윤사강이라고 합니다.

○ ● ○

비행 훈련을 받던 연습생 시절, 사강은 비행기 사고로 죽은 승객들의 숫자를 헤아려본 적이 있다. 스위스항공 111기, 이집트에어 990기, 팬암 103기에 탔던 승객들은 비행기 추락으로 전원 사망했다. 비행기 사고의 확률은 극히 미미하지만 역사가 보여주듯 승객 전원 사망이라는 충격적인 결과를 도출하기도 했다. 그러나 비행기 사고의 다양한 원인 중 하나인 비행기 엔진 고장이 반드시 사고와 추락을 의미하진 않는다.

사람들이 생각하는 것과 달리 비행기는 곧바로 추락하지 않는다. 대신 부력과 중력을 이용해 일정 시간 이상을, 사실 꽤 '길다'라고 표현할 수 있을 만한 시간을 하늘 위에 떠 있다. 심지어 F-16 같은 전투기는 엔진이 꺼진 상태에서 30킬로미터까지 날아갈 수 있다.

소설가 베른하르트 슐링크는 추락의 순간을 "이때의 비행은 조금 더 조용하다. 엔진 소리보다 더 시끄러운 것이 날개에 와서 부서지는 바람 소리다. 그러다가 어느 순간 창문 밖을 내다보면 땅이나 바다가 위협적으로 가까이 와 있다"라고 묘사한 적이 있다. 사강은 바로 그런 공포를 온몸으로 체감하고 있었다. 제대로 작동하지 않기 시작한 자신의 이성이 추락하는 줄도 모르고 하늘에 붕 떠 있는 건 아닌가라는 공포 말이다.

"선배! 저 남자 좀 보세요. 책 읽고 있는 남자요. 초록색 슈트케이스 옆."

후배 미소가 사강에게 귓속말로 속삭였다.

사강이 변경된 스케줄의 '크루 리스트'에서 막 마주치고 싶지 않은 사람의 이름을 발견한 후였다. 그와 헤어진 후 마주치지 않기 위해 일 년 동안 힘든 일정을 소화해냈는데 결국 비상사태로 생긴 오차로 정수와 마주치게 된 것이다.

"사강 선배! 무슨 생각을 그렇게 골똘히 하세요?"

"응?"

"저 남자, 지난번 사내 교육 때 왔던 그 강사 맞느냐고 세 번이나 물었잖아요. 양복 대신 검정색 터틀넥 입고, 회색 운동화 신고 있었잖아요. 그렇죠?"

미소는 사강 옆에 있던 윤희에게 동의를 구하듯 말했다.

"음…… 맞네. 잘생긴 남자는 내가 좀 오래 기억하지."

윤희가 말했다.

"근데 저 남자, 강의할 때 풍선 들고 나타나지 않았니? 빨간색이었나?"

윤희가 사강을 바라보았다. 사강은 아직 뚜껑을 열지 않은 생수를 무의식적으로 입에 물었다. 윤희가 어이없다는 듯 사강을 바라보았다. 사강은 재빨리 화제를 바꿨다.

"미소, 저 남자한테 관심 있나보지?"

"그날, 강의 좋았잖아요."

"강의가 아니라 저 남자가 맘에 들었겠지."

"여자 많겠죠?"

"아님 유부남이거나! 남의 남자, 별거 없어."

"어머, 선배님 무슨 말씀을! '인생 별거 없어. 남자 다 똑같아. 그 밥에 그 나물이야' 그런 말, 저 진짜 싫어해요. 어떻게 그럴 수가 있어요?"

"두 사람, 오늘 나리타 찍고 뉴욕 가는 일정이었나?"

윤희가 사강을 바라보며 말했다.

"네, 사강 선배랑 같이 바로 뉴욕 갔다가 돌아오는 날 도쿄에서 스테이션이에요."

"나리타에서 승무원 교대 안 해?"

"그건 LA 일정이잖아요."

"나 요즘 기억력이 왜 이러지? 쌍둥이 낳고 났더니 기억력이 형편없어져. 항공성 치매겠지?"

"저도요, 저도!"

미소가 길게 한숨을 쉬었다.

"요즘 돈 벌어서 제가 뭘 하나 살펴보니까 월급의 반은 미친 듯이 먹는 데 쓰고, 나머지 반은 미친 듯이 다이어트 하는 데 쓰더라구요. 저 미친 거 맞죠?"

"연애를 못 해서 그래. 외로워서."

"맞아요. 윤희 선배는 사내 연애라도 성공했잖아요. 잘생긴 부기장 있다는 소문 혹시 들은 적 있으세요?"

"없어!"

"회사 다닐 맛이 안 나요."

"이번에도 만석 아니지? 도쿄 좌석이 비어 가는 날이 있을 줄 누가 알았니. 밀(기내식) 서비스할 땐 좀 편하긴 하겠다만. 너네 밀 몇 개나 들어가?"

윤희는 미소의 말을 가볍게 건너뛰고 사강을 바라봤다. 그녀는 사강에게 무슨 일이 있다는 걸 눈치챈 표정이었다.

"윤사강, 너 왜 그래?"

사강은 대답 대신 생수를 마셨다. 다음 비행의 쇼업 시간이 얼마 남아 있지 않았다.

"속이 좀 안 좋네. 토하면 나을라나?"

"그날도 그러더니."

"그날이라니?"

"저 강사 교육하던 날. 너 완전 이상했던 거 알아? 렌즈 잃어버렸다고 엎어져서 울질 않나."

"뭐?"

"승무원 교육 있던 날, 너 엄청 울었다고."

그제야 사강은 고개를 돌려 남자를 바라봤다. 남자는 터미널 삼층의 탑승동으로 들어가기 전인 듯 의자에 앉아 책을 읽고 있었다. 얼굴이 보이진 않았지만 저렇게 다리를 꼬고 고개를 숙인 채 뭔가에 집중하는 실루엣은 낯이 익었다. 그는 신중히 책장을 넘기고 있었다.

남자는 고개를 들어, 멀리 창 쪽을 바라보고 있었다. 남자의 턱선과 안경이 사강의 눈 안에 들어왔다. 모든 것이 슬로모션처럼 움직였다. 그녀는 자신이 바라보고 있는 남자를 한순간 알아보았다. 연인과 어깨동무를 한 채 활짝 웃고 있던 남자. 제주도 사진 속의 남자. 며칠 전, 충동적으로 문자메시지를 남겼던 바로 그 남자!

시네마테크의 엘리베이터 문이 닫히기 직전, 자신을 바라보던 남자의 눈빛을 그녀는 생생히 기억하고 있었다. 사강은 로모 카메라의 필름 주인을 알아내기 위해 긴 시간 노력했다. 밤새 백 개가 넘는 개인 트위터 계정을 뒤져 정보를 모았고, 결국 눈앞의 남자가 사진 속 주인공이라는 확신에 이르렀다. 여기저기 조각나 있던 퍼즐들이 제 위치에 와 닿아 조금씩 맞추어지기 시작했다.

남자의 얼굴을 직접 보자 뿌연 유리창을 한 손으로 닦아낸

기분이었다. 그의 손에 들린 책은 분명 프랑수아즈 사강의
『슬픔이여 안녕』이었다. 사강은 자신의 가방 속에 든 사진을
만지작거리며 지훈을 바라봤다. 공항 현상소에서 인화한 사
진이었다.

『슬픔이여 안녕』과 아홉 장의 사진.

그러니까 그것은 두 개의 전혀 다른 시간들 속에서 태어난
이란성쌍둥이였다.

○ ● ○

만약 세상에 공항이 없었다면 얼마나 많은 영화의 엔딩이
밋밋해졌을까. 연인이 헤어지고, 부녀가 작별하고, 모녀가 부
둥켜안고 서로의 진심을 확인하는 곳으로 공항만큼 극적인
곳은 없다. 오해가 이해로, 절망이 희망으로 뒤바뀌는 마법의
장소. 굳게 닫힌 저 문 너머엔 또 다른 세계가 있을 것만 같아
가슴 벅찬 곳. 그래서 사람들은 수많은 영화의 엔딩이 공항
에서 끝난다는 진저리 나는 진부함에도 공항 엔딩에 환호하
는 것이다.

"만약 공항이 없었다면 작가의 절반은 원고의 끝을 어떻게
맺을까 고민하다가 머리털깨나 뜯었을 거야. 쟤들 좋아 죽네,
죽어."

미도는 팔짱을 낀 채 공항 의자에 앉아 부둥켜안고 떨어질 줄 모르는 연인들을 바라보았다.

"글쎄, 햇반과 컵라면이 없었다면 한국에 존재하는 작가의 절반은 틀림없이 굶어 죽었겠지."

미우가 시큰둥한 얼굴로 미도를 바라봤다.

한때 미도는 자신이 탄 비행기가 그대로 떨어져 고액의 보험금을 타는 꿈을 꾸기도 했었다. 미우에겐 한 번도 하지 않은 이야기였다.

발권 카운터에는 트렁크를 든 여행객들과 붉은 깃발을 든 단체 여행객들이 긴 줄로 늘어서 있었다. 제복을 입은 항공사 직원이 단체 여행객들의 발권을 돕고 있었다. 유학을 떠나는 듯 어린 여자아이의 짐이 규정보다 많이 초과되어 발권 승무원과 실랑이가 벌어진 탓에 줄은 점점 더 길어졌다.

서울에서의 삶을 지구 반대편에까지 실어 나르려는 사람들의 시도는 엄격한 공항 수하물 규정에 따라 번번이 실패로 끝난다. 공항의 엄격함이란 다름 아닌 늘어난 짐만큼 가격을 더 매기는 오버 차지인 셈이다.

미도는 짐들이 점멸하듯 사라져가는 어두운 길목을 바라보았다. 며칠 동안의 일상으로 밀봉된 트렁크들이 덜컹대는 컨테이너에 실려 비행기 화물칸에 줄지어 쌓여가고 있었다. 무인 카운터에서 발권을 마친 미도는 다양한 인종이 모이는 공항 터미널에 서서 바쁘게 움직이는 사람들을 바라보았다.

32번 게이트 앞 라운지에 비행기를 기다리는 몇몇 사람들이 앉아 있었다. 아예 좌석 몇 개를 차지하고 누워 잠을 청하는 배낭족이 있었고, 비스듬히 앉아 아이패드로 영화를 보는 사람도 보였다.

"으, 배고파. 기내식 먹으라고 컵라면 하나 안 사주는 못된 인간."

미우가 계속해서 투덜댔다.

"참 팔자 좋은 사람들 많지 않니? 어쩜 평일인데도 이렇게 여행을 많이 갈까."

미도는 의자에 앉아 짐을 끌고 다니는 여행객들을 바라보았다. 면세점은 담배와 화장품을 사려는 사람들로 북적였다. 그때 그녀의 휴대전화가 울렸다. 그 순간 그녀는 전화를 받지 않고 배터리를 빼버리고 싶은 충동을 느꼈다.

"보나 마나 조 부장이겠지."

불길한 예감은 언제나 잘 들어맞았다. 대부분 예상보다 한층 더 수위가 높아진 채.

"어우, 씨! 대표 전화잖아!"

미도는 전화번호를 확인하자마자 자리에서 벌떡 일어나 미우에게서 멀어졌다. 회사 일에 관여하지 않는 대표가 예정되지 않은 자신의 휴가 일정에 대해 알 리가 없었다. 불안감이 밀려왔다.

미도가 다시 의자에 돌아왔을 때, 그녀는 옆의 사람도 들을 수 있을 만큼 길게 한숨을 내쉬었다.

"회사 들어가봐야 할 것 같아. 너 혼자라도 일본에 가."

"미쳤어? 이번 여행은 언니가 우긴 거잖아."

"호텔 예약 취소하면 돈 날아가."

"언니!"

"마무리 잘해. 잘할 수 있지?"

"이럴 수가!"

미우가 두 눈을 번쩍 뜬 채 손으로 입을 막고 미도를 빤히 바라봤다.

"왜? 뭐라도 봤어?"

미도가 주변을 두리번거리다가 미우를 바라봤다.

"살다보니 언니가 나한테 뒷마무리를 부탁하는 날이 오다니. 그건 이제야 내 진가를 알아본다는 말씀이신가?"

"이래서 네가 반편이 같다는 거야. 나 먼저 갈 테니까 잘해. 내 짐 잘 찾고. 엉뚱한 데 가서 똑같은 트렁크 들고 나오면 나한테 죽는다!"

"얼른 가시기나 해!"

미우가 일어나 그녀에게 손을 흔들었다.

불과 일 분 전만 해도 미도는 자신이 도쿄행 비행기 대신,

광화문행 공항버스에 오를 것이라고 조금도 생각하지 못했다. 하늘 위에 펼쳐진 솜털 같은 구름의 전경이 아니라, 밀려온 흙더미 때문에 거대한 봉분처럼 보이는 영종도의 검은 갯벌을 보게 되리란 것도.

○ ● ○

책을 읽고 있던 지훈은 자신이 생각보다 오랫동안 독서에 집중해 있었다는 걸 깨달았다.

나는 그것, 슬픔이라는 것을 알지 못했었다. 하지만 권태라든지 후회, 아주 드물게는 양심의 가책 같은 것은 알고 있었다……. 그해 여름, 나는 열일곱 살이었고 아주 행복했었다.

그가 읽고 있는 『슬픔이여 안녕』은 옛집 서가의 『카라마조프의 형제들』과 『안나 카레니나』처럼 세계 명작 전집들 사이에 꽂혀 있었다. 지훈이 유일하게 읽은 프랑수아즈 사강의 소설이라면 『브람스를 좋아하세요』가 전부였다. 그마저도 처음 몇 장을 읽다가 포기해버렸지만, 그는 이 소설에 등장하는 주인공들의 이름만은 기억했다.

폴과 로제.

지훈이 '실연의 기념품' 중 이 책을 선택한 건 대부분의 사람들이 책을 선택하지 않았기 때문이었다. 지훈은 책 표지도 제각각이고, 장정과 크기도 모두 다른 책들을 일렬로 늘어놓았다. 책을 선물한 사람은 무슨 이유로 판본도, 출판 연도도, 언어도 다른 책을 네 권씩이나 선물했을까. 책을 구하기 위해 쏟았을 시간이 책장을 넘길 때마다 그의 손끝에 만져졌다. 지훈이 선물한 폴 오스터 초판본보다 그가 쓰던 고물 타자기를 더 사랑했던 현정이나, 이 책을 거부한 익명의 사람이나, 누군가의 고심 어린 선물을 폐기했다는 점에선 크게 다를 게 없었다. 지훈은 거부당한 네 권의 책을 바라봤다. 밤이면 늘 잠이 오지 않아 고민이던 그에게 그것은 복잡하고 어려운 결정이 아니었다. 지훈은 이 책을 읽어야겠다고 결심했다. 한국어로 번역된 책이 이미 존재하기 때문에 책을 읽는 게 힘든 일도 아니었다.

게이트 입구에서 소설을 읽던 지훈은 마지막에 탑승했다. 두 시간이 조금 넘는 짧은 비행이었으므로 책을 읽기에는 창가 쪽 자리가 더 좋을 터였다. 옆 좌석에는 일흔은 족히 넘어 보이는 할아버지 한 명이 앉았다. 노인은 실밥이 여기저기 튀어나온 검정색 중절모를 쓴 채 기내 면세품 잡지를 넘기고 있었다. 그의 발밑에는 커다란 가방 하나가 놓여 있었다.

안전벨트 착용을 확인하는 절차가 끝나자 곧 멈추어 섰던 비행기가 굉음을 내며 공항의 활주로를 향해 천천히 움직이기 시작했다. 활주로에 작은 인형 모형처럼 줄 서 있던 엔지니어들이 승객들을 향해 줄과 열을 맞춰 나란히 손을 흔들었다. 그는 눈을 감고 순식간에 뒤바뀌는 고도를 느꼈다. 귀가 멍해지자 옆에 앉은 노인의 잔기침이 더 늘어났다. 이제 비행기는 하늘로 떠올라 빠르게 구름 밖을 빠져나가고 있었다. 지훈은 소음이 잦아들 때까지 고개를 돌려 멀리 창밖 하늘을 바라보았다. 비행기에선 기장의 멘트가 흘러나왔다.

"승객 여러분 안녕하십니까. 여러분을 도쿄 나리타 공항까지 모실 기장 한정수입니다. 지금 도쿄의 날씨는 쾌청하며, 현지 기온은 섭씨 16도입니다. 오늘 나리타까지의 비행시간은 약 두 시간 십 분이며, 현지 시각 네 시 오십오 분경에 도착 예정입니다. 편안한 여행 되시길 바랍니다."

7부

호텔 생활자

"꼭 옛날 사진 속을 걷는 것 같네요."

지훈이 다나카 씨와 함께 간 곳은 고층 빌딩과 거대한 광고판들이 위압적으로 들어차 있는 신주쿠가 아니었다. 그곳은 예전부터 지훈이 봐왔던 신주쿠의 모습과는 딴판이었다. 군데군데 벽돌이 깨져 성하지 않은 몸피의 건물들과 낡고 좁은 골목들이 다닥다닥 뒤엉켜 마치 1960년대나 1970년대 분위기로 돌연 시간이 멈춰 선 것 같았다. 게다가 이런 오래된 골목이 간직하고 있는 특유의 모습들, 가령 시간이 흐른다기보다 한껏 고여 있어 한 시절을 연상하기에 좋을 정도의 습기와 스산한 과거의 냄새를 풍기고 있었다.

"여긴 골덴가예요. 제가 좋아하는 곳이기도 하구요. 『시마 과장』좋아하십니까?"

다나카 씨가 말했다.

"네. 하지만 만화는 형이 더 좋아해요."

지훈이 고개를 끄덕였다.

"생각해보니 『올드보이』에도 골덴가가 나오네요. 한잔 걸 치면서 신세 한탄하기 좋은 곳이에요."

다나카 씨는 습관적으로 자신의 머리를 매만지며 웃었다. 바람이 불자 왼쪽 관자놀이 근처에 애써 가지런히 붙인 머리카락이 솟아올라 뒤집혔다. 얼핏 잘못 만들어진 가발을 쓰고 있는 것처럼 보이기도 했다. 그의 머리숱은 이전보다 십 퍼센트가량 줄어든 것 같았다.

"머리카락 말이죠. 고민이에요. 사실 방사능 비 맞아서 그런 겁니다. 크하하하."

쉰이 다 된 나이에도 여전히 미혼인 다나카 씨는 어깨가 유독 넓어 보이는 회청색 파워 슈트에 물방울이 자글자글한 실크 넥타이를 고수했다. 덕분에 영상자료원에나 가야 있을 법한 1980년대 필름 속에 등장하는 인물로 보였지만, 본인은 전혀 신경 쓰지 않는 눈치였다.

늦은 저녁, 그들은 골덴가에 있는 다나카 씨의 단골 선술집에 들렀다. 입구엔 일본 식당에서 쉽게 볼 수 있는 인사하는 고양이 인형 대신 '유키'라는 이름의 진짜 고양이가 있었

고, 실내엔 느릅나무로 짠 커다란 나무 테이블 하나가 전부
였다.

"아무래도 유키 짱은 자기가 고양이인 걸 모르는 눈치예
요."

의자 옆에는 고양이가 느긋하게 누워 있었다. 좁은 가게에
가자미 굽는 고소한 냄새가 진동했다. 옆 사람과 어깨가 맞
닿을 정도의 거리에선 누가 하는 말이든 쉽게 섞였다. 술자
리의 화제가 이번 일본 대지진이라는 건 지훈도 알 수 있었
다. 원전을 중심으로 돌아가던 일본 특유의 전력 구조 때문
인지 후쿠시마 원전 여파는 꽤 커 보였다. 도쿄 시내에선 전
기를 아껴 쓰자는 캠페인 휘장을 두른 시청 공무원들과 쉽게
마주칠 수 있었다.

"이 집은 녹차가 일품이에요."

다나카 씨는 지훈에게 따뜻한 녹차를 권했다.

"여기, 사케 집 아닌가요?"

"주인이 니가타현에 커다란 녹차 밭을 가지고 있어요."

"니가타현이 녹차가 유명한 곳인가보죠?"

"그곳은 쌀이 유명합니다."

다나카 씨가 지훈을 바라보며 낄낄대며 웃자 지훈도 따라
웃었다.

"지진 때문에 걱정이긴 하지만 잘 이겨낼 거예요. 지금은

각자의 일상을 잘 살아내는 것이 더 중요하다고 생각합니다. 모두 힘들 때니까요."

지훈은 고개를 끄덕이며 잔에 담긴 녹차를 바라봤다. 다나카 상이 찻물을 따르는 소리가 따뜻하게 느껴졌다.

"서울에 언제 가십니까?"

"콘퍼런스가 끝나는 내일 갈 생각이지만 하루나 이틀쯤 더 있을 수도 있어요."

"벚꽃이 제철이라 좋을 때예요. 근데 어제 소나기가 와서 많이 떨어졌어요."

그는 아쉽다는 얼굴로 지훈을 바라봤다. 하루만 일찍 왔어도…… 한 시간만 더 일찍…… 어쩌면 일 분만 일찍 왔어도 상황은 완전히 뒤바뀔 수 있다. 다나카 씨는 웃는 얼굴로 말하고 있었지만, 생각해보면 꽤 무서운 말이었다.

"호텔은 편안하십니까?"

지훈은 고개를 끄덕였다. 사실 지훈은 일본에서 일하지 않는 대부분의 시간을 잠으로 보내고 있었다. 몇 개월 동안 극소량의 수면만으로 버텼던 몸이 제멋대로 풀린 것 같았다. 지하철 안이나 심지어 택시 안에서도, 어김없이 잠이 쏟아졌다.

"혹시라도 자다가 침대가 흔들리거나, 전등이 내려앉아도 놀라지 마세요."

"농담은 여전하시네요."

"농담이면 좋겠지만……."

다나카 씨가 웃으며 말했다.

"이번엔 절대로 농담이 아니에요. 하하하."

호텔 방 문을 열었다. 익숙한 정적이 밀려왔다. 그는 트렁크를 올려놓는 지지대 위에 가방을 내려놓고 짐을 꺼내기 시작했다. 먼저 회의 때 입을 셔츠와 슈트를 꺼내 옷장에 비치된 옷걸이에 걸고, 속옷과 양말은 서랍에 개어 넣었다. 구두와 운동화는 슬리퍼가 들어 있던 더스트백 안에 각각 넣어 옷장 안에 놓았다. 서울에서 가져온 책은 침대 스탠드 옆에 가지런히 올려놓았다. 그곳에 보이지 않는 책꽂이가 있는 것처럼 그는 책의 높이와 두께 크기를 맞추었다.

지훈은 가방에서 액자 하나를 꺼냈다. 가죽으로 만든 두툼한 수첩처럼 보였지만 펼치면 어디에든 세워둘 수 있는 액자였다. 지훈은 액자 속 사진을 보았다. 외할머니가 돌아가시기 전에 형, 외할아버지와 함께 찍은 유일한 사진이었다. 그는 서울에서 쓰던 독서대와 꼬마전구가 달린 스탠드도 꺼냈다.

강의가 있는 날, 지훈은 하루 먼저 자동차를 몰고 가 연수원 숙소에서 잠을 잤다. 대부분 지방에 있는 연수원의 이른 아침 강의 일정을 맞추기 위해서이기도 했지만 더 중요한 이유는 연수원에 미리 도착해 사람들을 관찰하는 일이 조직 구성원이나 조직 문화를 이해하는 데 훨씬 유용하다는 최 부장의 충고 때문이었다. 지방의 기업 연수원에 내려가는 일은 지훈에게는 일상적인 일이었다. 그에게 자신의 물건을 열두 평짜리 연수원 숙소에 알맞게 재배치하는 건 늘 중요한 일상이었다.

지훈은 창밖의 어두운 풍경들을 바라보았다. 새벽까지 열어놓은 작은 라면 가게와 'lawson'이라고 적힌 편의점의 파란색 간판 불빛이 어둠 속에 작은 배처럼 떠 있었다. 지훈은 잠옷을 꺼내 입듯 호텔 옷장에 걸려 있던 유카타를 걸치고, 오랜 기간 호텔에 머무는 장기 투숙자처럼 침대에 누웠다.

지훈은 호텔을 숙소라고 쓰고 집이라고 읽었다. 그가 명훈을 형이라 쓰고 동생이라 읽었던 세월과 무관하지 않은 고의적인 오독이었다.

다음 날, 회의를 마친 지훈은 이른 저녁 호텔에 돌아왔다. 본사와 통화한 후, 그는 일본 체류 일정을 하루 더 연장했다. 약간의 감기 기운이 있었기 때문에 편의점에서 오렌지 주스를 사 마시고, 죽으로 저녁을 대신했다. 그는 일찍 침대에 누워 독서 스탠드를 켰다. 아직 다 읽지 못한 『슬픔이여 안녕』을 끝까지 읽을 생각이었다.

지진 때문에 생각보다 회의 일정이 복잡해졌다. 그는 호텔에서 아예 책을 꺼내지도 못했다. 비행기에서도 생각만큼 책을 읽지 못했다. 가장 신경이 쓰였던 건 옆 좌석에 앉아 있던 노인이었다. 그날따라 도쿄행 비행기에는 빈 좌석이 많았다. 조금 더 넓은 자리로 이동해 편안하게 잠을 청하는 손님들이 눈에 띄었고, 승무원들도 굳이 사람들의 이동을 막지 않는 눈치였다.

"어르신, 자리가 많이 비어 있는데 편하게 옆 통로 쪽 자리로 이동하실래요?"

앞뒤로 텅텅 빈 좌석을 바라보며 지훈이 말했다. 그들은 비어 있는 휑한 좌석들을 놔두고 딱 붙어 앉아 있는 유일한 승객이었다.

"괜찮으시면 제가……."

"안 불편해!"

노인은 순간 짜증스러운 얼굴로 지훈을 바라보았다.

"정해진 자리에 앉는 게 당연해!"

그는 금방이라도 훈계를 늘어놓을 태세였다.

외할머니의 오랜 소원대로 형이 기적처럼 일흔의 노인이 된다면 바로 저런 모습일 것이다. 스스로 정한 규율 안에서만 생활해야 하는 원칙주의자. 그 장소, 그 자리에서, 늘 먹던 그것이 아니면 세상이 무너질 것처럼 소리를 지르며 고집을 부리는 형.

그는 끊임없이 안전벨트를 못마땅해하며 지훈에게 무엇인가를 물었다. 노인은 오렌지 주스가 먹고 싶다거나, 물이 마시고 싶다는 얘기를 승무원이 아닌 지훈에게 했다. 화장실을 찾아달라고 했고, 면세품을 소개한 기내 잡지에 실린 향수의 가격을 물었다. 지훈의 눈에 노인의 목덜미와 손등에 찍힌 검버섯이 낙인처럼 느껴졌다. 비행기에 익숙지 않은 노인의 상태는 길을 잃고 헤매는 아이와 같았다.

지훈은 노인의 요구를 묵묵히 다 들어주었다. 어릴 때부터 노인과 사는 것에 익숙했던 그는 노인들이 원하는 답이 어떤 것인지 잘 알고 있었다. 두 시간 정도의 비행이라면 그런 것쯤은 얼마든지 참을 수 있었다.

비행이 끝나고 입국 수속을 마치자 노인은 돌아가는 지훈에게 힘차게 손을 흔들었다. 노인은 지훈에게 가방 안에서 박하사탕 한 봉지를 꺼내주었다. 지훈은 잠시 노인의 뒷모습을 바라보다가, 머리카락이 세고 구부정하게 늙어버린 형을 보는 것 같은 회한을 느꼈다.

지훈은 침대 옆에 놓아둔 가방에서 『슬픔이여 안녕』을 꺼냈다. 책 안에 뭔가 불룩하게 만져지는 것이 있었다. 별생각 없이 책을 가방에 집어넣었을 때는 보지 못했던 것이었다. 지훈이 책장을 펼쳐 들자 책에서 매끈한 검정색 볼펜 하나가 떨어졌다. 비행기 꼬리를 닮은 L항공사 마크가 새겨진 볼펜이었다. 지훈은 침대에 떨어진 볼펜을 테이블 위에 올려놓았다. 그리고 책을 읽으려고 그가 왼쪽 상단의 맨 첫 줄에 눈을 고정했을 때, 뜻밖의 흔적을 발견했다. 지훈은 다시 한 번 책을 들여다보았다.

010-6543-XXXX

책의 왼쪽 귀퉁이 위에는 볼펜으로 눌러쓴 휴대전화 번호가 보였다. 반듯하면서 각지지 않은 통통한 모양의 숫자들로, 여자의 글씨체에 가까웠다. 지훈은 그것이 지금 자신의 테이블 위에 있는 이 항공사 볼펜으로 쓴 숫자라는 걸 알아챘다.

지훈의 머릿속에 누군가의 얼굴이 빠르게 스쳐 지나갔다. L항공사의 아이보리색 제복을 입은 여자 승무원의 모습이었다. 노인에게 볼펜을 가져다준 것도, 입국 신고서를 대신 써준 것도 그 승무원이었다. 그녀는 지훈에게 책을 빌려달라고 했다. 흔들리는 비행기에 서서 종이에 뭔가를 기입하려면 쟁반이나 책처럼 종이를 받칠 수 있는 것이 필요했다. 지훈은 읽고 있던 『슬픔이여 안녕』을 그녀에게 내밀었다. 그녀가 없었다면 노인 옆에 있던 자신이 입국 신고서를 대신 썼을지도 모를 일이었다.

그의 머릿속에는 또 한 명의 승무원이 떠올랐다. 비행기 복도를 빠르게 지나가며 자신을 관찰하듯 바라보던 여자.

더 이상 소설이 눈에 들어오지 않았다. 그는 의미 없이 같은 문장을 반복해 읽었다. 귀퉁이에 적힌 숫자가 책 전체에 흘러내려 문장들 사이로 번져 있었다. 독서는 비밀스러운 숫자들로 정지했다. 그는 침대에서 일어나 미니바에서 작은 위스키를 꺼냈다. 그는 창밖을 내다보았다. 자정이 지나자 상가의 불들이 하나둘 꺼지고 있었다. 다시 밤이었다. 막막한 어둠을 견디며 스스로를 자위하던 서울의 외로운 침대가 데자뷔처럼 다가와 있었다.

지훈은 당장 전화번호를 눌러보고 싶은 충동을 느꼈다. 목까지 단추를 채운 여자의 하얀색 블라우스가 또렷이 그의 눈앞에 그려졌다. 책에 적힌 번호가 아이보리색 제복을 입고 있던 여자의 살 끝에 가닿은 것처럼 그의 시선을 사로잡았다. 그는 현정에게 사주었던 흰색 시폰 블라우스를 떠올렸다. 그녀가 블라우스를 벗을 때 보여주던 부드러운 굴곡이 미치도록 그리웠다. 블라우스는 입고 있을 때가 아니라, 벗을 때 얼마나 멋질까를 상상하며 그가 직접 고른 옷이었다.

지훈은 텅 빈 침대를 바라보았다. 발기한 자신의 성기를 바라보는 일은 나이와 상관없이 쓸쓸한 기분이 들게 했다. 지훈에게 밤새 여자와 섹스하는 것만큼 쉬운 일은 없었다. 현정과 헤어진 후, 그는 무심한 얼굴로 아침이면 어김없이 쌓여 있는 하루분의 성욕을 샤워 부스 안에서 해결했다. 겨울 온실처럼 느껴지는 무채색의 샤워 커튼 안에서 쏟아지는 물소리를 들으며 그는 별다른 움직임 없이도 사정했다. 그는 자신이 점점 물과 햇빛만으로 살아가는 고요한 관엽식물처럼 느껴졌다.

지훈은 테이블 위에 올려놓은 휴대전화를 바라봤다. 늦은 밤이었다. 하지만 전화를 하거나, 사랑을 하기에 너무 늦은 밤이란 없다. 마음에 드는 남자에게 번호를 남긴 여자에게 연락하지 않는 건 결례가 아닌가? 그런 것을 하찮게 여길 만큼 망가지거나 한심해진 건 아니었다. 지훈은 미니바 안에 있는 보드카 하나를 더 땄다. 그는 보드카를 한숨에 들이켜고 맥주를 서너 병 더 마신 후, 호텔의 커튼을 열고 창밖을 내다보았다. 가로등이 드문드문 꺼져 있었다.

○ ● ○

어느 나라에 가든 어렵지 않게 시차에 적응하고, 그 나라 사람들과 거리낌 없이 어울리는 사람들이 있다. 그들은 몽골에 가면 태어날 때부터 달리는 말을 탔던 몽골인처럼 보이고, 인도에 가면 평생 손으로 밥을 먹었던 인도인과 흡사해 보인다. 어디서나 섞이거나 스미는 사람들. 온몸에 흙과 바람의 냄새를 신고 다니는 사람들. 당장 동네의 시장으로 달려가 그 나라 사람들이 입는 옷을 사 입고, 손과 눈빛을 사용해야만 하는 그들의 인사법을 익히고, 현지인들이 신는 신발을 찾아 자신의 오래된 운동화부터 벗어 던지는 여행의 달인들.

그들은 사람들로 들끓는 재래시장에서 가장 오래된 공방을 찾아내고, 여행 책이나 지도에 밑줄을 그었던 것들을 직접 실행한다. 그렇게 인도의 부다가야에서 요가와 전통 악기인 시타르를 배우고, 낙타 몰이꾼들이 가득한 자이푸르에서 낙타 모는 법을 진지하게 배운 친구를 사강은 알고 있었다. 세상에서 가장 배우고 싶었던 것이 차파티를 만드는 법이었다는 표정으로 손톱 사이에 꼬질꼬질 때가 낀 사람들 틈바구니에서 밀가루 반죽을 빚는 사람들 말이다.

어떤 사람의 경우, 우연한 여행 때문에 낯선 곳에서의 삶이 결정되곤 한다. 사강은 자신 역시 그런 삶을 살 수도 있었다는 것을 알았다. 전 세계의 호텔을 떠도는 호텔 노마드로서 살아갈 수도 있었고, 대한민국 여권을 사용하지만 지구에 존재하는 모든 공항이 고향처럼 느껴지는 무국적자의 삶을 살 수도 있었다. 공항 대기실 의자를 안락한 침대처럼 느끼고, 밤과 낮이 쉴 없이 바뀌는 시차에도 코를 골아대며 잠들 수 있는 그런 사람이…… 호텔의 이방인이 아니라 호텔의 주인처럼 살 수도 있었다. 바에 가서 술 한잔을 마시고, 우연히 부딪힌 사람과 기약 없는 섹스를 하고, 고향에 있는 바보들에 대해 떠들고, 허기가 지면 몇 시가 됐든 룸서비스로 음식을 시켜 먹을 수도 있었다.

그러나 그녀가 원한 건 어딘가에 정착하고, 작은 마당에서 개를 키우는 삶이었다. 재작년에 심은 라일락이 얼마나 자랐는지를 눈으로 가늠하는 삶. 마당과 마을의 모든 것들과 관계를 맺고, 삶을 돌아볼 여유를 가지는 것이었다. 사강이 원했던 건 새로운 것을 배우고 앞으로 나아가 성장하는 것이 아니라, 멈춰 서서 자신의 반경 안에 있는 익숙한 것들을 손으로 만져보며 코끝으로 느끼는 것이었다.

겨우 네 시간 전까지만 해도 두꺼운 겨울 코트를 입고 있다가, 여름용 탱크톱으로 바꿔 입지 않으면 견딜 수 없는 더위만큼이나 익숙해지지 않는 세계. 어떤 날은 프랑스어와 독어가, 어떤 날은 경전의 주술처럼 이어지는 이슬람의 언어가 흘러나오는 삶에 편입되었다는 것에 사강은 점점 두려움을 느꼈다. 바그다드의 뜨거운 하늘에선 폭탄이 떨어졌는데, 서울에선 폭설이 내리는 영화의 몽타주 같은 삶. 툭툭 끊어져 연속성 없이 이어지는 이런 삶의 단절감이 그녀를 점점 지치게 했다.

사강은 호텔에서 자신의 짐을 트렁크 밖으로 절대 꺼내지 않았다. 그 도시가 어디든 하루나 이틀을 넘기지 않고 곧 떠

날 것이므로 옷을 꺼내 일부러 호텔의 옷장에 걸어두지 않았다. 갈아입은 속옷은 따로 분리해 지퍼백에 담아 트렁크 속에 넣었고, 세탁 서비스를 맡길 일 따윈 만들지 않았다.

그녀는 모든 것을 가방에 넣어두고 필요한 것들만 그때그때 꺼내 썼다. 그녀는 가방 안에 있는 물건을 자신도 모르게 호텔에 놔두고 갈까봐 늘 불안해했다. 사강은 자신이 뭔가 중요한 것을 호텔에 흘리고 왔다는 불안감에 로비까지 내려왔다가 호텔 방에 다시 올라가길 반복했다.

"처음엔 나도 그랬어. 점점 나아질 거야."

그것이 비행을 시작하는 승무원들이 겪게 되는 증상 중 하나라고 사무장이 말했다. 하지만 상황은 나아지지 않았다. 호텔에 오자마자 그녀가 가장 먼저 하는 일은 짐을 푸는 것이 아니라, 자신의 방문 앞에 'Please do not disturb' 표지를 걸어놓는 것이었다. 그녀는 며칠을 체류하든 누구도 자신의 방에 들이지 않았다. 호텔의 하우스키핑이라고 해도 마찬가지였다.

그것이 사강이 고집한 호텔 생활이었다. 도시에서 도시로 이동하고, 공항에서 공항으로 이동하는 버스에서 스마트폰으로 그 나라의 시간을 체크하고, 자지 못한 잠의 총량을 계산해 먹어야 할 수면제의 양을 정하는 것, 그것이 그녀의 일상이었다. 방에는 언제라도 잠들 수 있도록 두꺼운 암막 커튼이 쳐져 있었다.

○

뉴욕에서 도쿄로 돌아온 사강은 여느 때처럼 문고리에 'Please do not disturb' 표지를 걸고, 호텔의 방문을 닫았다. 서울에서 도쿄, 도쿄에서 다시 뉴욕으로 가는 비행 스케줄은 엄청난 체력이 필요했다. 실질적인 비행시간만 열다섯 시간 이상인 데다가, 서울에서 도쿄까지 가는 승객과 도쿄에서 뉴욕까지 가는 승객들의 숫자가 달라 늘 신경을 곤두세워야 하기 때문이다.

침대 옆에 붙은 전자시계가 오후 다섯 시를 가리키고 있었다. 사강은 가방을 열어 작은 용기에 든 컵라면 하나를 꺼냈다. 최근 몇 달 동안 사강은 대부분 끼니를 포기했다. 잠을 자야 할 시간에 터무니없는 식욕이 생기고, 뭔가 먹어야 할 시간에는 정작 아무것도 먹고 싶지 않은 게 이유였다.

사강은 짐을 풀지 않은 채 침대에 누웠다. 빈 천장에는 화재 진압을 위해 달아놓은 스프링클러가 빨간 불빛을 반짝이며 작동하고 있었다. 어둠이 조금씩 내려앉자 침대에서 일어난 사강은 창문을 열었다. 밤이 되자 하나둘 켜지기 시작한 창백한 네온사인 빛이 방으로 스며들었다. 호텔 픽업 버스를 타고 오며 바라본 도쿄 사람들은 아무 일도 없었다는 듯 여전히 빠르게 걸었다. 만약 도쿄 시내에 눈에 띄게 줄어든 외국인들의 숫자만 아니었다면, 그녀 역시 이곳에 아무 일도 없었다고 믿었을 것이다.

사강은 뉴욕의 호텔 방에 있는 동안 CNN과 KBS월드가 반복해서 내보내던 후쿠시마 지진해일 동영상을 떠올렸다. 부서진 도시 전체가 흙탕물에 잠겨 무서운 속도로 떠밀려 나가고 있었다. 언제 붕괴될지 모르는 지진대 위에 사는 기분은 어떤 걸까. 자신이 살던 집의 지붕이 어느 날 새벽 두 시에 침대 위로 무너져 내린다면.

인간은 슬픈 쪽으로만 평등하다.

인간은……

어쩌면,

행복한 쪽으로는 늘 불평등했다.

뉴욕에서 도쿄로 돌아가는 비행기 안에서 사강은 계속 지훈을 생각했다. 지훈은 기내식을 먹지 않았다. 커피나 물도 마시지 않았다. 그는 책을 읽고 있었고, 비행기가 이륙하기도 전에 그것에 무섭게 집중했다. 하지만 옆에 앉은 노인이 손쉽게 기내식을 먹을 수 있도록 칼과 나이프의 비닐 포장을 차분히 뜯어주었다. 그는 노인을 위해 따뜻한 녹차를 주문해 주기도 했다. 좋은 아빠가 될 수 있는 남자였다.

지훈이 대부분 독서에 집중했기 때문에 사강은 비행기 안에서 눈치채지 못하게 그를 얼마든지 관찰할 수 있었다. 그녀는 지훈이 앉은 쪽 복도를 빠르게 걸으며 그가 읽는 책의 제목을 확인했고, 그가 책장의 귀퉁이를 조그만 삼각형 모양으로 접는 걸 볼 수 있었다.

지훈이 읽고 있는 책은 사강이 '실연의 기념품'으로 내놓은 책이 아니라 한국어판이었다. 혹시 그도 필름을 인화했던 자신과 비슷한 이유로 그 책을 읽고 싶었던 건 아닐까.

사강이 '실연당한 사람들을 위한 일곱 시 조찬모임'에서 지훈을 알아보지 못한 건, 사내 교육이 있던 날 콘택트렌즈를 잃어버렸기 때문이다. 작년 이맘때의 일이다.

공항 터미널 이층 여자 화장실 변기에 앉아 흐르는 눈물을 주체하지 못하던 사강은 극심한 통증 때문에 콘택트렌즈를 뺐다. 그녀는 손에 쥐고 있기에 렌즈가 너무 작고 얇다는 사실조차 망각했다. 렌즈는 이미 그녀의 손안에서 사라져 있었다. 사강은 고개를 숙이고 변기 안을 들여다보았다. 사강은 주저앉아 변기에 얼굴을 처박고 있었다. 변기 속에 구조를 위해 마련한 뗏목처럼 렌즈가 떠 있을 것이라고 생각했다. 그녀는 손으로 변기의 물을 마구 휘저었는데, 누군가 그 모습을 봤다면 분명 얼빠진 사람이라고 생각했을 것이다.

사강은 그날, 자신에게 벌어진 일들을 생각했다. 그것은 '일어난' 일이 아니고 '벌어진' 일이었다. 그러나 엄마라면 이 모든 사태에 대해 냉정한 얼굴로 잘라 말했을 것이다.

'윤사강, 그건 이미 저질러진 일이야.'

세상은 새벽 물안개에 뒤덮인 음습한 저수지처럼 바뀌어 있었다. 인천공항의 현대식 시설물들 역시 사강의 눈에 무의미하게 녹아내리고 있었다. 대기실을 지나가는 사람들은 욕실의 불투명 유리문 안에 서 있는 것같이 도무지 실체가 잡히지 않았다. 사강이 넘어지지 않고 강당까지 걸어온 건 기적이었다. 그녀가 공항 안전 요원들과 청소차를 지나 강의실 문을 열었을 때, 그녀는 백 석 규모의 강당에서 터져 나오는 박수나 환호 이외엔 아무것도 느낄 수 없었다.

사강은 의자에 앉아 눈을 감았다. 그녀는 얼굴을 감싸 안고 고개를 수그렸다. 그때 사강은 그것이 불시에 타격받은 인간이 가장 먼저 취하는 방어 본능이라는 걸 깨닫지 못했다. 사람들의 박수 소리가 들렸다. 중간중간 폭소가 터졌다. 몇몇은 질문을 던졌다. 명료하고 부드러운 강사의 목소리는 그녀의 슬픔에 확성기를 달아놓은 듯 강당 안을 울렸다. 그것이 사강이 처음 접한 이지훈과 이지훈의 목소리였다. '실연당한 사람들을 위한 일곱 시 조찬모임'에서 얼굴을 보지 않고 목소리만 들었다면, 그녀는 그를 한순간에 알아봤을 것이다.

사강은 자신에게 일어난 일의 의미를 이해하기 위해 노력했다. 정수와 헤어지고, 집으로 정체불명의 책이 배달되기 시작하면서 생긴 습관이었다. 사강은 자신이 탄 비행기 안에 앉아 『슬픔이여 안녕』을 읽고 있는 이지훈을 바라봤다. 뜻밖의 우연들을 대면할 자신이 없었다. 누구에게도 선택받지 못하고 폐기 처분 되었을 것이라 믿었던 책 더미가, 누군가의 쓰레기통 속에 있어야 할 물건이 바로 눈앞의 저 남자 때문에 부활해 있었다.

버려도 버려지지 않는 것이 있다면, 그것은 결국 버릴 수 없는 게 아닐까.

어쩌면 책을 보낸 사람은 자신이 얼마 동안 택배 상자조차 뜯어보지 않았단 사실을 알고 있었던 건지도 모른다. 그래서 반복적으로 자신의 행동이 의미하는 바를 보여주고 싶었던 건지도 모른다.

『슬픔이여 안녕』은 선물이 아닐지도 모른다. 그것이 기념일 즈음에 왔다는 건 생각보다 중요한 일이 아닐 수도 있었다. 일 년 동안 사강은 이 책을 '누가' 보냈느냐에만 골몰하느라 '왜' 보냈는가를 생각하지 못했다는 걸 깨달았다. '왜'가 사라진 상황에서 책을 읽는다는 건 그녀에게 무의미했다.

어쩌면 책 안에는 정수의 메시지가 들어 있을지도 모른다. 책 안에 숨어 있는 메모나 밑줄이 이 책의 진짜 의미를 설명할지도 모른다. 어째서 외국어로 된 책을 보냈는지, 왜 프랑수아즈 사강의 책인지, 『슬픔이여 안녕』이 어떤 의미인지……. 사강은 자신이 상황을 의도적으로 왜곡하고 있었다는 걸 깨달았다.

하지만 사강에게는 지금 책이 없다. 평생을 통틀어 처음 자신과 이름이 같은 프랑스 작가의 책을 읽고 싶은 그 순간에, 정작 책을 가지고 있지 않았다. 사강은 지훈을 떠올렸다. 그가 비행기 안에서 읽고 있던 사강의 소설을, 그가 가지고 있을 네 권의 책을 생각했다. 이지훈이 만약 도쿄에 계속 머물고 있다면, 그가 이틀 이상의 출장 중이라면, 그는 지금 이 시간 자신과 같은 도쿄 어딘가의 호텔에 있을 것이다. 만약 그렇다면…… 그렇다면…….

사강의 방에 전화벨이 울린 시각은 밤 열 시쯤이었다. 사강은 무의식적으로 팔을 뻗어 전화기를 집어 들었다. 전화를 받기 위해서가 아니라 끊기 위해서였다.

"선배! 계셨잖아요!"

전화기 너머 거의 비명을 지르는 듯한 여자의 목소리가 들려왔다.

"문 앞에서 아무리 벨을 눌러도 대답이 없어서 안 계시는 줄 알았어요. 저 미소예요, 선배."

스마트 키를 꽂는 곳 옆의 'Do not disturb' 버튼을 누르면 방에서 벨 소리가 전혀 들리지 않는 호텔이었다.

"저 좀 도와주세요!"

"혹시, 기장님 때문이야?"

미소의 다급한 목소리와 함께 사강의 머릿속에 떠오른 건, 자신과 같은 층에 묵고 있는 정수였다. 뉴욕과 도쿄를 거쳐 오는 동안 사강은 정수와 한마디도 나누지 않았다.

정수는 사강을 존재하지 않는 사람처럼 대했다. 그것은 정수가 이제까지 모든 사람들에게 예외 없이 보여준 냉담함으로, 타인의 감정을 읽는 데 익숙한 승무원들조차 그런 미묘한 변화를 눈치채지 못했다. 그녀는 정수의 냉정함이 오랜 시간의 훈련으로 만들어진 것이라는 걸 알고 있었다. 그럼에도 불구하고 그녀는 매번 상처받았다.

타인을 용서하는 것보다 자신의 무능을 용서하는 쪽이 언제나 더 어렵다. 헤어지자고 먼저 말한 것도, 그를 뿌리쳤던 것도 사강이었다. 하지만 혼란스럽고 불편한 감정은 아직까지 그녀를 괴롭혔다. 그녀는 자신이 최악의 연애를 선택했다는 걸 깨달았다. 그들은 여전히 같은 회사에서 일할 수밖에 없는 동료였다.

1514호.

한정수의 방은 사강의 방에서 멀지 않았다. 복도를 나서기만 하면 그들은 언제든 마주칠 수 있었다. 좁고 어두운 호텔 복도에서 그의 얼굴을 외면하는 일 따윈 만들고 싶지 않았다. 그러나 렌즈를 찾겠다고 변기통 속에 손을 넣어 휘젓던 그날처럼 사강은 스스로를 조금도 신뢰할 수 없었다. 갑자기 문을 박차고 나가 정수의 방문을 두들길지도 모른다는 공포가 그녀의 신경을 긁어댔다. 불안정한 자신을 긴 밤으로부터 지켜줄 무엇인가가 필요했다. 지금은 그것이 『슬픔이여 안녕』이어야 한다고 온몸이 외치고 있었다.

"선배, 제 말 듣고 계세요? 여보세요?"

흥분한 미소의 목소리가 수화기 너머 계속 들려왔다.

"기장님 때문이 아니에요. 개인적인 일인데 방에 가서 조용히 말씀드리고 싶어요."

"중요한 일이니?"

"일생이 달린 문제일지도 몰라요!"

"오 분 후에 와."

사강은 미소에게 빠르게 대답하고 수화기를 내려놓았다.

그녀는 욕실에 가서 손을 씻었다. 천천히 손가락 사이에 비누 거품을 내고 흐르는 물에 손가락을 적셨다. 사강은 수건으로 손을 닦은 다음, 다시 한 번 하얀색 접시 위에 담긴 새 비누를 뜯어 손을 씻었다. 사강은 손가락 사이 가득 낀 투명한 비누 거품을 바라보았다. 쓸쓸해 보였다.

미소는 모든 과정을 생략한 채 자신이 느끼는 감정을 얼굴 표정만으로 열거했다. 박미소가 엄청난 경쟁률을 뚫고 승무원이 된 건 연극배우만큼 다양한 표정 때문이 아니었을까 하는 생각이 들 정도였다.

"너무 놀라서 심장이 터질 것 같아요. 사실 저 그날이거든요. 에스트로겐 과다 분비로 인한 정신착란인가?"

"천천히 설명해봐."

미소는 그제야 사강의 침대에 걸터앉았다. 그녀는 베개를 두 팔로 껴안고 자신에게 일어난 일을 정확히 설명하려고 애쓰며 습관처럼 앞으로 내려오는 머리를 만지작거렸다.

"전화가 왔어요. 정확하게 십오 분 전. 제가 선배 방 초인종을 누른 게 전화 온 직후예요."

"전화?"

미소가 고개를 끄덕였다.

"비행기에서 제가 황당한 짓을 했거든요. 한마디로 미친 거죠."

"흥분하지 말고, 알아듣게 설명해봐."

"이번 도쿄 비행에 승객들이 많지 않았잖아요. 유독 그 사람이 눈에 들어왔어요. 어디 맘에 드는 사람 만나는 게 쉽나요? 소개팅 나가도 순 '어느 도시가 제일 좋아요?', '비행기 타서 부럽네요', '국내선 타요, 국제선 타요?' 이런 질문만 하질 않나. 매일 똑같은 질문에 똑같은 대답만 하는 게 너무 한심한 거예요. 선배도 알다시피 제가 승무원 시험 여러 번 떨어져서 나이가 적은 것도 아니잖아요. 집에선 직장 있을 때 시집가라고 난리고. 우리 엄마 성격 선배는 절대, 네버! 모르실 거예요. 으, 정말 얼마나 쥐어짜는데요."

미소의 넋두리를 계속 듣고 있다간 밤을 새워도 중요한 얘기 하나도 듣지 못할 것 같았다.

"그래서 그 남자한테 번호라도 남겼니?"

"역시……! 선배는 모든 걸 알고 있는 사람 같아요."

"대담했네."

"그 남자가 보고 있던 책에 남겼어요."

"근데 그 남자에게서 전화가 왔다?"

"그런데 제 머리로는 이해하기 힘든 데가 있어요. 이해가 안 돼요, 이해가."

미소는 이해라는 말을 세 번씩이나 내뱉는 와중에도 지금의 상황을 몹시 이해하려고 애쓰고 있었다.

"꼭 저한테 장난치는 것 같다고 해야 하나. 헷갈려요."

"만나자고 했니?"

"이쪽으로 오겠대요."

"널 만나러 온다는데 그게 왜 문제야?"

"잘 들어보세요. 그 남자가 저한테 대뜸 질문을 하는 거예요. 혹시 프랑수아즈 사강 좋아해요?"

"뭐?"

"너무 뜬금없지 않아요? 물어보니까 대답을 하긴 했어요. 사강이요? 제가 아는 사강은 윤사강밖에 없는데요, 라고."

"그 남자한테 내 이름을 말한 거야?"

"죄송해요, 선배. 하지만 제가 아는 사강은 선배밖에 없다구요."

미소의 눈엔 이미 다른 사람은 별로 중요하지 않았다.

"근데 그 사람, 한참 동안 프랑수아즈 사강의 『슬픔이여 안녕』이란 소설에 대한 얘길 하는 거예요. 뭐 거기까진 이해해요. 입국 신고서 쓸 때, 그 책을 받침으로 썼거든요. 중요한 건 그게 아니라 그다음 말이에요. 만나자는 거예요. 그때부터 가슴이 막 뛰는데 정말 정신이 하나도 없더라구요. 제 귀를 다 의심했다니까요."

미소는 잠시 길게 숨을 내쉬더니 사강을 바라보았다.

"이게 농담인지 진담인지 냉정하게 판단해주세요. 처음 본 여자한테 오전 일곱 시에 만나서 밥을 같이 먹자는 거, 선배는 이해가 되세요? 저녁이 아니라 아침 일곱 시에 말이에요!"

8부

도쿄

도쿄는 자동판매기의 도시다. 서울이 프랜차이즈 카페의 도시이고, 호찌민이 시끄러운 오토바이의 도시라면, 도쿄는 분명 전 세계에서 자동판매기가 가장 많은 도시일 것이다. 일본에선 자동판매기로 살 수 있는 게 살 수 없는 것보다 많다. 콘돔, 바나나, 속옷, 지갑, 야채, 티셔츠, DVD, 잡지, 우표, 전동 칫솔, 절대 머리에 맞지 않을 것 같은 야구 모자와 버튼이 자주 고장 나는 싸구려 삼단 우산…….

약속 장소를 확인하고 지훈은 호텔 근처 공원의 수프 자동판매기 앞에 섰다. 버섯 수프, 크램 차우더, 러시안 야채 수프, 콘 수프……. 지훈은 주머니에 동전이 있는지 뒤적였다. 그는 동전을 넣고 버섯 수프의 그림을 손가락으로 터치했다. 곧 기계에서 수프를 끓여대는 소리가 요란하게 울렸다.

수프 자동판매기 앞에는 커다란 벚나무와 은행나무가 늘어서 있었고, 그 옆으로 세 개의 나무 벤치가 나란히 놓여 있었다. 지훈은 가로등이 켜져 있는 벤치로 다가갔다. 바람이 불자 벚꽃 잎이 날려 그의 어깨 위로 떨어졌다. 어린 시절 그가 자랐던 오층 아파트 단지 안에 있던 벚꽃들을 연상시키는 연분홍색이었다. 지켜보지 않으면 어느새 사라지는 봄이 그의 눈앞에 있었다.

"이지훈 씨 휴대전화인가요?"
전화 속 여자의 목소리는 나른했다.
"누구시죠?"
지훈은 그녀가 누구인지 알고 있었다.
"저는 윤사강이라고 합니다. 일전에……."
사강이 잠시 말을 멈추었다. 그녀는 분명 '문자메시지를 남겼었는데 기억하지 못하시나요'라고 묻고 싶었을 것이다. 물론 지훈은 그 문자메시지를 기억했다.
"그쪽이 지금 제가 필요한 걸 가지고 있어요. 그걸 빌리고 싶어요. 프랑수아즈 사강의 책."
귀 기울여 듣지 않으면 사라졌을 부드러운 이음새에선 가

255

벼운 진동이 느껴졌다. 지훈은 휴대전화를 바짝 귀에 갖다대며 읽고 있던 책을 덮었다. 그는 천천히 침대에서 일어났다. 그리고 자신 이외에는 아무도 눈치채지 못할 짧고 강한 심호흡을 했다. 그가 잠시 말을 멈추고 있는 동안 여자의 목소리엔 많은 쉼표가 찍혀 있었다.

지훈은 윤사강의 전화를 기다리고 있었다. '실연당한 사람들을 위한 일곱 시 조찬모임'에서 그녀가 시네마테크의 작은 정원 앞에서 무릎을 꿇은 채 테이크아웃 커피 잔의 커피를 모두 쏟아부을 때부터 그는 그녀를 만나 확인하고 싶은 게 있었다. 도쿄행 비행기 안에서 스치듯 자신을 관찰하는 그녀를 목격한 바로 그 순간에도, 줄곧. 그는 그녀를 만나고 싶었다. 그것을 확인하는 순간, 그는 자신의 직관대로 행동했다.

○

사강에게 문자메시지가 도착한 다음 날, 그는 '실연당한 사람들을 위한 일곱 시 조찬모임'에 참석한 모든 사람들의 트위터에 들어갔다. 시간이 걸리긴 했지만 그는 어렵지 않게 윤사강의 트위터를 찾아냈다.

구글 검색 엔진으로 찾아낼 수 있는 건 생각보다 많았다. 지훈처럼 검색에 능한 사람이라면 출신 학교 정도 찾아내는 일은 어렵지 않았다. 그는 추정 가능한 몇 가지 가설을 놓고 고심 중이었다. 가령 첫인상만으로 파악할 수 있는 것들을 말이다. 무색의 투명 매니큐어를 바른 단정하고 짧은 손톱은 그녀가 다소 보수적인 서비스업에 종사하고 있다는 걸 말해주었다. 말하는 쪽보단 듣는 것에 훨씬 더 예민하게 반응하는 말투 역시 마찬가지였다. 보통 사람들보다 능숙해 보이는 화장술이나 의식하지 않아도 허리와 등을 꼿꼿하게 펴는 자세도 그녀의 직업이 가지는 특수성을 일관되게 보여주었다. 호텔, 백화점 명품관, 고급 레스토랑, 항공사. 몇 개의 직업군이 지훈의 머리를 스쳐 지나갔다. 그는 그녀를 처음 봤을 때 느꼈던 기시감이 우연이 아닐 수도 있다는 결론에 이르렀다. 가장 큰 확률은 그녀가 자신의 교육생일 가능성이었다.

○

깃털처럼 부드러운 우연이 그의 옷깃을 잡아당겼다. 그가 박미소에게 오전 일곱 시에 만나자는 말을 꺼낸 순간, 많은 것들이 결정되었다. 사강은 지훈에게 자신이 어떻게 그의 번호를 알아냈는지 설명했다. 그녀는 정미도가 '실연당한 사람들을 위한 일곱 시 조찬모임'에 대한 글을 처음 쓴 사람일 것이라고 말했다. 모임에 참가했던 사람들 중에 정미도의 존재를 정확히 알고 있는 사람은 없었다. 광신도들처럼 집단적인 최루성 슬픔에 잠겨 있었으므로 누군가 그녀의 실체에 대해 말해준다 해도, 그들은 스스로의 감정에 빠져 현실을 왜곡했을 것이다. 사실을 알게 되기 전까지 지훈 역시 그랬다.

"제가 당신 필름을 가지고 있어요. 돌려드리고 싶어요."

사강이 잠시 숨을 고르듯 말을 이어갔다.

"이지훈 씨가 가지고 있는 사강의 책을 지금 꼭 빌려주셨으면 해요. 무례한 부탁이라는 건 잘 알아요. 괜찮으시다면 제가 그쪽으로 가겠습니다."

"아뇨."

지훈이 짧게 대답했다.

"너무 늦었어요. 제가 가겠습니다."

○

그녀가 고개를 숙인 채 공원 쪽으로 걸어오고 있었다. 지훈은 멀리서 다가오는 사강의 긴 그림자를 바라봤다. '실연당한 사람들을 위한 일곱 시 조찬모임'에서처럼 사강은 검은색 옷을 입고 있었다. 굽이 높은 구두 역시 그때와 다르지 않았다.

"수프 좋아하세요?"

지훈이 사강에게 물은 첫 질문은 일상적인 것이었다.

사강은 말없이 지훈을 바라보며 웃었다. 너무나 자연스러워서 오랫동안 알고 지내던 사람처럼 느껴지는 미소였다.

"사강 좋아하세요?"

사강이 지훈에게 물은 첫 질문은 개인적인 것이었다.

그녀는 어떤 설명도 없이 곧장 자신이 묻고 싶은 핵심에 다다랐다. 지훈은 잠시 그녀를 물끄러미 바라보다가 천천히 대답했다.

"사강은 돌아가신 어머니가 좋아하셨어요. 어머니가 중학교 국어 선생님이셨거든요."

"음…… 미안해요."

"이십 년도 더 된 일이에요."

"전 아빠 없이 자랐어요."

사강이 지훈을 빤히 바라봤다. 지훈은 사강의 눈을 피하지 않았다. 지훈은 사강의 눈동자를 바라보는 일이 어색하지 않다는 게 놀랍게 느껴졌다. 긴 침묵이 흘렀지만 둘 중 누구도 그것을 피하지 않고 묵묵히 받아들였다. 깊은 침묵이 모래톱처럼 그들의 눈앞에서 완만히 쌓여가고 있었다. 그들은 처음 만난 사람들끼리 할 수 없는 대화를 하고 있었다. 그곳이 서울이 아닌 타국의 도시였기 때문은 아니었다.

비밀을 고백하기에 더할 나위 없는 봄밤이었다.

달도, 별도 없는 검은 벨벳 같은 밤.

지훈과 사강은 나란히 벤치에 앉아 수프를 먹었다.

"그러니까 그쪽이 실연의 기념품으로 제 카메라를 가져갔군요."

지훈이 말했다.

"그쪽은 제 책을 가져갔죠."

사강의 목소리가 너무나 차분했기 때문에 지훈은 사강의 얼굴을 한 번 더 바라봤다.

"책을 빌려주면 뭘 하려고 했죠?"

"읽는 것밖에 달리 할 일이 더 있겠어요?"

"그 대답은 믿기 힘든데."

지훈이 사강을 바라보며 웃었다.

"책 한 권 읽겠다고 밤 열한 시에 전화해서 당장 만나자고 하는 건 쉬운 일은 아니거든요. 게다가 그쪽이 기념품으로 내놓은 『슬픔이여 안녕』은 네 가지의 언어로 된 다른 판본이더군요. 무려!"

그는 손가락 네 개를 활짝 펴 보였다.

"눈이 가는 책이었어요. 전 외국어를 잘하는 편이 아니라 지금 가지고 있는 건 한국어 번역본이구요. 물론 그때 당신이 놓고 간 일본어판도 가지고 있긴 하지만. 두 권 다 원하면

둘 다 빌려드릴 수 있어요."

"잘됐네요. 지금 두 권 다 필요해요."

사강이 말했다.

지훈이 가방에서 책을 꺼냈다. 그는 두 권의 책을 사강에게 건넸다. 사강은 받아 든 책을 들고 빠르게 책장을 넘겼다. 책장을 넘기는 손끝이 경쾌했다. 하지만 그녀의 얼굴에선 어떤 표정도 읽을 수 없었다.

"책 속에 암호라도 있나요?"

"전 일본어를 할 줄도, 읽을 줄도 몰라요. 그 책은 한 번도 읽지 않았어요."

"애인이 준 선물 아니었어요? 그래서 실연의 기념품으로 내놓은 거고."

"그걸 선물이라고 생각한 적 없어요. 만약 누군가에게 책을 선물하고 싶다면, 읽을 수 있는 책을 보내지 않았겠어요?"

"그렇긴 하지만."

"전 사강을 싫어해요!"

그녀의 목소리는 단호했다.

"자신과 같은 이름을 가진 유명 작가를 좋아하는 경우는 한 가지밖에 없어요. 자기 이름을 사랑할 만큼 좋은 부모 밑에서 자유롭게 크는 것뿐이죠. 그런 면에서 전 운이 좋은 편은 아니었어요……. 그리고 이걸 돌려드리려고요."

사강은 들고 온 가방에서 무엇인가를 꺼냈다. 필름 회사 로고가 선명하게 박힌 투명한 봉투 속에 들어 있는 사진들이었다. 그녀는 지훈에게 봉투를 내밀었다.

"카메라 안에 들어 있는 필름을 돌려주려면 일단 사진을 현상해서 봐야 했어요. 누군지 알아야 돌려줄 수 있었으니까. 현상소 직원 말로는 실수로 필름에 햇빛이 들어간 것 같대요. 사진 상태가 좋지 않아요. 필름은 그 봉투 안에 같이 들어 있어요."

"카메라 안에 있던 필름을 결국 인화한 거군요."

지훈의 얼굴에 묘한 그림자가 생겼다. 바람이 불자 벚꽃이 날리며 그들의 어깨와 머리 위로 낙하했다. 흩어지고 부서진 수많은 말이 독백의 형태로 각자의 머릿속에서만 맴돌고 있었다. 침묵은 실연의 공동체에서 사용하는 보편적인 언어였다. 윤사강과 이지훈 사이의 대화를 누군가 책으로 옮겨놓는 일을 한다면 그것은 분명 많은 쉼표와 말줄임표로 이루어져 있었을 것이다. 지훈이 마침내 팔짱을 풀고 사강을 향해 말하기 시작했을 땐, 이미 많은 시간이 흘러 있었다.

"카메라 안에 필름이 들어 있었다 하더라도 그건 이미 당신 겁니다."

"필름이 들어 있다는 거, 몰랐다는 건가요? 제주도 사진들이었어요."

"제가 그걸 알고 모르고는 중요한 게 아니에요. 제주도 사진이든 뭐든."

그는 뭔가 억누르려는 듯 말을 멈추었다.

"그 모임에 카메라를 기념품으로 내놓은 순간, 그건 이미 제 것이 아니에요. 당신이 내놓은 책도 마찬가지구요."

"사진은 책이나 반지하고는 달라요. 사진이라면 돌려줘야 한다고 생각했어요."

"그 필름을 정말 제가 원할 거라고 생각했어요?"

지훈이 사강을 응시했다.

"입장을 바꿔보죠. 만약 당신이 지금의 나였다면 그 사진들이 보고 싶을까요?"

"저는…… 네. 아마 보고 싶을 거예요."

"거짓말."

지훈이 낮게 웃었다.

"당신은 결코 그 사진을 보고 싶지 않을 겁니다. 필름 같은 걸 누가 가지고 있든 상관 안 했을 거예요. 그럴 만한 사람이라면 애초에 실연당한 사람들의 모임 같은 데 나오지도 않았을 테니까요. 어차피 그 자리는 실연의 기념품을 처리하는 자리였어요. 교환이란 형식을 가지고 있었지만, 잔인하게 말해 개인적인 폐기였죠."

"하지만 전 카메라를 가져간 거지 그 안에 든 필름을 가져간 게 아니에요. 누군가 개인적인 필름을 가지고 있다고 생각하면 마음이 불편하지 않아요? 그쪽 여자친구 얼굴을 제가 알 필요까진 없잖아요. 그건 당신도 원치 않는 일 아닌가요?"

"필름을 현상하지 않았으면 애초에 그 사진들은 없었을 겁니다. 굳이 필름을 인화하지 않았다면 그건 그것대로 이유가 있었기 때문이겠죠."

"하지만……."

사강이 지훈을 바라봤다.

사진 속의 연인들을 보면서 뭘 확인하고 싶었던 걸까. 어째서 갑자기 책이 읽고 싶어진 걸까. 정말 책 때문에 이곳에 나온 걸까. 윤희 말처럼 외로우니까, 누군가의 사진이라도 훔쳐보지 않으면 미쳐버릴 것 같아서 이런 짓을 한 걸까. 필름을 현상했던 건 사강답지 않은 일이었다. 지훈의 말대로 그것은 타인의 연애 사진이었다. 다른 사람의 연애에 끼어드는 주제넘고 멍청한 짓이었다. 조금 더 멍청한 짓은 이지훈에게 문자메시지를 남긴 것이었고, 가장 최악은 후배의 데이트 자리에 자신이 나온 것이었다. 사강은 들고 있던 인스턴트 수프 그릇을 가만히 바라봤다. 식어버린 크림색 수프는 물기 없이 말라 응고되어 있었다.

○

　사강이 고개를 들어 하늘을 바라봤을 때, 얇은 손톱처럼
박혀 있던 초승달이 눈 깜짝할 사이 사라졌다. 사강은 호텔
에 두고 온 점안액을 생각했다. 고질적인 안구건조증 때문에
늘 가지고 다니는 인공 눈물이었다. 무의식적으로 눈을 비비
자 건조한 눈 밑이 쓰리고 따가웠다.

　그 순간 가로수 옆에 늘어서 있던 가로등이 불시에 꺼졌
다. 공원을 둘러싸고 있던 빽빽한 고층 맨션의 불빛들 역시
일시에 사라졌다. 산책을 하던 몇몇 사람들이 급작스레 걸음
을 멈추고 약속이라도 한 듯 머리를 손으로 감싸고 바닥에
주저앉았다.

　사강은 사방을 둘러보았다. 누구도 자리에 서서 비명을 지
르거나 뛰지 않았다. 어둠과 함께 강박적인 침묵이 공원 안
을 조금씩 조여왔다. 안내 방송을 기다리고 있는 사람들은
질릴 정도로 침착했다.

　미세하게 땅이 흔들렸다. 나뭇가지와 나뭇잎들이 출렁였
고, 거짓말처럼 건물이 낭창낭창 흔들리고 있었다. 사강은 늘
자신의 명찰이 달려 있던 왼쪽 가슴에 손바닥을 가만히 올려
놓았다.

　사강은 다시 하늘을 올려다봤다. 그때, 갑자기 폭죽이 터지

듯 사강의 눈 주위가 환하게 뜨거워졌다. 사강은 본능적으로 고개를 젖혀 하늘 위를 올려다보았다. 하늘에 거대한 백열등처럼 이글거리는 태양이 걸려 있었다. 분명 달이 아닌 태양이었다. 사강은 눈을 비비며 지금 자신이 보고 있는 풍경이 꿈일 거라고 생각했다. 그녀는 이를 악물듯 두 눈을 꼭 감았다.

"괜찮아요?"

지훈이 물었다.

"괜찮아요."

사강이 고개를 끄덕였다.

지진 대피 요령 매뉴얼에 의하면, 지진 시 고층 건물이 없는 이런 공터가 가장 안전하다. 사강은 고개를 돌려 주변을 다시 둘러보았다. 그녀는 눈앞에 뿌옇게 낀 엷은 막이 걷히고 어둠 속에서 사물들이 제 모습을 드러내며 부유하길 기다렸다. 하늘을 올려다봤다. 태양은 이제 사라졌다.

하지만 달과 별과 구름, 하늘을 수놓던 모든 것과 수프 자동판매기의 불빛 역시 사라지고 없었다. 어둠 속에선 귓가를 스치는 작은 소음의 굴곡들이 틈틈이 다 만져질 것 같았다. 아직 어둠에 완벽히 적응하지 못한 동공이 서서히 열렸다 닫히며 남아 있는 작은 빛들을 빨아들이고 있었다. 사강은 주머니가 달린 재킷에서 휴대전화를 꺼내 들었다.

열두 시 오 분.

막 어제가 사라지고 오늘이, 바짝 다가와 있었다.

누구나 대지진이나 해일 같은 비상사태에 대한 훈련을 받는 건 아니다. 그런 훈련은 평생 동안 일어나는 단 한 번의 위험을 대비한 것일 가능성이 많다. 운 좋게 단 한 번의 비상 사태마저 피해 가는 사람들도 많다. 그러나 비행 횟수에 비해 사강은 몇 배는 더 많은 불행의 확률을 손안에 쥐고 있었다. 아무에게도 말하지 못했지만 사강은 그것이 늘 두려웠다.

재작년 가을, 사강이 탄 비행기가 추락의 위기에 직면한 순간이 있었다. 방콕으로 향하던 비행기에는 정수가 타고 있었다. 이륙하는 순간까지도 예측하지 못했던 엔진 이상과 기상 악화 때문에 생긴 일이었다. 비행기는 아래위로 급강하와 급상승을 반복하며 출렁였고, 이층까지 꽉 찬 수백 명의 승객들을 공포 속으로 몰아넣었다. 시간이 흐르자 불안감을 이기지 못하는 사람들이 속출했다. 좌석에 나란히 앉은 사람들이 서로 손을 잡고 기도를 했다. 몇몇은 울음을 터뜨렸다. 승객들의 눈에 스치는 공포는 절체절명의 순간에 사랑하는 사람이 옆에 없다는 절망감이었다. 비행기는 착륙을 시도하기 위해 상공에 떠 있었다.

승무원들은 비상구 옆의 좌석에 앉아 안전벨트를 매고 사인을 기다렸다. 난기류 때문에 비행기가 엄청난 진동과 함께

상하좌우로 흔들릴 때에도 사강은 재난 영화의 한 장면을 바라보듯 승객들의 표정을 침착하게 관찰했다. 그때, 그녀는 정수와 함께 있어서 무섭지 않았다.

침묵 속에서 공원 스피커가 울리기 시작했다. 안내 방송이었다. 중요한 메시지를 전달하듯 안내 방송은 계속 같은 말을 반복했다.

"여진 때문에 생긴 일시적인 정전 상태라고 하네요."

어둠 속에서 지훈이 방송을 들으며 사강에게 말했다.

"놀라지 말고 훈련받은 대로 침착하게 대응해달라는군요."

사강이 짧게 고개를 끄덕였다. 그가 일본어를 하는 것도, 일시적인 정전 상태라는 것도 다행스러웠다.

"일단 호텔 쪽으로 가죠. 제가 묵는 호텔이 이곳에서 멀지 않아요. 일본 전체가 비상사태라 정전이 생각보다 오래갈 수도 있을 것 같아요. 호텔에 가면 정전에 대해 더 정확한 정보를 얻을 수 있을 거예요."

사강이 말했다.

그녀는 들고 있던 휴대전화를 켰다. 희미한 빛이 어둠을 밀어내며 그녀의 어깨를 비추고 있었다.

"배터리가 별로 없어요. 몇 분 못 갈 거예요."

사강이 불길한 듯 말했다.

시각이 단지 '본다'는 동사만을 포함하고 있는 건 아니다.

한 번이라도 눈을 감고 오랜 시간 걸어본 적이 있는 사람이라면, 시각이 균형감과 밀접한 관계가 있음을 알게 된다.

사강은 뒤집힌 낮과 밤의 흔적들이 여권에 찍힌 낯선 도시의 스탬프처럼 몸 구석구석에 남아 있다고 생각했다. 승무원이 된 후, 그녀는 잠들고 싶은 시간에 잠들 수 없었다. 사람들이 밥을 먹는 시간에 정작 아무것도 먹을 수 없었다. 서울에서의 시간과 도저히 맞추어지지 않는 낮과 밤은 그녀를 괴롭혔다.

대표적인 증후는 머리를 짓누르는 두통이었다. 진통제로는 멈추지 않는 두통을 견디다 못해 신경외과를 찾았던 적이 있었다. 사강은 그곳에서 이비인후과에 가서 다시 진단을 받으라는 납득하기 힘든 얘길 들었다. 그녀의 두통이 청각의 문제라는 것이었다.

"평형감각을 담당하는 세반고리관과 달팽이관의 림프액 때문에 생긴 문제예요."

의사가 차트를 바라보며 말했다.

"저한테 림프액이 부족하다는 건가요?"

"윤사강 씨는 림프액이 너무 많아요. 림프액이 다른 사람들보다 더 많이 생기기 때문에 생기는 불균형이 헛구역질과 두통으로 표출되는 거죠."

사강이 말없이 의사를 바라봤다.

사강의 경험에 의하면 무엇인가 많다는 건,
적은 것보다 대부분 좋지 않았다.

사강의 교정시력은 1.5였다. 그녀는 100미터를 평균적인
여자들보다 2초 이상 빨리 달렸고, 25미터 풀을 스무 번 이상
왕복할 수 있는 체력과 순발력을 가지고 있었다. 매해 승무원
체력 검사에서 그녀는 한 번도 탈락하지 않았다. 하지만 그런
것들은 어둠 속에선 아무짝에도 쓸모없는 것으로, 굽 높이가
10센티미터나 되는 구두를 신고 만든 기록이 아니었다.

호텔로 걸어가는 어둠 속에서 사강은 길 한가운데에 중심
을 잃고 휘청대다 그대로 곤두박질할 뻔했다. 사강의 걸음은
분명한 속도로 느려지고 있었다. 어둠 속에서 하이힐을 신고,
폭이 좁은 롱스커트를 입은 채 균형을 잡으며 걷는 게 얼마
나 힘든 일인지 그녀는 실감하고 있었다.

여전히 달은 보이지 않았다. 어째서 별조차 보이지 않는
걸까. 개기월식이라도 일어난 걸까. 혼란스러운 상황 속에 생
기는 착시 현상 같은 걸까. 사강은 걷다가 자주 걸음을 멈추
었다. 그때마다 앞으로 몸이 쏠리며 다리가 휘청였다. 지훈이
본능적으로 손을 내밀지 않았다면 사강은 적어도 세 번 이상

넘어졌을 것이다.

누군가 이들을 봤다면 '그녀는 그에게 거의 매달려 있었다'라고 말했을 것이다. 위급 상황에는 오직 본능적인 감각들만 살아남았다. 도심의 끝이 보이지 않는 완벽한 정전 속에 두 남녀가 서 있다면, 한 사람이 넘어지려 할 때 다른 한 사람이 몸을 잡아주는 것보다 중요한 건 아무것도 없었다.

이들은 빠른 시간 안에 호텔로 가야 하는 공동의 목표를 위해 걷고 있었다. 어둠이 모든 걸 덮어버리자 지훈이 자신의 몸 어딘가와 연결된 것 같았다. 사강은 손바닥의 흉터가 그의 손바닥과 마주칠 때마다 질끈 눈을 감았다. 그녀의 몸이 높은 하이힐 때문에 몇 번 더 기우뚱했다.

"아무래도 구두는 벗고 걷는 편이 좋겠어요. 일단 내 운동화를 신어요. 맨발보단 훨씬 나을 거예요."

지훈은 운동화를 벗어 그녀의 발 앞에 내려놓았다.

"운동화가 클 수도 있어요. 일단 제 어깨를 잡고 운동화에 발부터 넣어요. 하이힐 신고 이런 어둠 속에선 몇 미터 걷기도 힘들어요. 아님 지금이라도 업히시든가."

"나한테 신발을 벗어주면 당신은 맨발이잖아요."

"지금 내 걱정 하는 겁니까?"

휘파람을 불듯 가벼운 웃음이 스쳐 지나갔다.

"내가 직접 벗겨주길 원해요?"

지훈이 사강의 구두를 바라보며 말했다. 지훈의 말이 끝나자마자 사강은 재빨리 구두를 벗었다. 길 위에 깔린 작은 포석이 컵에 양각된 장식들처럼 발밑으로 느껴졌다. 한밤의 길은 달빛만큼 차가웠다.

"운동화 끈을 발에 맞춰서 더 조이면 걸을 만할 거예요."

사강은 그의 운동화에 한쪽 발을 넣었다. 운동화에 남아 있던 온기가 어느새 그녀의 발가락 사이에 서서히 퍼졌다. 따뜻한 물이 가득 고여 있는 욕조 안에 언 발을 녹이며 서 있는 것 같았다. 통증이 있던 발바닥과 발끝이 저릿했다.

"어때요?"

그는 사강의 발에 맞춰 느슨한 운동화 끈을 한 번 더 조였다. 지훈은 여전히 무릎을 구부린 채 앉아 있었다. 사강은 그의 모습을 바라봤다. 사강의 손은 그의 어깨 위에 자연스레 기대듯 올려져 있었다. 검정색 재킷을 입은 그의 몸은 어둠 속에서 거의 보이지 않았다. 그것은 자신의 몸에서 기적같이 돋아난 또 다른 그림자 같았다.

그들은 손을 잡고 거리를 천천히 걸었다. 멀리서 랜턴을 든 사람들의 모습이 점멸하듯 사라졌다. 그녀는 눈을 감고 걸었다. 눈을 감아도 몸은 누군가 부드럽게 밀어내듯 계속 앞을 향해 나아가고 있었다.

그녀는 길 위에 펼쳐진 거대한 점자 책을 상상했다. 겨자씨 같은 점자들이 책 위를 흘러나와 차갑고 어두운 길 위에 쏟아지는 장면을. 사강은 한 번도 느껴보지 못한 길의 표피를 발끝으로 느꼈다. 손과 발끝으로 거리의 모서리와 음각들을 짚어냈다. 어둠의 귀퉁이가 몸에 와 닿아 부드럽게 반사됐다. 그녀의 어깨와 귓불, 그리고 팔꿈치와 발목까지 그것은 미끈하고 윤기 있는 벨벳처럼 몸 위를 덮었다. 어둠은 닫혀 있던 그녀의 감각을 열어 또 다른 통로를 만들고 있었다.

사강의 눈엔 이제 검은색과 덜 검은 색만이 존재했다. 사강은 그 속에서 나무들이 바람을 따라 천천히 움직이는 소리를 들었다. 지훈이 내뱉는 들숨과 날숨의 간격이 조금 더 명확해져갔다. 이제 잠이 잘 오지 않는 밤, 침대에 누워 그의 숨소리를 소리 내어 흉내 낼 수 있을 것 같았다.

더 이상 표지판이 가르쳐주는 방향이 아니라, 닫혀 있던 감각들이 말해주는 대로 그녀의 귀가 부드럽게 열렸다. 사강은 지훈의 호흡이 움직이는 방향대로 움직이고 있었다. 이젠 눈을 감아도 풍경들은 사라지지 않고 그녀의 머릿속에 그려졌다. 사강은 그의 손을 꼭 잡았다. 맥박과 호흡은 이제 손바닥을 타고 그녀의 심장 근처까지 와 닿았다.

"오래전에…… 손을 잡고 누군가와 깊은 어둠을 통과한 적이 있었는데…… 지금처럼."

사강이 속삭이듯 말했다.

빛을 향해 걷고 있는 두 걸음은 점점 보폭을 맞추고 자연
스러워졌다. 부드러운 바람이 불어왔다. 어긋나던 그들의 호
흡은 이제 비슷한 기울기로 흘러내렸다.

다시 바람이 불었다.

지훈과 사강의 걸음은 포개지듯 겹쳐졌다.

○

사강과 지훈이 호텔의 문을 열고 들어갔을 때, 로비에는
엄청나게 많은 양초들이 있었다. 달걀 껍데기처럼 부드러운
크림색, 크리스마스이브에나 쓸 법한 녹색과 빨간색 양초가
아름다운 불꽃을 가득 피워 올리고 있었다. 호텔 측이 급히
비품실에 있던 양초를 모두 끌어모아놓은 것이었다. 하얗고
매끈한 양초는 아무리 퍼 담아도 자꾸만 흘러넘치는 어둠의
끝을 잡아 커다란 불빛의 대열을 만들었다. 양초들 사이로
고여 있는 어둠은 깊고 아름다운 너울로 울렁였다. 그곳에서
사람은 짙은 그림자 이외엔 아무것도 아니었다.

만약 세상의 양초들이 태어나 자라고, 머무는 정류장이 있
다면 도쿄의 이 호텔 로비가 될 것이었다. 투숙객들은 로비
에 나와 소파에 앉아 있었다. 겨우 가정에서나 쓸 법한 양초
가 대규모 정전을 대비한 호텔 측 준비라는 사실에 누구도

이의를 제기하지 않았다. 호텔에선 영어와 일본어 방송이 흘러나왔다. 예고되지 않은 정전이라는 사실이 더 분명해졌다. 원전 사고로 인해 야간에 가동할 수 있는 여분의 전기가 절대적으로 부족했다. 고통은 분담할 수밖에 없는 것이었다.

모여 앉은 사람들의 목소리는 낮고 부드러워서, 여러 사람이 한 목소리로 속삭이는 성가 같았다. 그들은 촛불 쪽으로 몸을 바짝 끌어당겨 어두운 벽에 반사되는 불빛을 같은 눈으로 바라보고 있었다. 세상에 존재하는 단 한 사람에게 반드시 비밀을 고백해야 하는 협약이라도 맺은 사람들처럼. 어둠 속에서도 사람들의 속삭임은 멈추지 않았다.

"중요한 걸 잃어버렸나봐요."

지훈이 소파 쪽에서 뭔가를 찾고 있는 사람을 바라보며 사강에게 말했다. 남자가 소파 밑으로 고개를 처박고 뭔가를 더듬거리고 있었다.

"여권을 잃어버린 건지도 몰라요. 지갑이거나."

"방으로 들어가는 키일지도."

사강이 말했다. 그녀는 이제 어둠 속에서도 지훈을 느꼈다.

"집 열쇠를 잃어버린 사람이 있었어요."

지훈이 말했다.

"그 사람이 열쇠를 찾기 위해서 한참을 헤매는 걸 이웃집 사람이 목격하고, 그 사람에게 다가갔죠. 이웃집 남자는 안타까운 얼굴로 이렇게 말했어요. 열쇠를 마지막으로 본 게 어디였죠? 그는 이웃집 남자에게 현관문이라고 대답했어요. 이웃이 이상하단 얼굴로 이 남자에게 다시 물어보죠. 정말 현관문 근처 맞아요? 남자가 고개를 끄덕였어요."

"본인 얘긴가요?"

사강이 물었다.

"아뇨. 하지만 이런 곳에 잘 어울리는 얘기죠. 남자의 대답을 들은 이웃은 이해할 수 없다는 듯이 이렇게 말해요. 잃어버린 열쇠를 현관문 근처에서 봤다면서요? 그럼 그쪽에 가서 찾아야 하는 거 아닌가요? 근데 왜 여기 가로등 밑에서 열쇠를 찾고 있는 거죠? 그러자 남자가 이웃을 한심하다는 듯 바라보며 대답해요. 이봐요, 여기가 훨씬 더 밝잖아요!"

촛불이 집어삼킨 어둠이 빛으로 산란되며 주위를 넘실거렸다.

"이 이야기는 대니얼 고틀립이라는 자폐아를 손자로 둔 심리학 박사가 쓴 책이었는데, 박사가 말하길 사람들은 어떤 답을 찾으려고 노력할 때 무의식적으로 밝은 곳으로 가려는 경향이 있대요. 하지만 인생의 답을 찾기 위해선 생각보다 훨씬 더 어두운 곳으로 내려가야 할 때가 있다고 충고하더군요."

지훈이 남자를 바라보며 말했다.

"어쩌면 저 남자도 촛불 밑에 있을 게 아니라, 처음 자신이 물건을 잃어버렸다고 생각하는 장소로 이동하는 게 나을지도 몰라요."

"아무것도 보이지 않는 어둠 속이라도요?"

"칠흑 같은 어둠이라 해도."

"실연당한 사람들의 모임 기억해요?"

"평생 잊지 못하겠죠. 사람들이 잃어버린 열쇠들은 전부 다 그곳에 모여 있더군요."

"그쪽이 잃어버린 열쇠는 로모 카메라에 들어 있던 사진 속 여자분이겠군요."

사강이 지훈을 바라봤다.

"자기 반에 같은 이름을 가진 여자애가 적어도 한 명은 있는 여자였어요."

그는 생각에 잠긴 듯 잠시 말을 멈추었다.

"잃어버렸다는 말은 되찾을 수 있다는 희망을 전제하는 말이란 생각이 들어요. 잃어버린 지갑이나 휴대전화를 되찾는 일은 생각보다 자주 일어나니까. 하지만 잃어버린 걸 다시는 되찾을 수 없다는 걸 알게 되면, 그땐 견딜 수 없는 감정에 사로잡히게 돼요. 그 밤 트위터에 실린 글을 보고 충동적으로 아침 일곱 시에 그 자리에 나갔던 것처럼 말이죠."

"충동적인 결정……."

"저한테는 그랬어요."

"전 애인과 헤어지고 일 년 동안 사표를 가방에 넣고 다녔어요."

사강의 얼굴이 미세하게 일그러졌다.

"사표를 쓴 건 계획한 일이었어요. 하지만 어떤 것도 계획대로 되진 않았어요. 사랑니를 뽑겠다는 아주 사소한 계획하나 실천하지 못했죠. 일 년이 그냥 사라져버렸어요."

사강이 말했다.

"끝났다는 실감이 나지 않는 게 더 큰 문제예요."

지훈이 말했다.

"당신도 그랬나요?"

사강이 지훈을 바라봤다.

"아무렇지도 않은 척하는 게 힘들어서 차라리 큰 소리로 우는 쪽이 낫다고 생각한 적도 있었죠."

그녀는 오랫동안 촛불을 바라보며 입을 굳게 다물고 있었다.

"대학을 졸업하던 해, 집에 장미꽃 한 다발이 왔어요. 별생각 없이 그 꽃을 거꾸로 매달아서 거실 벽에 붙여놨었는데, 꽃이 떨어지는 대신 꽃대까지 바싹 마르더군요. 향기 없이, 미라처럼요. 형태는 유지하고 있었지만 시간이 지나니까 점점 먼지가 쌓이면서 더러워 보였어요. 과거엔 아름다웠지만 향기 없이 말라버린 꽃을 바라보는 일이나, 이미 끝난 사랑을 바라보는 일이 뭐가 다르죠?"

어둠 속에 일렁이는 촛불들이 녹아 조금씩 형태가 무너져 내리고 있었다. 몇몇 사람들이 졸음을 이기지 못하고 자신의 방으로 올라가기 시작했다. 멈춰 선 엘리베이터 대신 비상계단으로 통하는 입구 앞에 사람들이 모여 있다가 하나둘 사라졌다. 사강의 눈동자가 막 불이 켜진 촛불처럼 일렁였다.

밤이 깊어갔다. 촛불의 빛도 조금씩 여위고 있었다. 이제 로비의 손님용 소파에 남아 있는 사람은 사강과 지훈뿐이었다. 사강은 창밖의 어둠을 응시했다. 그녀는 처음 수영을 배운 사람처럼 숨을 참고 물속에 잠겨 있는 것 같았다.

"아내가 있는 남자를 좋아한 여자가 있었어요."

사강이 속삭이듯 말했다.

"그가 이혼하겠다고 얘기한 순간, 그와 헤어졌죠. 아내에게 돌아가라고 한 말이 여자의 마지막 말이었어요. 그 순간 여자는 엄마를 떠올렸어요. 끔찍하게 미워하던 엄마를. '어쩔 수 없다'란 말. 그게 엄마와 자신의 관계라는 걸 깨달은 거죠. 어쩔 수 없이."

○

스스로의 삶을 관통하는 말은 하기 힘들다. 죄책감은 말의 껍질을 깨뜨리고, 분노와 슬픔은 껍질 안의 말을 짓눌러 부숴버리기 때문이다.

지훈은 사강의 얼굴에서 아주 오래전, 한 여자의 얼굴을 목격했다. 다른 사람의 이야기를 하듯 무심히 자신의 비극을 얘기하는 사람이라면, 지훈은 너무 잘 알고 있었다.

외할머니는 언제나 그 일이 자신에게 일어난 사고가 아니라는 듯 말했다. 그것은 살아남은 아기와 죽은 사위와 가장 사랑했던 딸에 대한 얘기였다. 이야기를 시작할 때 그녀의 얼굴은 몇 년씩 지속된 참혹한 전쟁의 전사자 목록에서 막 자식의 이름을 발견한 어미처럼 멍했다. 그러나 목소리만은 예외 없이 담담했다. 자신의 비극을 객관화시켜 스스로에게 이해시키는 것이 지상 최대의 과제라도 되는 듯 그녀의 목소리에는 사족처럼 느껴지는 어떤 감정도 실려 있지 않았다.

이야기는 해를 거듭할수록 길어졌다. 그러나 장황해지기보단 선명하고 더 명료해졌다. 사고는 교통사고로, 교통사고는 교차로에서 일어난 삼중 추돌 사고로, 교차로가 있던 곳은 강릉의 해수욕장으로 가는 국도변 과수원 길로 점점 구체화되었다. 지훈은 그런 이야기들이 스스로의 고통을 무력화시키기 위한 처절한 몸부림이라는 걸 많은 시간이 흐른 뒤에 깨달았다.

지훈은 사강이 자신의 말투와 목소리에서 슬픔을 잘라내기까지 얼마만큼 불면의 밤을 보냈는지 느낄 수 있었다. 지훈은 길을 걸어오는 동안 잡고 있던 그녀의 손을 기억했다. 누군가에게 한 번도 닿아본 적 없는 것처럼 아득하게 찬 손이었다.

"제 방으로 올라가요."

사강은 담담한 얼굴로 지훈의 발을 내려다보고 있었다.

"방에 비상 약품이 있을 거예요. 지금은 모르겠지만 내일이면 분명히 아플 테니까. 맨발로 걷기엔 힘든 거리였어요."

사강은 카펫이 깔린 긴 호텔 복도를 맨발로 걸었다. 왼쪽과 오른쪽으로 너울이 심한 배 위를 걷는 듯 그녀의 몸은 자주 움직였다. 사강의 오른쪽 손엔 굳이 자신이 들고 가길 고집한 지훈의 운동화가 들려 있었다. 지훈은 방문을 여는 사강의 뒷모습을 바라보았다.

"잠시만요."

그녀의 방은 어둠에 잠겨 서늘했다. 사강은 자신의 트렁크에서 초 몇 개를 꺼냈다. 그녀는 한 번에 성냥을 그어 작고 선명한 불꽃을 만들고, 가지런히 놓아둔 양초에 빠른 속도로 불을 붙이기 시작했다. 늘 만년필과 잉크를 사용해 편지를 쓰는 사람처럼 우아한 동작이었다.

빛이 점점 더 차오르자 방 안의 윤곽들이 드러나기 시작했다. 사강의 호텔 방은 포장지를 막 뜯은 새 물건같이 깨끗했다. 탁자와 침대는 흐트러짐이 없었고, 두꺼운 암막 커튼은 창밖의 풍경을 단단히 차단하고 있었다. 슈트케이스가 서 있는 벽 위에는 아무것도 꽂혀 있지 않은 빈 콘센트가 보였다. 노트북과 휴대전화 충전기, 휴대용 독서 램프의 전선 따위가 가득 꽂혀 있는 지훈의 방과는 대조적이었다. 그것은 언제든 짐을 싸 들고 빠른 시간 안에 떠나야 할 사람의 방 같았다.

"향초 향기가 좋군요."

"이건 마른 빨래 향기예요. 오후의 강렬한 햇볕에 말린 빨래에서 나는 냄새가 나죠. 이건 비 온 후에 젖은 땅에서 나는 냄새에서 영감을 받아 만든 '레인'이란 이름의 향초예요. 이건 '체리 블로섬', 벚꽃 향기."

사강이 향초를 테이블 위에 내려놓았다.

"잠이 오지 않는 밤엔 향초를 여러 개 켜요."

사강이 말을 멈추고 잠시 성냥갑 속의 성냥을 그어 향초 하나에 불을 더 붙였다. 동그랗고 빨간 성냥 머리가 검게 변할 때마다 옅은 황 냄새가 지훈의 코끝에 머물다 빠르게 사라졌다.

"냄새를 균일화하면 세상의 어떤 낯선 장소든 자신의 방이 될 거라고 말해준 사람은 그 사람이었어요. 『슬픔이여 안녕』

을 보낸 것도 그 사람일 거라고 생각했죠."

그녀는 계속해서 과거형으로 말하고 있었다.

"책을 좋아하는 사람이었나보군요."

"읽을 수조차 없는 책들이에요."

사강이 말했다.

"자기가 싫어하는 책을 그런 식으로 보내는 사람은 없어요. 복잡하게 생각할 거 없어요. 책이 선물이라면 읽어주길 바라는 마음일 테니까."

"한 번도 이 책을 다른 사람이 보냈을 거라고 생각한 적이 없어요. 그 사람일 거라고, 그 사람이 내게 보낸 거라고 믿었죠. 지금 생각해보면 그렇게 믿고 싶었던 거예요. 그래야 덜 비참하니까. 그런데 오늘 처음으로 그 책을 보낸 사람이 다른 사람일지도 모른단 생각이 들어요. 바보 같았어요. 책을 펼쳐볼 생각조차 안 했으니까."

"책을 보낸 사람이 누구죠?"

지훈이 물었다.

"졸업식 날 카네이션처럼 보이는 핑크색 장미를 잔뜩 보냈던 사람. 당신이 준 일본어 책을 펼쳐보고 오늘에서야 알았어요. 제 생각이 맞는다면 당신이 가지고 있는 이탈리아나 스페인 판본의 63페이지에 뭔가 표식이 있을 거예요. 독일어 판도 마찬가지겠죠."

"63페이지라면……."

"6월 3일."

"당신 생일이군요."

"출생신고일이에요. 동사무소에서 직접 신고한 사람만 알고 있는 법적인 출생신고일. 주민등록번호 앞자리에 기록되어 있죠. 사람들이 알고 있는 제 생일이 아니에요."

○

타인의 비밀을 듣는다는 건 큰 책임을 요구한다. 누구에게도 발설하지 않을 책임, 간직하는 동시에 떠나보내야 하는 책임, 묵언의 서약을 증명하기 위해 자신의 비밀을 꺼내놓아야 하는 책임. 비밀은 공유하고 나눔으로써 그에 짓눌린 무게의 짐을 스스로 덜어놓는다.

'간직하다'의 사전적 의미는 '생각이나 기억 따위를 마음속 깊이 새겨두는 것'이다. 비밀은 누군가에 의해 간직된다. 우리가 '간직한다'라고 말할 때, 그것은 오래된 장롱 '속'이나, 복잡한 비밀번호를 눌러야 열리는 금고 '안'이나, 마음 깊숙한 '곳'에서 어렵게 끄집어내야 한다. '속'과 '안', '곳'에 넣어두는 깊숙한 기억과 물건들. 마음의 가장 어두운 곳에 닿아야 비로소 꺼낼 수 있는 것. 그 밤, 지훈이 명훈에 대해 얘기한 건 그러므로 우연이 아니었다.

"형이 자폐아 판정을 받은 건 네 살 겨울이었어요. 치료가 시작된 건 여섯 살 봄이었고, 사고가 난 건 아홉 살 가을 무렵이었죠."

창문에 반사된 지훈의 검은 실루엣이 촛불에 흔들렸다.

"처음 형의 이상을 발견한 건 외할머니였어요. 형은 집중력이 뛰어나서 좋아하는 비디오를 보거나 동화책을 읽기 시작하면 몇 시간이고 꼼짝없이 앉아 그것만 들여다봤죠. 형은 숫자도 놀랄 정도로 빨리 익혔어요. 기억력이 대단해서 한번 본 건 절대로, 절대로 잊지 않았죠. 어른들은 형이 큰 인물이 될 거라고 말했어요. 오로지 외할머니만 예외였죠. 할머니는 형의 청각에 이상이 있는 것 같다고 말하기 시작했어요. 왜냐하면 아무리 큰 소리로 불러도 형은 절대로 고개를 돌리지 않았거든요. 정말 하나도 듣지 못하는 것 같았어요. 하지만 형이 이비인후과에서 가서 들은 얘기는 빠른 시간 안에 소아 정신과로 가야 한다는 진단이었어요. 그때 알게 된 거죠, 형의 상태를.

엄마는 그날로 직장을 그만두고 오직 형에게만 매달리셨어요. 형에게 다양한 규칙을 정해준 것도 엄마였어요. 정해진 음식만 먹기, 정해진 길로만 다니기, 정해진 버스만 타기. 엄마는 형이 자신이 만든 규칙 안에서 생활하는 게 가장 안전하다고 믿었어요. 하지만 형이 아홉 살 되던 해에 아버지와 함께 돌아가셨어요. 교통사고였죠.

자폐증은 유전과 아무런 상관이 없는데도 외할머니는 평생 그것이 당신이 만든 유전자의 문제라고 생각했어요. 외할머니는 무거운 십자가를 멘 예수처럼 사셨고, 딸과 사위의 죽음을 평생 애도하셨어요. 누군가 벌을 받아야 형의 미래가 열릴 거라고 생각하셨어요. 그래야 인생이 공평해진다고 믿었죠.

형은 늘 빙글빙글 돌았어요. 세 번씩, 시계 방향으로. 홀수를 좋아했어요. 말도 세 번씩 외쳤어요. '나는'이라는 주어를 쓰면서 늘 문어체로 말했죠. 형은 숫자에 대한 집착이 심했어요. 그게 뭘 의미하는지, 나는 절대로 이해하지 못했지만. 사실 이해하고 싶은 생각이 없었다는 표현이 더 정확하겠군요. 어쨌든 형은 홀수 안에서, 숫자 3 안에 있어야 평화로운 사람이었어요. 강박증 형태로 나타나는 그런 부분은 차라리 이해할 수 있는 여지라도 있었죠……."

지훈이 잠시 말을 멈추었다.

"누군가를 이해한다는 게 과연 가능하기나 한 걸까? 설령 이해하지 못했다고 해서 비난할 권리가 다른 사람에게 있는 걸까? 형의 병이 빼앗아간 건 인간이라면 마땅히 가져야 할 공감 능력이었죠. 내가 이렇게 행동하면 저 사람은 이렇게 반응하겠구나, 라는 인식.

사람들이 보든 말든 꼿꼿하게 서 있는 자기 성기를 꺼내놓는 사람이 제 형이었어요. 팬티를 내리는 그 순간까지 어떤 망설임도 없이 말이죠. 하루에도 몇 번이고 사정할 수 있는 힘이 있는데, 여자를 사랑하는 법을 몰라서 괴물같이 비명을 내지르면서 할 수 있는 건 대낮에 벌이는 자위라는 활극뿐이었죠. 형은 웃으면서 그런 짓을 저질렀어요. 몸은 자라지만 정신은 자라지 않은 남자가 저지르는 일을 감당하기엔 우리 모두가 너무 지쳐버렸어요. 결국 가족이 감당할 수 있는 한계를 넘어섰죠. 형은 전문가들에게 맡겨졌어요. 형의 세계에는 오로지 자기 자신밖에 없었어요. 자기 욕망, 자기 욕구, 자기 분노 같은 것들. 형은 타인을 향해 웃는 법을 몰랐어요. 물론 타인을 위해 우는 법도 몰랐고, 할아버지가 돌아가셨을 때도, 평생을 키워준 할머니가 돌아가셨을 때도 울지 않았죠. 그래서 전 형이 슬픔이라는 감정을 아예 모른다고 생각했어요. 슬픔을 이해할 수 없게 만드는 건 자폐증의 가장 심한 패악이라고 생각했죠.

그런 형이 언젠가 냉장고 앞에 서서 멍하게 뭔가를 바라보는 모습을 보게 됐어요. 형은 우유병을 바라보고 있었죠. 칼슘이 빠져나가는 병 때문에 할머니가 먹으라고 윽박지르며 소리치던 우유. 우유를 끔찍하게 싫어해서 그걸 자동차 주유

구에 퍼붓던 인간이었어요. 그런데 그런 형이 우유병을 열더니 그걸 마시더군요. 아마도 형은 자기 식대로 할머니의 죽음을 애도하고 있었던 것 같아요. 빙글빙글 현기증이 날 정도로 집 안을 돌고, 요양원 복도를 돌고, 돌고, 돌고, 역겨운 우유를 마시면서 다시 빙글빙글 돌고 토하고…….

외할머니는 형보다 하루 늦게 죽는 게 소원이었지만, 전 외할머니보다 형이 훨씬 먼저 죽길 매일 밤 기도했어요. 형이 싫어서 몇 번이고 가출했었으니까. 어디론가 닥치는 대로 차를 타고 계속해서 달아났어요. 어느 날 그 어딘가가 늘 형이 있는 곳에서 제가 갈 수 있는 가장 먼 곳까지였다는 걸 깨달았어요. 그런 식이었어요. 아무리 달아나도 돌아오게 되는, 멀지만 가까운.

현정이는 우리 사이에 우연과 낭만이 부족하다고 말하곤 했어요. 교과서에나 나올 법한 따분한 사랑이라고. 하지만 전 연애를 우연히 이루어진 환상이라고 생각하지 않아요. 연애는 질문이고, 누군가의 일상을 캐묻는 일이고, 취향과 가치관을 집요하게 나누는 일이에요. 전 한순간 사랑에 빠지는 게 가능한 일이라고 믿지 않았어요. 대단한 영감으로 순식간에 걸작을 써내는 작가를 좋아하지도 않아요. 트루먼 커포티는 『인 콜드 블러드』를 쓰는 데 육 년이나 걸렸어요. 그런 거예요. 누군가를 이해하기 위해서 죽도록 시간이 많이 걸리는 일, 우연히 벌어지는 환상이 아니라 서로를 이해하기 위해 철저한 노동을 필요로 하는 일, 그게 제가 알고 있는 연애예요."

촛불이 서서히 사그라지고 있었다. 지훈이 고개를 들었을 때, 사강은 창문 쪽을 바라보고 있었다. 그녀는 서서히 고개를 돌리며 지훈을 응시했다.

"외할머니가 돌아가신 후, 한 달 만에 외할아버지가 돌아가셨어요. 할아버지의 죽음이 외로움과 두려움 때문일 거라고 믿고 있었어요. 그런데 할아버지가 죽고 나서 보험 조사관이라는 남자가 찾아왔어요. 그 남자가 이렇게 묻더군요. 할아버지가 복용하고 있던 약을 알고 있느냐고. 그 약을 복용량 이상 섭취했다는 게 어떤 의미인지 아느냐고 몇 번이나 물었죠. 보험 조사관이 엄청나게 두꺼운 기록들을 내놓으며 제게 말했어요. 복용량 이상의 약을 섭취하는 일, 그걸 사람들은 '자살'이라고 부른다고.

여든이 넘은 노인이 자살 따위 할 리 없다고 미친놈처럼 소리 질렀어요. 그럴 리가 없다고! 경찰과 보험사, 병원을 어떻게 오고 가며 버텼는지 모르겠어요. 끝내, 풀리지 않는 의문이 남았어요. 할머니 평생의 다짐처럼 할아버지 역시 당신이 벌을 받아야 손자들의 미래가 열릴 거라고 굳게 믿고 있었던 걸까. 이 모든 게 결국 살아남은 형과 나 때문에 벌어진 걸까. 차라리 그때 엄마 아빠와 함께 죽어버렸더라면 더 좋지 않았을까⋯⋯."

지훈의 눈에 눈물이 고여 있었고 눈빛이 촛불 속에서 흔들리고 있었다. 사강은 말없이 그의 손을 잡았다. 침묵이 흘렀다. 그녀는 테이블 위에 있던 초 하나에 불을 붙였다. 촛불 속에 잠긴 방은 기이하게 왜곡되어 보였다. 가구와 가구 사이에 비어 있던 공간이 사라지고 그 사이에 부드러운 비누 거품이나 증류수처럼 느껴지는 투명한 기포들이 가득 채워진 것 같았다. 공기의 밀도는 지훈과 사강의 이야기로 미세하게 달라져 있었다. 그곳은 방이 아니라 이제 망망대해의 검은 바다처럼 느껴졌다. 국경을 넘어서 목적지 없이 바다를 표류하는 난민들처럼 지훈과 사강은 서로를 마주 보고 있었다.

"전 늘 이런 상상을 했어요. 너무 자주 상상해서 언젠가 정말 일어난 일처럼 느껴질 때도 있었으니까."

사강이 눈을 감은 채 속삭였다.

"로모 카메라의 필름을 인화했던 건, 어쩌면 사진 속에 있는 사람들의 얼굴이 보고 싶었던 건지도 모르겠어요. 사진을 보는 순간 알아버렸어요. 그게 어떤 사랑인지."

사강이 잠시 뭔가 생각에 빠진 듯 말을 멈추었다.

"비행기 안에서 승무원이 하는 가장 큰 일이 뭔 줄 알아요? 흔들리는 비행기 안에서 일어서려는 사람을 제지하는 일이에요. 손님, 안전벨트 사인이 켜져 있습니다. 지금 움직이시

면 위험합니다. 손님, 자리로 돌아가주십시오. 손님, 지금 화
장실은 이용하실 수 없습니다. 안전벨트를 매주세요, 손님.
어쩌면 안전벨트 사인이 켜져 있는 비행기 안에서 움직이지
말았어야 했던 사람은 승객이 아니라 저였을지도 몰라요.

전 제게 일어난 일이 어떤 의미인지조차 몰랐어요. 비행기
안에선 언제나 두통에 시달렸고 헛구역질을 느꼈으니까. 시
차 적응에 실패한 탓이라고, 불면증 때문이라고, 편두통 때문
이라고 생각했어요. 3만 피트 상공 위에서 다리 아래로 검붉
은 피가 흘러내렸을 때도, 난 그게 매달 해치워야 하는 그런
일일 거라고, 그래서 일정치 않은 그 일이 부담스럽고 짜증
스럽게만 느껴졌었어요. 전 통증도 거의 느끼지 못했어요. 늘
아프고, 늘 괴롭고, 늘 힘들었으니까.

다른 사람을 용서하는 일은 나 자신을 용서하는 일보다 쉬
운 게 아닐까. 타인을 용서하면 거룩한 자비가 되겠지만, 나
자신을 쉽게 용서해버리고 나면 그건 싸구려 자기변명이나
자기 위안밖에 되지 않는 건 아닐까. 그때 전 제가 임신한 줄
도 몰랐어요. 어떻게 그럴 수가 있었는지 이해할 수 없었어
요……. 난 지옥에 떨어질 거야, 라고 셀 수 없이 생각했어요.

그렇지만 아이는, 그 아이만큼은, 지금처럼 어둠을 볼 수
있는 밤에나 관찰할 수 있는 아름다운 별이 됐을 거라고, 꼬
리가 긴 유성이 돼서 비행기를 타고 가야만 만날 수 있는 별

이 됐을 거라고 믿었죠. 보이지 않지만 그렇게 살아서 어딘가에 있을 거라구요. 날짜변경선 위로 다시 한 번 날아가고 싶었어요. 180E의 좌표 속으로 그때, 그 시간으로 되돌아가기를, 오늘이 아닌 어제로 시계를 바꿀 수 있다면 내 영혼이 그대로 사라져버려도 좋다고 매일 기도했어요. 내 몸 어딘가에 살아 숨 쉬는 존재가 있었다는 걸, 죽어서야 알게 하는 게 신의 뜻이란 걸, 나는 죽어도 인정하기 싫었어요.

피렌체에서 19세기 그림을 복원하는 분을 만난 적이 있어요. 선량한 푸른 눈을 가진 백발의 이탈리아 여자분이었죠. 19세기 그림들은 혹독한 검열 때문에 여자의 가슴 부분을 덧칠해 지워버린 경우가 많았다더군요. 그래서 그림 속에 있는 귀족 부인들을 덧칠한 물감을 조심스레 걷어내고 닦다 보면 그림 속에 보이지 않던 부분이 드러날 때가 있다고 했어요. 그녀가 제게 속삭이더군요. 그림 속에서 사라진 건 대부분 아기들이라고. 그리고 그림 속에서 사라진 아기들은 예외 없이 희고 풍성한 가슴 속에 파묻혀 여자의 젖을 먹으며 평온하게 잠들어 있다고 했어요. 초상화 속의 여자들은 대부분 고개를 비스듬히 꺾고 젖을 먹는 아기를 바라보기 때문에 가슴이 지워진 복원 전 그림은 한결같이 목과 어깨의 각도가 기묘하게 에로틱해 보인다고 말이죠. 그건 제가 아는 가장 슬프고 아름다운 얘기였어요."

사강의 뺨에 눈물이 흘러내렸다. 지훈이 그녀를 바라봤다. 그는 그녀의 젖은 뺨에 흐르는 눈물과 마른 입술을 바라보았다. 그는 천천히 사강의 들썩이는 어깨를 안았다. 사강의 눈물이 그의 목덜미 사이로 흘러내렸다.

"울어요. 울기 싫을 때까지."

"미안해요."

어둠이 희뿌연 가로등 사이로 서서히 사라지고 있었다. 햇빛은 이미 커튼 뒤로 바짝 다가와 밝아지고 있었다. 더 이상 촛불이 필요하지 않은 아침이었다.

9부

슬픔이여,
안녕

언니, 짐 때문에 어쩔 수 없이 난 비행기 타야 돼. 나리타 공항 도착하면 전화할게. 뒷일은 걱정 말고. 홧팅!^^

미우에게 문자메시지가 온 건, 서울로 진입하는 꽉 막힌 도로 위에서였다. 미도는 간단히 답장을 쓰고 창밖을 내려다봤다. 퇴근 시간이 가까워지자 도로는 거의 주차장처럼 변해 있었다.

대표의 전화를 받고 미도의 머리를 스친 첫 번째 생각은 '실연당한 사람들을 위한 일곱 시 조찬모임'의 실제 의도가 만천하에 드러났다는 것이었다. 미도가 현정과의 우정을 가장했던 건 죄책감을 덜기 위한 것이었다. 개인적인 감정을 앞세우다가 일을 망칠 수는 없었다. 미도는 불평 없이 자신이 해야 할 일을 해치웠던 것뿐이었다.

'실연당한 사람들을 위한 일곱 시 조찬모임'은 리허설 없이 이루어진 특별한 이벤트였다. 그런 특수성 때문에 미도는 며칠 동안 신경을 곤두세우며 모든 것들을 진두지휘했다. 먼저 시네마테크 옆에 있던 유기농 레스토랑의 주인을 만나 식당을 정리하는 대신 리노베이션 하는 쪽으로 새로운 제안을 했다. 리노베이션 비용의 일정 부분을 회사에서 부담하는 대신, 이벤트에 필요한 메뉴를 함께 개발하자는 조건이었다.

"조건이 하나 더 있어요. 레스토랑 이름이 반드시 '실연당한 사람들을 위한 일곱 시 조찬모임'이어야 해요. 이름만 바꾸면 식당 홍보를 위한 기사는 얼마든지 만들 수 있어요. 사람들이 모르던 이곳의 가치를 인정받게 되는 거죠."

오너 셰프인 주인은 미도의 제안을 흔쾌히 승낙했다. 그녀는 실연당한 사람들을 위해 따뜻한 건강식을 만들어주기로 했다. 계획대로 미도는 테이블과 의자의 배치부터 전부 바꾸었다. 그곳에서 감정을 고양시킬 음악을 틀고, 물기가 많은 따뜻한 음식을 순서대로 내놓는 것 역시 그녀가 계획했다.

정미도가 세심히 고른 것 중엔 레스토랑 벽 중앙에 걸린 거울도 있었다. 빈티지 가구를 파는 이태원 가구 골목을 돌며 미도는 아름답고 우아한 거울들을 사들였다. 작지도 크지도 않은 평범한 거울. 하지만 새벽 옹달샘처럼 선명해서 사람의 얼굴뿐만이 아니라 마음의 그림자까지 흡수할 것 같은 거울 말이다.

미도는 조찬모임을 위해 일렬로 의자에 앉은 사람들이 레스토랑 벽에 걸린 거울 속에서 보게 될 장면들을 수없이 그렸다. 그것은 마음속 상처를 남김없이 건드리는 것이어야 했다. 자신들의 등 뒤에서 어떤 일들이 벌어지는지 분명히 알게 하는 강력한 것이어야 했다. 세상은 정지해 있지 않고, 세상 속의 연인들은 파도처럼 계속해서 밀려오고 밀려간다는 걸 시각적으로 보여줄 필요가 있었다.

오전 일곱 시 삼십 분. 출근하는 회사원들이 즐비한 길 위에 대학가에서나 볼 법한 젊고 아름다운 커플이 유독 많이 지나갔던 건 미도의 섭외력 때문이었다. 실연당해 슬픔에 빠진 사람들이 보게 될 거울 속 연인들의 모습은 미도가 그들의 감정을 극점으로 고양시키기 위해 가장 신경을 곤두세운 절정부였다. 정미도의 사업가적 기질은 일정 정도의 죄책감을 증발시켰다. 무엇보다 온라인상에서 사람들이 스스로 '실연당한 사람들을 위한 모임'을 만들었다는 점에 그녀는 고무되었다. 그녀가 세운 비즈니스 모델은 성공적이었다. 정미도의 프레젠테이션 부제 그대로 '헤어져야 다시 만날 수 있는 것'이었다.

실연당한 사람들을 위한 일곱 시 조찬모임에서 벌어진 일이 트위터뿐 아니라 인터넷에 회자되고 있던 그때, 이런 아름다운 이별의 예식이 한 번 더 존재했으면 하는 요청이 미도에게 전해져왔다.

회사는 이번 프로젝트가 성공적이라고 판단했다. 그것을 회사 내로 끌어들여 다양한 프로그램을 만들 수 있는 가능성을 타진한 셈이었다. 방송으로 비유하면 '실연당한 사람들을 위한 일곱 시 조찬모임'은 성공이 예견된 파일럿 프로그램이었다.

미도의 메일함은 사람들의 편지와 쪽지로 가득 찼다. 무엇보다 실연이 자신에게만 일어난 대형 참사가 아니라는 점이 이들을 위로했다. 그들이 모임에서 받은 위로의 증거들은 너무나 명명백백해서, 미도는 자신의 트위터를 보고도 믿을 수가 없었다.

일전에 뵈었던 윤사강입니다. 실례이긴 하지만 만약 가능하다면, 모임에 참석했던 이지훈 씨의 전화번호를 알 수 있을까요?

미도에게 이 쪽지보다 모임의 성공을 상징적으로 보여주

는 증거는 없었다. 모임에 참석했던 사람들이 서로의 연락처를 알아가고, 잃어버렸던 감정을 추스르는 모습은 미도에게 사업적 영감을 불러일으켰다.

실연의 기념품 가게.

인터넷에 특별한 선물 가게를 오픈하는 것이다. 누군가의 사랑이 담겨 있던 물건이라면, 돈이 아니라 상처를 교환하는 형식으로 이루어진다면, 그건 사람들의 마음을 움직일 것이다. 세상에 수많은 환우회와 치유와 치료를 목적하는 하는 모임들이 존재하는 이유가 뭔가. 미도는 사랑이 꽃피는 봄날 '실연당한 사람들을 위한 일곱 시 조찬모임'이라는 가게의 오픈식 앞에 서 있는 자신의 모습을 그려보았다.

'실사모' 1호점 지점장.

상상만으로도 발바닥까지 흥분되는 일이었다.

○

미도가 겨우 회사에 도착했을 때, 밤 아홉 시가 훌쩍 넘어 있었다. 대부분의 직원들이 퇴근한 텅 빈 회사 복도를 미도는 천천히 걸어갔다. 복도 끝에 대표의 집무실이 있었다. 걸어가는 동안 미도는 상상할 수 있는 모든 일의 가능성을 생각했다. 미도는 집무실 문 앞에 섰다. 그녀는 문 앞에서 가슴에 손을 얹고 어깨가 들썩일 정도로 길게 심호흡했다. 집무실 문밖으로는 귀에 익은 음악 소리가 새어 나왔다. 비발디의 「사계」. 바이올린 소리는 절정을 향해 더 깊고, 날카로운 소리를 공명하고 있었다. 미도는 짧게 두 번 노크를 하고 문을 열었다.

"대표님……."

불도 켜지 않은 채 대표가 무엇인가를 보고 있었다. 어둠 속에선 오래된 영사기가 돌아가고 있었다. 그는 미동 없이 흘러나오는 영화에 집중하고 있었다. 광화문에 솟아오른 고층 건물들의 압도적인 야경이 그의 왼쪽을 점령하고 있었다. 어둠이 벽 위에 집중된 빛을 탐욕스레 빨아들이고 있었다. 미도는 말없이 서서 벽면 위를 가득 채운 영상을 바라보았다.

대표가 전직 영화감독이었다는 걸 몰랐다면, 그녀는 그것을 대사가 별로 없는 비디오아트라고 생각했을 것이다. 영상 속의 사람들이 무표정한 얼굴로 테이블 쪽으로 천천히 걸어가고 있었다. 일렬로 의자에 앉은 사람들은 맞은편 텅 빈 의자를 바라보고 있었다. 미도는 미세하게 사람들의 동공이 커지는 모습을 지켜보았다. 충격을 받은 듯 사람들이 고개를 꺾었다. 가장 끝에 앉았던 여자가 테이블 위에 놓아둔 손수건으로 흘러내리는 눈물을 닦았다. 그녀의 눈동자에 고인 눈물이 상들리에의 불빛에 반사돼 빛났다.

화면을 가득 채우고 있는 음악, 화면 안에 놓인 가구와 빅토리아풍의 의자, 화면 안에 있는 음식과 모네의 〈수련〉 시리즈는 그 누구보다 미도가 가장 잘 알고 있었다. 테이블 위에 다림질을 막 끝낸, 아직 온기가 남아 있는 손수건을 놓아둔 건 미도였다. 미도는 화면을 가득 채운 여자의 얼굴을 알고 있었다.

그녀가 입고 있던 검정색 가죽 재킷을 자신에게 기꺼이 벗어주려 했기 때문에, 미도는 그녀에게 지훈의 번호를 알려주었다. 미도는 현정에게 죄책감을 느꼈다. 하지만 자신의 답장이 이 사적이고 비밀스러운 모임의 의미와 성격을 더 분명하게 만들어줄 것이란 확신엔 변함이 없었다. 헤어져야 만나고, 만나야 사랑이 이루어진다. 그것이 정미도의 선택이자 이 비밀스러운 모임에 대한 대답이었다.

미도는 화면 속의 얼굴을 정면으로 응시했다. 정지한 화면 속에서 그녀는 영원히 그 속에 머물러 있을 것처럼 반짝였다. 화면 속에 스민 그것은, 윤사강의 눈물이었다.

대표의 꿈은 세계적인 영화감독이 되는 것이었다. 그가 영화를 함께 작업했던 주연배우와 결혼했다는 사실은 그가 꾸는 꿈을 더 선명한 현실로 만들었다. 결국 결혼과 마찬가지로 이혼까지 극적인 영화처럼 마무리 짓긴 했지만. 기립 박수가 아니라 야유를 받으며 끝나는 인생. 실패한 전직 영화 감독이라는 꼬리표는 그가 원했던 게 아니었다.

미도는 시내의 작은 극장에서 대표가 만든 영화를 본 적이 있었다. 야구 영화였다. 어쨌든 야구 선수들이 나오는 것만큼은 틀림없었다. 하지만 이미 영 대 영으로 끝난 야구 게임을 9회 말까지 지켜보고 있는 듯한 끔찍한 기분이었다. 이해할 수 없이 쏟아지는 엄청난 대사와 시도 때도 없이 펼쳐지는 롱테이크가 화면을 가득 채웠다. 외화였다면 영화의 절반은 틀림없이 자막이 차지했을 것이다. 영화를 보던 관객 몇 명이 영화의 삼분의 일 지점을 넘기지 못하고 극장을 나갔다.

야구는 끝날 때까지 끝난 게 아니라는 말을 했던 건 전설적인 야구 선수 요기 베라였던가. 대표 역시 영화는 끝날 때까지 끝난 게 아니라고 말하고 싶었을 것이다. 하지만 사람들이 야구나 레슬링, 권투 영화 같은 스포츠 영화에서 보고 싶은 건 현실 속에선 찾기 힘든 희망을 발견하기 때문은 아닐까. 홈런도, 극적인 역전승도, 한계를 극복한 위대한 영웅들의 도전도 없는 이런 영화를 누가 좋아할까. 미도가 보기에 대표의 영화가 극장에서 일주일 만에 막을 내린 이유는 분명했다. 미도는 극장을 나오는 길에 영화 팸플릿을 휴지통 속에 버렸다.

원하는 재능을 가지지 못한 사람이 간절히 꾸는 꿈은 악몽이다. 열망의 무게만큼 꿈을 체념하는 일이 삶을 점점 더 무의미한 것으로 만들기 때문이다. 자신이 가진 게 무엇인지 끝끝내 모르는 인간이 어떤 의미 있는 일을 할 수 있을까. 허공을 향해 헛스윙이나 해대고 기껏 홈런이 아닐까 착각하는 파울이나 때려대겠지. 미도가 보기에 대표는 나이만 든 철부지였다. 그래서 미도는 더욱 더 자신의 눈앞에서 벌어지는 지금의 일들을 믿을 수가 없었다.

미도는 필름을 뚫어지게 바라보았다. 자신이 지휘했다고 믿었던 모든 것들이 대표의 의도대로 연출되었다는 걸 알게 되기까진 오랜 시간이 걸리지 않았다. 마지막에 테이블과 조명의 위치를 바꾸었던 건 결국 하이 앵글로 사람들의 표정을 잡기 위해서였고, 막판에 셰프가 메뉴를 바꾼 것도 재료가 아니라 색감 때문이었다.

언제부터 계획된 일일까. 모임에 나가겠다고 선언했을 때부터? 함께 있었던 레스토랑 스태프들 역시 대표가 포섭한 사람들이었을까. 카메라는 레스토랑 어디에 설치되어 있었던 걸까. 조명은? 그러나 정작 미도의 가슴을 짓누르는 건 그런 이유가 아니었다.

미도는 자신이 눈물을 흘리고 있다는 걸 깨달았다. 의식적으로 어떤 순간을 기억하고 인위적으로 밀어내는 눈물이 아니었다. 허기가 찾아들면 출렁이는 요란한 위의 진동처럼 순수한 내장 반응. 화면을 바라보는 것만으로 미도는 아픔을 느꼈다. 너무 아름다운 것을 보면 자신도 모르게 뜨거운 눈물을 흘리는 것처럼.

그것은 그날 아침 미도가 결코 보지 못한 얼굴들이었다. 영화를 만들던 내내 지독하리만치 운이 없던 대표는 그날 오전 일곱 시, 드디어 자기 인생 최고의 배우들을 만난 것이었다. 그들은 배우처럼 눈물을 흘리며 연기하는 사람들이 아니었다. 그들은 슬픔을 연기할 필요도 없었다. 그들은 순수한 눈물 그 자체였다.

"설마, 이걸 다른 사람들에게 보여줄 생각인가요?"

그건 질문이 아니라 경고였다.

"영화제라도 출품하시려구요?"

대표가 만약 질문에 '예스'라고 대답한다면, 미도는 당장 저 필름을 태워버릴 수도 있었다. 창문을 열고 그것을 던져버릴 수도 있었다.

"이 작품의 제목이 뭔 줄 아십니까?"

그는 미도를 바라봤다.

"차장님이라면 '실연당한 사람들을 위한 일곱 시 조찬모임'이라고 말하시겠죠. 그게 정 차장님의 프로젝트 제목이었으니까. 전 아닙니다."

미도는 그의 눈가를 덮고 있는 자잘한 주름들을 바라봤다.

실연을 경험한 사람들의 얼굴에 나타나는 특유의 상실감이 그의 눈가와 뺨 사이에도 번져 있었다. 그는 지쳐 보였지만 동시에 평온해 보였다. 그것은 윤사강의 눈물처럼 미도의 가슴을 이상할 정도로 조여왔다.

"실연이 꼭 사람과 사람 사이에서 적용되는 건 아닌 것 같더군요. 우습지만 전 제 꿈에 실연당했으니까요. 아마 이 필름을 공개하는 일은 없을 겁니다. 그렇다면 이 비밀 프로젝트도, 차장님도, 회사도 곤란해지겠죠. 이걸 찍고 나서 분명히 알게 된 게 한 가지 있어요."

대표는 미도를 바라봤다.

"제가 있어야 할 곳이 이곳이 아니라는 겁니다. 전 제가 있어야 할 자리로 돌아갈 겁니다. 가슴을 뛰게 하는 걸 해야 행복하다고 누군가 얘기해주더군요. 이번 일로 그걸 알게 됐습니다. 물론 정 차장님도 꿈이 있으시겠죠?"

"네?"

미도가 대표를 바라봤다.

"꿈이 뭐냐고 물었습니다."

대표의 얼굴은 소년처럼 천진했다. 마흔을 넘긴 남자에게 그런 얼굴을 본 게 언제인지 미도는 기억이 나지 않았다.

"제 꿈……."

말을 멈추고 미도는 창밖을 응시했다. 잔뜩 긴장한 몸에서 미끄러운 무엇인가가 빠져나가버리는 기분이었다. 가슴이 울렁였다. 대표는 끝까지 대답을 기다리겠다는 듯 말없이 그녀를 바라보았다.

꿈이 무엇이냐는 질문에 미도는 언제나 돈을 많이 버는 것이라고 대답했었다. 하지만 돈을 많이 버는 게 누군가의 꿈이 될 수 있는 걸까. 의사가 꿈이었다가, 연주자가 꿈이었다가, 별을 헤아리며 지구를 여행하는 천문학자가 꿈이 된 미우를 바라보면서 미도는 꿈이란 철딱서니 없는 무모한 어린 애들이나 꾸는 것이라고 생각했다.

그러나 그런 무모한 사람들만이 결국 세상을 바꿀 수 있는 게 아닐까. 미우가 성경처럼 반복해서 읽었던 라만차의 기사 돈키호테의 노래처럼 '감히 이룰 수 없는 꿈을 꾸고, 감히 이루어질 수 없는 사랑을 하고, 감히 견딜 수 없는 고통을 견디며, 감히 누구도 가보지 못한 곳으로 가며, 감히 닿을 수 없는 저 밤하늘의 별에 이른다는 것'은 꿈을 가진 사람의 깃발이 아니었을까. 자신은 평생 동안 꿈과 목표를 혼동하고 있었던 건 아닐까.

미도는 마지막으로 올라가는 엔딩 크레딧을 보았다. 검은색 화면에 고요히 흐르는 하얀색 이름들을. 그것은 검고 깊은 망망대해를 헤엄치는 아름답게 반짝이는 물고기 떼 같았다.

"그날 아침 일곱 시, 그곳에 들어오는 순간 바로 이 제목이 떠올랐습니다. '오전 일곱 시의 유령들', 어떻습니까?"

대표가 미도를 바라봤을 때, 그녀의 휴대전화가 울렸다. 그것은 연달아 두 개의 경고음을 울리며 그녀의 맥박을 빠르게 했다. 미도는 엔딩 크레딧의 마지막을 장식하는 윤사강의 이름을 바라보았다. 다시 한 번 문자메시지 알림음이 울렸다.

나 최종 합격했대!

미도는 다음 문자메시지를 멍하게 바라보았다.

일곱 시 조찬모임이니 뭐니 하는 짓은 그만둬.
당장 도쿄로 와, 언니. 아직 휴가 중이잖아.
합격 기념으로 비행기 표는 내가 예매했어!

ㅇ ● ㅇ

사강에게 지중해의 태양은 계절과 상관없이 카탈루냐 지방 남자들의 짙은 눈썹과 눈매처럼 선명하고 뜨겁다는 느낌을 주었다. 그런 태양 아래에선 날씨에 상관없이 팔을 드러낸 가벼운 옷차림으로 하루 종일 걸어 다닐 수 있을 듯했다.

바르셀로나 비행을 마친 다음 날 아침, 사강은 반팔 티셔츠 위에 얇은 카디건 하나를 두르고 호텔 주변을 걸었다. 구두 대신 운동화를 신고 아직 관광객들이 붐비기 전 람블라스 거리의 오래된 서점과 구불거리는 골목들 사이를 사강은 빠르게 걸었다. 바닷가 쪽에서부터 짠 내음의 바람이 불어왔다. 사강은 꽃을 파는 가게 옆 좌판에서 잘 익은 사과와 망고 하나를 샀고, 티셔츠에 사과를 대충 문질러 먹으며 'Libro'라고 적힌 서점 창가에 보이는 책의 제목들을 소리 내어 읽었다.

사강이 비행 중 체류하는 호텔 밖을 나온 건 정수와 헤어지고 난 후 처음이었다. 서울은 지금 밤일 것이다. 산책을 하는 동안 사강은 몇 번이고 하품을 했다. 기분 좋은 바람을 느끼며 그녀는 오전 열한 시, 흑점이 보일 듯 선명한 바르셀로나의 태양 아래에서 『슬픔이여 안녕』을 읽었다.

사강은 점심을 잊은 채, 옛날 사람들이 독서했던 고전적인 방식대로 책을 읽었다. 눈이 아닌 입으로 소리를 내며 천천히 문장을 따라 읽었다. 책 속의 세실이 걸음을 멈추면 그녀도 잠시 읽기를 멈추고, 슬픔에 빠진 안느가 울면 그녀 역시 눈을 감은 채 그녀의 슬픔을 느꼈다. 사강은 문장을 입으로 읽고, 귀로 듣고, 마음에 새겼다. 책의 문장을 읽는 게 아니라, 그것을 쓴 사람의 마음을 구현해내는 사람처럼 그녀의 눈은 단어와 단어 사이를 주의 깊게 살폈다. 이 소설을 썼던

열아홉 살, 프랑수아즈 사강이 느꼈을 감정을 그녀 역시 느끼고 있었다.

나는 그것, 슬픔이라는 것을 알지 못했었다. 하지만 권태라든지 후회, 아주 드물게는 양심의 가책 같은 것은 알고 있었다. 지금은 비단처럼 신경에 거슬리고 부드러운 그 무엇이 내 위에 도사리고 있어 나를 다른 사람들로부터 갈라놓는다. 그 해 여름, 나는 열일곱 살이었고 아주 행복했었다.

사강이 소리를 내며 첫 번째 문장과 문단을 반복해 읽고 있는 동안, 그녀는 정신적인 수해로 망가진 열일곱 살의 봄을 기억했다. 그것은 소설 속 주인공 세실처럼 부재하는 한쪽 부모와의 시간이었고, 아빠와 함께했던 짧고도 강렬했던 열일곱 봄방학을 의미했다.

세상의 모든 부모가, 모든 딸들이, 우리가 평범하다고 생각하는 부모와 딸처럼 살 수는 없다. 두 명의 엄마가 있고, 두 명의 아빠가 있는 아이가 있고, 자신처럼 한 명의 아빠와 두 명의 엄마가 있는 아이도 있다. 지훈처럼 부모 없이 오직 할머니와 할아버지의 사랑으로 키워진 아이는, 누구보다 어린 나이에 사랑하는 사람의 이른 죽음을 겪는 탓에 쉽게 조숙해진다.

세상에 수많은 다른 언어가 존재하고, 번역이 필요한 수많은 사랑과 이별의 언어가 있듯, 우리는 타인의 마음을 온전히 이해할 수 없다. 기약 없는 사랑에 빠지고, 출구 없는 사랑에 넘어지고, 후회하고, 다시 또 사랑에 빠지는 인간이란 너무 허약한 존재이기 때문에.

아빠 역할에 지독하게 미숙한 남자가 있었을 뿐이었다.

딸 역할에 어울리지 않는 여자아이가 있었듯.

한 번이라도 『슬픔이여 안녕』을 제대로 읽었다면, 책을 보낸 사람이 누구였는지 궁금하지 않았을 것이다. 사강은 아빠가 보내온 책을 펼쳐보았다. 그녀는 당분간 이 책이 계속해서 자신에게 도착할 것임을 직감했다.

집으로 하얀색 택배 상자가 날아온 건 사강의 생일 아침이었다. 발신인은 적혀 있지 않았다. 예상대로 상자 속에는 책이 들어 있었다. 만약 아빠가 리스본에 있었다면 포르투갈어로 된 책을 보냈을 것이다. 북경이나 청도에 있었다면 중국어로 된 책을 보냈을 것이고, 방콕에서 휴가를 보내고 있다면 태국어판을 보냈을 것이다.

사강은 택배 상자의 투명 테이프를 뜯어내며 여러 도시를 떠돌고 있을 그의 모습을 상상했다. 그가 골목의 오래된 서점에 들어가 책을 고르고, 그 나라의 지폐와 동전으로 책값을 치르는 모습을 그렸다. 사강은 그가 바람을 가르며 러시아어로 번역된 『슬픔이여 안녕』을 들고 천천히 걷는 모습을 그려볼 수 있었다. 하지만 예상은 빗나갔다.

상자 안에는 『슬픔이여 안녕』 한국어판이 들어 있었다. 표지가 유달리 낡아 보이는 책이었다. 상자 안에는 카드 봉투 하나가 들어 있었다. '사강에게'라고 적힌 생일 카드였다.

내가 네게 얼마나 서툴렀는지 이제는 뼛속까지 후회하지만 그걸 알아주길 바란다면 그것 또한 내 욕심일 테지. 언제나 이 책의 마지막을 네게 큰 소리로 읽어주고 싶었다. '안녕'이 전혀 다른 두 가지 의미로 사용될 수 있다는 걸 네가 꼭 알았으면 좋겠다고 생각했어. 그건 내가 알아낸 생의 가장 큰 비밀이었거든. 그래서 슬픔을 떠나보내지 않고, 슬픔에게 손짓할 수 있다면 네가 좀 더 좋은 삶을 살 수 있을 거란 얘길 하고 싶었어. 내가 후회하는 건 이런 거야. 네게 세상의 파도를 어떻게 헤치고 살아가야 하는지 알려주지 못한 것. 망가진 그물을 고치는 법, 연봉 계약서를 쓰는 법, 특히 낚싯밥 던지는 멍청한 놈팽이들에게 제대로 퇴짜 놓는 법을 알려주지 못했다는 것. 빌어먹을! 조금 더 큰 카드를 살걸! 써야 할 말이 아직 많은데 칸이 별로 남지 않았다. 난 언제나 이런 식이었지. 터무니없는 멍청이처럼.

이름을 부르거나 안부를 묻는 것으로 시작하지 않은 생일 카드는 '사랑한다'거나 '축하한다'가 아니라 '터무니없는 명청이처럼'이란 문장으로 끝나 있었다. 사강은 그 카드를 반복해서 읽었다. '사랑하는 내 딸 사강에게'로 시작하는 편지가 아니어서 다행이었다. 아마도 파리에 있을 그에게 전화를 걸어 '고맙다'고 얘기한다면, 그 역시 몹시 당황할 것이다.

사강은 답장을 쓰지 않았다. 대신 상자 안에 들어 있던 책을 꺼냈다. 그녀는 처음부터 다시 소설을 읽어 내려갔다. 지훈이 가지고 있던 것보다 훨씬 오래된 책이었고 판본도, 문장도, 모두 다 달랐다.

사강은 느린 속도로 책을 읽었다. 비가 오던 어느 날은 '울었다'란 동사에서 책 읽기를 멈추었고, 햇볕이 좋던 어떤 날은 '매우'란 부사에서 독서를 중단했다. 비행을 쉬는 날이면 사강은 밥을 먹고, 잠을 자는 일을 잊은 채 책 속에 빠져들었다. 집으로 가는 버스가 교차로 어딘가에 멈춰 설 때마다 그녀는 책 속의 문장 하나를 읽었다. 정류장이 바뀌고, 길의 위치가 바뀔 때마다, 그녀는 문장을 채집하듯 그 모든 것들을 가슴에 담았다. 생의 어느 순간, 도저히 멈춰지지 않는 것이 있다면, 지금 사강에게 그것은 『슬픔이여 안녕』을 읽는 것이었다.

소설 『안나 카레니나』의 첫 문장은 "행복한 가정은 모두 비슷한 이유로 행복하지만, 불행한 가정은 저마다의 이유로 불행하다"이다. 『오만과 편견』의 첫 문장은 "재산이 많은 미혼 남성이라면 반드시 아내를 필요로 한다는 말은 널리 인정되는 진리이다"인데, 이 책을 읽은 열네 살 즈음의 사강은 이 문장이 적힌 책의 첫 번째 페이지를 주저 없이 찢어버렸다. 그녀가 기억하는 가장 아름다운 첫 문장은 일 년 후 여름방학에 읽은 『호밀밭의 파수꾼』의 그것이었다. "정말로 이야기를 듣고 싶다면, 아마도 가장 먼저 내가 어디에서 태어났는지, 끔찍했던 어린 시절이 어땠는지, 우리 부모님이 무슨 직업을 가지고 있는지, 내가 태어나기 전에 무슨 일이 있었는지와 같은 데이비드 코퍼필드 식의 아무 짝에도 쓸모없는 이야기들에 대해서 알고 싶을 것이다."

소설 「무진기행」은 "나는 심한 부끄러움을 느꼈다"로 끝난다. 『거미여인의 키스』의 마지막 문장은 "사랑하는 발렌틴, 그런 일은 결코 없을 거예요. 이 꿈은 짧지만 행복하니까요"라고 끝나며, 사강이 읽었던 에밀 아자르의 마지막 소설 『자기 앞의 생』은 "사랑이 무엇인가를 깨닫지 못한 사람들은 아무것도 모르는 법이다. 사랑해야 한다"로 끝난다.

『슬픔이여 안녕』의 마지막 문장을 읽으며 사강은 눈을 감았다.

여름이 다시 온다. 그리고 그 모든 여름의 추억. 안느, 안느! 나는 이 여름을 아주 낮은 소리로 오랫동안 어둠 속에서 자꾸만 불러본다. 그때 내 마음속에서 무엇인가가 솟아오른다. 나는 그것을 그녀의 이름으로 해서 맞아들인다. 눈을 감은 채……. 슬픔이여 안녕.

사강은 이 책의 번역자가 쓴 책 말미의 마지막 문장을 보았다. 그때의 아빠처럼 그녀는 문장을 소리 내어 읽었다. 젊은 시절의 엄마를 떠나보내며, 어린 딸을 떠올리다가, 잠들지 못한 밤 그가 했을지도 모를 마지막 말을.

'슬픔이여 안녕', 여기에서의 '안녕'은 헤어질 때의 인사(Adieu)가 아니라 만날 때의 인사(Bonjour)를 뜻합니다.

사강은 책의 번역자를 바라보았다.
지금은 사라진 아빠의 첫 이름이었다.

○

정전이 있던 날 아침. 호텔 엘리베이터 앞에서 사강은 정수와 마주쳤다. 정수는 사강을 보지 못한 듯 엘리베이터가 설치된 코너를 빠르게 돌아 사라졌다. 하지만 사강은 그가 자신을 보지 못한 게 아니라, 보지 못한 척했다는 걸 알았다. 그녀는 피하지 않고 엘리베이터까지 빠르게 걸어갔다.

"안녕하세요, 기장님."

지난 일 년 동안 사강은 정수를 피해왔다. 하지만 그녀는 조깅복으로 갈아입은 그를 향해 인사했다. 사강은 자신의 아침 인사가 무엇을 의미하는지 알고 있었다. 정수는 당황한 얼굴이었다. 하지만 곧 특유의 무표정한 얼굴로 그녀를 응시했다.

"좋은 아침입니다!"

사강이 웃으며 말했다.

그는 어떤 말도 하지 않을 것이다. 누군가의 따뜻한 아침 인사를 깊은 침묵으로 응대하는 건 분명 '사랑의 역사'의 마지막 장에나 쓰여질 비극이다. 하지만 영원히 끝나지 않는 연애가 없는 것과 마찬가지로 사람들은 성숙한 어른들의 언어인 침묵의 진짜 의미를 아프게 배워나간다. 침묵 속에서 사강은 멈춰 서 있었다. 엘리베이터 문이 천천히 열렸다. 정수가 엘리베이터에 탄 채 사강을 바라보았다. 그녀는 그곳에 타지 않았다. 정수가 탄 엘리베이터 문이 천천히 닫히기 시작했다.

사강은 엘리베이터 밖에서 사라져가는 정수의 얼굴을 바

라보았다. 문이 닫히고 정수가 그곳을 벗어나 완전히 사라질 때까지 그녀는 그 자리에 서서 오른손을 흔들었다. 사강은 멈추지 않았다. 모든 연애에는 마지막이 필요하고, 끝내 찍어야 할 마침표가 필요하다. 그래야만 다시 시작할 수 있다. 말하지 않아도 알 수 있는 것들이 늘어날 때마다, 들리지 않는 것이 들릴 때마다 사람은 도리 없이 어른이 된다. 시간이 흘러 들리지 않는 것의 바깥과 안을 모두 보게 되는 것. 사강은 이제 그것을 사랑이라 부르기로 했다.

『슬픔이여 안녕』의 '안녕'이 '굿바이'가 아니어서,
'안녕'이 '헬로'여서,
다행이었다.

○ ● ○

도쿄 출장에서 돌아온 한 달 후, 지훈은 자신의 오래된 자동차를 중고 매매상에 팔았다. 그의 운전면허는 백 일 동안 정지되었다.

도시에 사는 남자가 갑자기 자동차를 팔아치울 때, 그의 삶은 적지 않은 변화에 부대낀다. 일명 자동차 금단현상. 차를 팔아치운 후, 한 달 동안 지훈은 사람이 미어터지는 지하철과 버스 안에서 수없이 발을 밟혔고, 오전 여덟 시의 신도림역에서 새로 산 양복의 첫 번째와 세 번째 단추가 동시에 떨어지는 불운을 겪었다.

언제나 달리는 자동차 안에서 많은 시간을 보내던 지훈은 버스를 기다리거나, 지하철을 타거나, 빠르게 걸으며 서울 시내를 이동했다. 이제 지훈은 자동차를 버리고 서울에서 대중교통을 이용하는 게 얼마나 많은 시간과 돈을 절약하게 하는지 육십 분짜리 강의 원고를 쓸 수 있을 것 같았다. 그는 달리는 기차 안이 책을 읽기에 가장 좋은 곳이라는 것을 발견했고, 버스의 맨 뒷자리에 앉아 바라보는 서울의 야경이 얼마나 아름다운지도 알았다.

연수원에 가기 위해 터미널에서 고속버스를 기다리며 지훈은 문득 현정을 떠올렸다. 만약 그녀가 아니었다면 합천이나 예산 같은 작고 소박한 지방의 터미널에 가는 일은 일어나지 않았을 것이다. 그녀가 아니었다면 달리는 자동차 안에서 뚫어져라 창밖 풍경을 볼 일도 없었을 것이고, 범칙금 통지서를 여덟 통이나 받는 사건도 일어나지 않았을 것이다. 물론 차를 팔아버리는 따위의 일은 결코 일어나지 않았을 것이다.

지훈은 '볍씨왕', '근사미', '금자탑' 같은 각종 농약 이름이 적힌 야구 모자를 쓴 늙수그레한 노인들이 딱딱한 나무 의자

에 앉아 올해 사과 작황에 대해 얘기하는 모습을 보았다. 그
들이 자식과 손자들의 안부를 그리워하는 이야기들을 귀담
아 들었다.

지훈은 도쿄행 비행기 안에서 만났던 노인을 떠올렸다. 그
때, 그 노인에게서 보았던 형의 미래에 대해서도 그는 오래
도록 생각했다. 한때 그에게 시간은 현재나 미래가 아닌 과
거에 멈춰져 있었다. 하지만 이제 그는 자신이 앞으로 해야
할 일들에 대해서 고민 중이었다. 사실 그것은 20만 킬로미
터 이상을 달렸던 자신의 자동차를 팔아치우는 것 같은 일이
실제 가능하다는 것을 깨달으면서 생겼다.

결국 현정 덕분이었다. 지훈은 이제 마지막까지 미뤄뒀던
일을 마무리해야 한다고 생각했다. 지훈은 휴대전화를 꺼내
들었다. 그는 예산의 버스 터미널 매점 앞에서 현정에게 온 마
지막 문자메시지에 답을 했다. 삼 개월째 미루었던 일이었다.

"내 로모! 그렇게 찾아도 없었는데. 정말 놀랍다. 도대체
이걸 어떻게 찾은 거니?"

일주일 후, 지훈은 현정을 만났다. 그가 카메라와 함께 내
민 것은 그 안에 들어 있던 필름과 사진이었다. 모두 스물네
장이었고, 대부분 햇빛이 들어가 퇴색해 있었다.

"필름에 햇빛이 들어갔다는 걸 모르고 있었어. 미안해."

"아니, 이 사진은 오히려 번져서 더 멋지네."

현정은 코앞까지 바짝 사진을 당겨 사진 속 장소를 일일이 확인했다. 성산포 앞바다를 배경으로 한 사진 속의 현정은 햇빛 속에 들어가 놀고 있는 소녀처럼 보였다. 사진 속에 보이진 않지만 그때 현정은 내내 맨발이었다.

"나라면 너처럼 못 했을 거야. 아마 꼭 숨기고 절대 안 줬을 걸?"

지훈은 웃으며 고개를 저었다.

도쿄에서 사강이 건네주었던 사진은 현정이 찾고 싶어 하던 제주도 사진들이었다. 사진은 현정이 태어나고, 그녀가 유년기를 보냈던 제주도의 바다와 해녀 마을을 담고 있었다. 그것은 그들이 칠 년에 걸쳐 함께 만든 추억의 지층들이었다.

현정은 자신의 로모 카메라를 바라보며 웃었다. 사실 현정을 놀라게 해줄 생각으로 가지고 있던 것이었다. 하지만 마지막은 그녀에게 복수하기 위해 그것을 카메라 안에 넣어 처리해버리려 했다.

현정 옆을 체육복을 입은 아이들 몇몇이 지나갔다. 현정과 눈을 맞추며 웃는 아이들은 예외 없이 "안녕하세요, 선생님!"이라고 인사했다. 현정이 고개를 끄덕이며 웃었다.

"나, 수업이 있어."

"그래."

"진짜 고마운 게 뭔지 알아?"

"안다니까."

현정이 긴 숨을 내쉬며 지훈을 바라보았다.

"그래. 넌 늘 모든 걸 알고 있었어. 그래서 난 네가 얼마나 날 원망했을지도 알 것 같아……. 아무것도 묻지 않아줘서 고마워."

지훈은 운동장을 가로질러 멀어져가는 현정의 모습을 바라보았다. 현정이 뒤돌아서서 그에게 손을 흔들었다.

'고마워'로 시작하는 사랑보단 '고마워'로 끝나는 사랑 쪽이 언제나 더 힘들다. 상대보다 힘들어지는 쪽을 선택하는 사람은 이별이 자신의 삶에 어떤 의미로 새겨질지 알 수 없다. 그러나 지금의 지훈에게 그것은 운동장을 빠르게 뛰는 현정의 뒷모습으로 기억될 것이었다. '미안해'로 끝나는 사랑보다 '고마워'로 끝나는 사랑 쪽이 언제나 더 눈물겹다. 현정이 들고 가는 저 사진들처럼. 가끔, 아주 가끔은, 지루한 우리의 삶 속에서도 진짜 이별을 이해하는 기적이 일어나기도 한다.

"지훈아, 안녕!"

현정이 뒤돌아 배낭을 멘 사진 속 소녀처럼 지훈을 향해 손을 흔들었다. 지훈은 피식 웃으며 현정을 바라봤다. 그는 운동장 정중앙을 가로질러 천천히 저 끝까지 걸어갔다. 안녕…….

○ ● ○

비행기가 도착하는 출입구 앞에는 이미 많은 사람들이 기다리는 사람을 마중하기 위해 열을 맞춰 서 있었다. 하얀색 피켓을 들고 'MR. LEE'를 기다리는 전자 회사 직원과 한 무리의 여행객을 기다리는 여행사 직원과 오클랜드에서 유학을 마치고 돌아온 딸과 아들을 기다리는 가족들이 뒤섞여 출입구는 인산인해를 이루고 있었다. 사강에게는 비행기에서 내리는 게 아니라, 비행기가 착륙하길 기다리는 것도 너무 오랜만의 일이었다.

"여기 오클랜드발 비행기 도착하는 출입구 맞죠?"

사강이 고개를 돌려 여자를 바라봤다. 선글라스를 머리에 낀 여자가 사강을 바라보며 웃고 있었다. 웃으면 오른쪽 입술 아래 작은 보조개가 패는 여자였다. 많아봐야 마흔 정도로밖에 보이지 않는 여자는 스니커즈를 신고 있었다.

"좀 헷갈리네요. 여기죠?"

여자가 사강에게 다시 한 번 물었다.

"네, 맞아요. 한 출구로 여러 곳에서 돌아온 승객들이 나오긴 하는데, 기다리시는 분도 이곳으로 나오실 거예요."

"고마워요."

여자가 사강을 바라보며 웃었다. 여자는 손목에 찬 시계를 자주 봤다. 전광판에 비행기 '도착 지연' 사인이 뜰 때마다 입술을 깨물었다. 손목에 시계를 차고 다니는 여자를 본 건 오랜만이었다.

"근데 오클랜드발 왜 자꾸 도착 지연이죠? 삼십 분이 넘었는데. 이런 일이 없었던 걸로 아는데?"

"종종 있는 일이에요. 출발하는 공항 대기 시간이나 기상 상황이 늘 바뀌니까 충분히 달라질 수 있어요. 곧 도착할 테니까 걱정 마세요."

"친절하시네요. 승무원?"

여자가 사강의 L항공사 마크가 찍힌 크림색 제복을 바라보며 웃었다.

"공항에 오면 정말 이상해요. 떠나는 것도 아닌데 진짜 떠날 것처럼 가슴이 두근거리고, 그렇게 보고 싶었던 것도 아닌데 막상 공항에서 누군가 기다리고 있으면 정말 보고 싶었다는 생각이 들거든요. 공항이란 데가 참 이상하죠? 나만 그런가?"

여자가 잠시 말을 멈추더니, 다시 시계를 봤다.

"여행 가는 것보단 공항 오는 쪽이 더 설렌다고 할까. 공항에만 와도 꼭 여행 다녀온 느낌이라니까."

여자는 기다리기 심심했는지 사강에게 말을 걸었다.

"저도 그랬어요."

사강이 여자를 바라봤다.

"공항에 오는 게 즐거웠거든요."

"정말 그렇다니까요."

여자가 다시 한 번 유쾌한 듯 공항을 지나다니는 사람들을 바라보며 웃었다.

인간이 발명한 것들 중에 공항만큼 사람을 자유롭게 하는 건 없다. 비행기에 올라타자마자 곧바로 안전벨트에 묶여 장시간 기내에 갇혀 있어야 하는 아이러니에도 불구하고 말이다. 그것은 공항이야말로 '날다'라는 세상에서 가장 자유롭고 아름다운 동사와 붙어 있기 때문이다. 그래서 사람들은 누구나 공항과 비행기를 함께 생각하고, 그것에서 보이지 않는 바람의 투명한 뼈를 만지고 자유로운 바람의 냄새를 맡는다. 공항에 사람을 마중 나온 사람들이 가장 많이 하는 말도 그런 것이다. 떠나고 싶어! 런던! 뉴욕! 도쿄! 아니 더 멀리.

"어머, 도착하나봐요."

전광판을 바라보고 있던 여자가 소리쳤다. 누구에게든 쉽게 마음을 열고, 쉽게 말을 거는 여자들이 갖는 특유의 밝고 낙천적인 목소리였다.

"그쪽도 누구 기다리죠? 애인?"

"친구 기다려요."

"난 남편인데. 둘 다 재미없다."

여자가 잠시 사강을 바라보다가 아직 열리지 않는 출입문을 주시했다. 이제 짐을 가득 든 사람들이 저곳의 문을 향해 쏟아져 나올 것이다. 사람들은 간절히 기다리던 그 사람을 향해 달려갈 것이고, 악수와 뜨거운 포옹과 사랑스러운 입맞춤이 축복처럼 쏟아져 내릴 것이다. 사랑이 영화처럼 이루어지는 건 아니다. 하지만 공항의 출입구에서라면 누군가의 가슴 벅찬 사랑을 언제든 목격할 수 있다.

　"우리 집 남자, 걸음이 엄청 빨라서 공항에선 늘 제일 먼저 나와요. 제가 너무 걸음이 빠르다고 늘 툴툴대는데도 절대 고쳐지지가 않는다니까요. 딸애랑 걸을 때만 걸음이 느려져요. 재밌죠?"

　사강은 여자의 눈가에 그려진 깊고 자잘한 주름들을 바라봤다. 조금 전까지 보이지 않던 여자의 귀밑머리에서 짧고 가는 흰 머리카락이 보였다.

　"제 말 맞죠? 저런 식이라니까. 전 가봐야겠어요."

　그녀는 사강을 향해 잠시 고개를 돌리더니 활짝 웃었다. 자주 웃었던 사람에게서 보이는 입가의 주름들이 부드럽게 여자의 얼굴을 뒤덮었다. 저런 미소를 지을 수 있는 사람이라면, 아마도 생애의 대부분이 평온하고 부드러웠을 것이다. 그런 사람이 만든 음식을 먹고 자란 소녀는 건강하고 따뜻한 숙녀로 자라날 것이다.

사강은 사라져가는 여자의 뒷모습을 바라보았다. 제복을 입은 정수가 인파를 뚫고 플라이트백을 끌며 빠른 걸음으로 출구 쪽으로 걸어 나오고 있었다. 사강은 자신의 오른쪽 손을 왼쪽 가슴 위에 가만히 내려놓았다. 그녀는 자신의 심장 소리를 언제가 돌이킬 수 없이 망가졌던 자신의 손바닥 사이로 선명히 느끼고 있었다.

사강은 멀리 사라지는 그들의 뒷모습을 따라 움직였다. 사람들 속을 빠르게 걸어 나온 윤희가 사강의 이름을 크게 불렀다. 그녀는 환하게 웃으며 사강을 향해 반갑게 손을 흔들었다.

○ ● ○

지훈이 탄 공항버스가 빠르게 인천대교를 건너고 있었다. 창문을 열자 여름이 다가오고 있음을 알리는 바람이 지훈의 코끝을 스쳐갔다. 인천공항 고속도로 위에서 지훈은 언젠가 길 위에서 보았던 몽환적인 장면을 떠올렸다. 12월 경부고속도로 길가에 꽃망울을 터뜨리며 활짝 피어난 목련을. 그는 누구에게도 이 말을 한 적이 없었다.

그것은 사강이 도쿄 아카사카의 공원에서 한밤중에 태양을 보았던 일만큼이나 거짓말 같은 이야기였다. 강물이 어는

혹한 속에 꽃을 피우고, 별도 뜨지 않은 밤중에 태양을 뜨게 하는 것, 지금 지훈이 말할 수 있는 건, 단지 우리 주위에 일어나는 일들엔 딱히 이유를 설명할 수 없는 것들이 너무 많다는 것뿐이었다. 오전 일곱 시에 만나 텅 빈 앞좌석을 바라보며 스물한 명의 사람들이 동시에 아침밥을 먹는 것만큼이나 말이다.

아침 일곱 시부터 성장을 한 채 레스토랑에서 아침을 먹는 사람은 없다. 누구도 아침 여덟 시부터 잘 다린 옷을 차려 입고 영화를 보지 않는다. 어느 날, 시간이 거짓말처럼 뒤집어져 밤과 낮을 인식하지 못했을 때 생기는 착시들. 그것이 스물한 명의 사람들을 이른 아침 '실연당한 사람들을 위한 일곱 시 조찬모임'이란 긴 이름의 레스토랑 앞에 집결시켰다.

도쿄에서 서울로 돌아온 후, 지훈은 모임에 참석한 누군가의 트위터에서 희망적인 문장 하나를 발견했다. 네 편의 영화가 상영되는 동안 어두운 극장 안에서 잠든 사람이 적어도 다섯 명은 된다는 사실이었다. 한 명이 코를 골았고, 그중 한 명이 꾸벅거리며 졸다가 옆 사람의 어깨에 머리를 기댔다. 연인을 잃고 침대 위에서 잠들 수 없었던 사람들이 극장에 모여 악몽을 떨쳐내며 선잠을 자는 풍경. 시인 최영미가 「사랑의 시차」에서 말했다. "내가 밤일 때 그는 낮이었다. 그가 낮일 때 나는 캄캄한 밤이었다. 그것이 우리 죄의 전부였지"
라고.

누군가 외로움의 각도를 수학적으로 계산하라고 한다면
지훈은 그날 아침, 자신이 보았던 시침과 분침 사이의 각도
를 잴 것이다. 그는 수학자처럼 짐짓 진지한 얼굴로 이렇게
말할 수 있을 것 같았다.

유클리드 기하학이나 삼각함수 따위엔 결코 나오지 않지
만 외로움의 각도는 '150도'라고.

공항버스가 빠르게 공항 터미널 입구를 향해 달려갔다.
창문 밖 하늘 위로 길고 하얀색 선을 그리며 날아가는 L항공
사의 비행기가 보였다.

한때, 저런 비행기 중 하나가 무시무시한 속도로 뉴욕의
한 건물을 향해 날아갈 때, 세계무역센터 101층에 갇혀 있던
한 여자가 기도하듯 누군가에게 전화를 걸었다. 여러 번 충
돌과 폭발이 일어난 후, 그녀 앞으로 엄청난 먼지와 연기가
달려들었다. 이미 벽이 무너져 내린 사무실에서 죽음을 직감
한 그때, 그녀는 자신의 휴대전화를 꺼내 들었다. 구조 요청
을 하느라 배터리를 거의 다 소모한 그녀가 절망 속에서 마
지막으로 통화한 사람은 그녀의 남편이었다. 아메리카 에어
라인 11편이 세계무역센터 건물과 충돌하던 순간, 몇몇 사람
들의 손에 휴대전화가 있었다. 그때 수화기를 든 그들이 누

군가에게 했던 마지막 말은 '살려줘', '무서워', '죽고 싶지 않아!'가 아니라 '사랑해', '고마워', '미안해' 같은 말들이었다.

외할머니가 눈을 감기 직전 지훈에게 했던 말도 '고맙다, 미안하다, 사랑한다'였다. 지훈은 결코 기억하지 못했지만, 사고로 부서진 자동차 안에서 피투성이가 된 엄마가 어린 지훈을 온몸으로 끌어안으며 했던 말도 그런 것이었다. '내 아들로 태어나줘서 고마워, 끝까지 지켜주지 못해 미안해, 죽더라도 영원히 널 사랑해…….' 결국 이 세 마디면 되는 게 아니었을까. 죽음의 순간 사람들이 기억해낸 말이 끝내 그런 것들이었다면 말이다.

'형을 부탁해!'가 기억나지 않는 엄마의 마지막 유언이었다고 해도, '형을 지켜줘!'가 너무나 선명히 기억나는 할머니의 마지막 유언이었다 해도, 지훈은 이제 누구도 원망하지 않을 것이다. 지훈은 눈을 감고 천천히 숫자를 꼽았다.

하나, 둘, 셋, 넷, 다섯…… 그는 심장 소리를 들으며 자신의 몸을 조금씩 돌리며 태엽처럼 조였다. 목적지를 향해 달리던 버스의 속도가 조금씩 느려지고 있었다. 버스가 멈추어 섰다. 인천국제공항 터미널이었다. 지훈은 천천히 눈을 떴다. 그리고 태양이 뜨겁게 녹아 서서히 가라앉는 쪽을 향해 자신의 손목시계를 비추었다.

오후 일곱 시.

시계는 오전 일곱 시와 같은 숫자를 가리키고 있었다.

거짓말처럼.

작가의 말

작가로 사는 동안,

이 소설보다 더 긴 제목의 소설을 쓸 수 있을까.

원고를 읽다가 문득 그런 생각을 했다.

오래전 쓴 소설을 읽고 고치는 시간,

내가 알게 된 것들 중 가장 큰 깨달음은 이것이었다.

시간이 바꾸지 않는 건 없다는 것.

오 년 전, 이 소설을 쓰던 나는 이제 없다는 걸.

오 년 동안 세 권의 책을 썼다.

인터뷰집, 장편소설, 산문집. 모두 다른 장르였다.

온전히 책 한 권을 쓰고 나면
나는 조금쯤 다른 사람이 되어 있었다.
내겐 언제나 그것이
글 쓰는 일의 가장 기적 같은 부분이었다.
그동안 이사를 세 번 했고,
많은 연재를 했으며,
흰머리가 늘었고,
파도처럼 밀려온 친구 몇 명을 얻고,
밀려간 친구 몇을 잃었다.
오랫동안 꿈꾸던 심야 라디오의
디제이가 되는 일도 있었다.

2012년에 쓴 '작가의 말'을 몇 번이고 읽었다.
다시 '작가의 말'을 쓴다는 게 이상했다.
하지만 결국 도무지 뺄 수 없는 문장들을 발견하고
가슴을 쓸어내렸다.
변했지만 또한 변하지 않았으니 다행스러웠다.

고백건대 이 소설을 쓸 때만큼은
세상의 모든 노래가 사랑 노래로 들렸다.
세상의 모든 소설이 연애소설로 읽혔으며,

세상의 모든 남자와 여자가 사랑에 빠진 듯 보였다.
그리하여 나 역시 사랑에 빠졌던 이십 대로
기꺼이 퇴행했고, 밤의 라디오 스튜디오에 앉아
이별로 아픈 사람들의 사연을 읽다가 자주 멍해졌다.

헤어져야 만난다.

이 말을 나는 꽤 담담한 듯 여러 번 말하곤 했지만,
이것이 얼마나 아픈 말인지 안다.
하지만 사랑이 '그럼에도 불구하고' 가능해지는
무엇이라면 나는 다시 한번 말할 수밖에 없다.

지금도 실연당한 누군가 울고 있다는 걸 안다.
사랑 때문에 잠 못 드는
충혈된 눈이 흘리는 눈물을 느낄 수 있다.
우리가 시간을 탕진하며 죽어가고 있음에도 불구하고
기어이 삶을 '살아간다'고 말하는 것처럼
이별의 아픔에도 불구하고
우리는 헤어져야 다시 누군가를 만날 수 있다.

오 년 동안 무수히 많은 것들과 헤어졌다.

그러므로 무수히 많은 것들과 나는 '다시' 만날 수 있었다.

새벽에 비 내리는 소리,
마른 낙엽이 나무에서 떨어지는 소리,
작은 돌멩이가 누군가의 발에 밟혀 조금씩 부서지는 소리.
들리지 않던 그 소리가 들릴 즈음이면
그녀가, 그가, 사랑을 잃은 당신을 향해
시간을 거슬러 천천히 걸어오고 있을지 모른다.
나도, 당신도, 이젠 그걸 느낄 수 있어야 한다.

2017년 여름

백영옥

실연당한 사람들의 일곱시 조찬모임

1판 1쇄 발행 2017년 7월 21일
1판 2쇄 발행 2018년 2월 28일

지은이 백영옥
펴낸이 김영곤
펴낸곳 아르테

문학사업본부 본부장 원미선
문학기획팀장 이승희
책임편집 김지영 윤자영
문학마케팅팀 정유선 임동렬 김별 김주희
문학영업팀 권장규 오서영

홍보팀장 이혜연   **제작팀장** 이영민

출판등록 2000년 5월 6일 제406-2003-061호
주소 (우 10881) 경기도 파주시 회동길 201(문발동)
대표전화 031-955-2100 **팩스** 031-955-2151

ISBN 978-89-509-7119-9 03810
아르테는 (주)북이십일의 문학 브랜드입니다.

(주)북이십일 경계를 허무는 콘텐츠 리더

아르테 채널에서 도서 정보와 다양한 영상자료, 이벤트를 만나세요!
네이버오디오클립/팟캐스트 **[클래식클라우드] 김태훈의 책보다 여행**
페이스북 facebook.com/21arte   블로그 arte.kro.kr
인스타그램 instagram.com/21_arte   홈페이지 arte.book21.com

＊ 이 책은 2012년에 출간된 『실연당한 사람들을 위한 일곱시 조찬모임』의 개정판입니다.